DALE MAYER

Pic à glace dans le Lierre

Jolis Jardins Maudits 9

Pic à glace dans le lierre : Jolis Jardins Maudits, tome 9
Beverly Dale Mayer
Valley Publishing Ltd.
Traduit de l'anglais par Flora Bruneau et Valentin Translation.

ISBN-13 : 978-1-773366-41-8
Format Print

Résumé du livre

Un nouveau polar « cozy mystery », par Dale Mayer, auteure de best-sellers au classement du USA Today. Suivez les aventures de Doreen Montgomery, jardinière et détective en herbe, et de ses adorables assistants (un chat, un chien et un perroquet) dans leurs enquêtes criminelles dans la jolie ville de Kelowna au Canada.

Du luxe à la misère... Le chaos ne retombe jamais... Le temps efface la mémoire... Ou du moins, en partie !

Qui aurait cru que deux bouts de métal causeraient un tel chaos ? Doreen profite de quelques jours de tranquillité bien mérités après la résolution de sa dernière enquête. Mais toutes les bonnes choses ont une fin, par exemple lorsque Thaddeus, son perroquet gris africain au caractère bien à lui déterre deux plaques rectangulaires au bord du ruisseau. Il n'en faut pas plus pour que Doreen se lance à la poursuite d'un nouveau lapin blanc du passé, reliant les points entre une société de réparation qui a fermé ses portes depuis longtemps et la disparition d'une jeune fille à la même époque.

Le brigadier Mack Moreau ne croit pas que ces événements aient un quelconque rapport. Il estime que la récente recrudescence de morts suspectes n'est qu'une coïncidence. Mack aimerait que Doreen se concentre sur les matériaux et l'analyse du coût que représente la rénovation de sa terrasse, et qu'elle laisse l'enquête entre ses mains. Mais comment est-ce possible, alors qu'elle sait qu'il se passe bien plus de choses que Mack ne le soupçonne ?

Crises cardiaques, testaments injustes, disparition d'un pic à glace… tout cela est intimement lié. Reste à démêler le pourquoi du comment…

Inscrivez-vous ici pour être informés de toutes les nouveautés de Dale !
https://geni.us/DaleNews

Chapitre 1

Vendredi midi…

TROIS JOURS. C'ETAIT tout ce que Doreen voulait : trois jours de paix et de tranquillité. Du moins, c'était ce qu'elle avait cru. Mais dès le deuxième jour à midi, elle s'ennuyait déjà mortellement. Elle avait sorti de la véranda l'une des chaises de café et l'avait placée sur sa petite terrasse, où elle pouvait rôtir au soleil avec une tasse de café à la main. Mais elle ne pouvait empêcher son pied de tressauter sur le pavement.

N'y tenant plus, elle bondit sur ses pieds.

— C'est ridicule, annonça-t-elle à Mugs, qui était étendu sur la terrasse au soleil à côté d'elle. On doit se mettre au travail. Sinon je vais devenir folle.

Elle descendit les marches de la terrasse, se demandant d'où venait cette énergie. La veille, elle s'était traînée dans la cuisine, s'efforçant de mettre toutes ses pensées aléatoires dans le bon ordre. Mais aujourd'hui ? Eh bien, elle était en pleine forme et prête à avancer.

Elle attrapa la pelle et se dirigea vers le jardin arrière pour commencer la section suivante du parterre de fleurs. Elle jetait de temps en temps des coups d'œil aux marqueurs encore sur sa pelouse qui indiquaient l'emplacement de l'agrandissement de la terrasse. Elle n'avait pas avancé dessus, bien sûr, car elle n'était pas seule à travailler sur ce projet ; c'était aussi celui de Mack. Un projet de cette taille était-il réalisable en un ou plusieurs week-ends ?

Aujourd'hui, c'était vendredi, et normalement elle devait jardiner chez Millicent, la mère de Mack, mais cette dernière lui avait de nouveau demandé de venir le lendemain, un samedi, à la place. Après des semaines de travail, le jardin de Millicent avait plutôt fière allure. Désormais, à moins que Mack et sa mère n'aient d'autres projets pour Doreen, il faudrait donc probablement environ une heure de désherbage hebdomadaire pour entretenir ce jardin. Elle ne voulait pas vraiment perdre l'argent qu'elle gagnait avec le jardinage, mais elle se sentait mal à l'aise à l'idée de facturer deux heures de travail si elle n'en faisait qu'une.

Au premier coup de pelle, elle sentit la satisfaction l'envahir. Elle adorait travailler sa propre terre. Elle adorait travailler chez elle. Elle se tourna vers Mugs pour constater qu'il n'avait pas bougé de la place ensoleillée où il était couché sur la terrasse.

— Tu deviens paresseux.

Mugs ouvrit les yeux, mais ne bougea pas. Elle aperçut Goliath étendu sur l'herbe derrière elle, sa queue fouettant l'air.

— Eh bien, au moins toi, tu es là, avec moi, dit-elle.

Elle se pencha, arracha une touffe de mauvaises herbes, la secoua puis la jeta sur le côté, créant un nouveau tas, et continua à travailler le long du côté droit de sa propriété. Puis elle s'arrêta lorsqu'elle réalisa qu'elle n'avait pas vu la moindre trace de Thaddeus.

Elle se retourna et regarda autour d'elle.

— Thaddeus ? Thaddeus, où es-tu ?

Doreen entendit un battement d'ailes et Thaddeus marmotta :

— Thaddeus est là. Thaddeus est là.

Elle fit volte-face à nouveau et le vit se dandiner vers elle en provenance du ruisseau.

— Tu sais que tu n'es pas censé aller au ruisseau tout seul, le réprimanda-t-elle. Pas alors qu'il est en crue.

Il se contenta de piailler et de battre des ailes. Elle pouffa.

— Comme si tu écoutais ce que je disais.

En regardant de plus près, elle aperçut quelque chose posé devant lui sur le sol.

— Qu'as-tu trouvé ?

Elle planta la pelle dans la terre et se dirigea vers lui. Mais, au lieu d'être coopératif, il ramassa le petit objet et fit un bond en arrière.

— Non, non, Thaddeus. On ne joue pas.

Mais Thaddeus refusait de l'écouter ; il était trop excité par ce qu'il avait trouvé.

Elle lui lança un regard noir, sachant que plus elle le poursuivrait, plus il risquerait de reculer ou de s'envoler.

Goliath la rejoignit, étudiant Thaddeus avec grand intérêt.

— Et tu n'es pas non plus autorisé à courir après lui, tança-t-elle sèchement Goliath.

Il lui lança juste un regard flegmatique, comme pour dire : « Sérieux ? »

À ce moment, Thaddeus se posa et les regarda tous les deux.

— Thaddeus, viens ici, dit Doreen en s'accroupissant devant lui.

Thaddeus recula. Goliath s'accroupit, comme pour bondir. Elle posa sa main sur le dos et le cou de Goliath et dit :

— On ne fait pas ça à ses amis.

Il émit un petit bruit étrange pour contrer ses propos.

Elle lui tapota doucement la truffe.

— Goliath, sois sage.

Thaddeus bondit en avant, comme s'il était prêt à lui donner ce qu'il avait dans le bec. C'était petit et en métal. Étonnamment, cela ressemblait à une étiquette.

— Tout va bien, Thaddeus, dit-elle en tendant la main.

Il la regarda, pencha la tête sur le côté, puis laissa tomber l'objet dans sa main.

Elle s'en empara avant qu'il ne puisse changer d'avis. Elle l'examina, notant les petites marques : on aurait dit une médaille ou l'étiquette de quelque chose.

— Je n'ai pas la moindre idée de ce que c'est, mais merci.

Elle le fourra dans sa poche, se releva et se remit à creuser. Mais cela attira les foudres de Thaddeus. Il cria contre elle :

— Thaddeus. Thaddeus.

— Qu'y a-t-il, Thaddeus ?

Il s'éloigna de quelques bonds. Elle fronça les sourcils, enfonça la pelle profondément dans le sol une fois de plus pour la caler, et fit encore quelques pas vers lui. Il se précipita vers le ruisseau.

— Oh, c'est mauvais ça, gémit-elle. Par pitié, dis-moi que tu n'as pas trouvé de cadavre.

Il lui jeta son habituel regard perçant et continua son chemin.

Elle se dirigea vers le chemin au bout duquel coulait le ruisseau, se délectant des bruits de l'eau. Elle s'enquit :

— Alors, qu'est-ce que tu regardais ?

Elle remarqua que Goliath et Mugs étaient silencieux lorsqu'ils la rejoignirent. Cela n'augurait jamais rien de bon.

Thaddeus sauta un peu plus loin, comme s'il voulait qu'elle le suive. À contrecœur, elle se dirigea vers le petit pont, où il sauta sur les lattes de bois.

— Thaddeus, sois prudent. Ce n'est toujours pas réparé.

Il la rassura :

— Thaddeus va bien. Thaddeus va bien.

Elle gloussa et, sous le regard attentif de Goliath et de Mugs, elle traversa prudemment le pont.

— Il faudra demander à Mack de nous donner un coup de main, déclara-t-elle. Je sais que ça appartient à la ville, mais cela ne les dérangera sûrement pas que nous réparions les planches cassées.

Comme elle avait déjà traversé le bois récemment, elle voulait éviter de tomber à travers une seconde fois. De l'autre côté du ruisseau, Thaddeus se dirigea vers le lac.

— Thaddeus, reviens, dit-elle. Je ne veux pas me promener pour l'instant.

Mais il persista en direction du lac, puis il finit par s'immobiliser.

— Tu m'inquiètes, Thaddeus, quand tu t'éloignes tout seul comme ça. N'importe quoi aurait pu t'arriver ici.

— Thaddeus est là. Thaddeus est là.

— Mais *Thaddeus* ne devrait être là que si je suis avec lui. C'est-à-dire, avec *toi*.

Elle arriva derrière lui et aperçut quelque chose d'autre briller, une autre petite médaille. Elle fronça les sourcils, se pencha, la ramassa et l'étudia. Mugs et Goliath s'approchèrent également pour y jeter un coup d'œil. Elle sortit ensuite la première de sa poche et annonça :

— Bizarre. Ce sont les mêmes.

L'une d'elles était légèrement plus grande, cependant.

Thaddeus sauta sur le pied de Doreen. Elle se pencha à nouveau, tendit la main, la paume vers le haut pour qu'il puisse monter dessus, puis se redressa et le laissa glisser jusqu'à son épaule.

— Je suis tellement contente que tu n'aies pas été blessé lors de ta chasse au trésor en solitaire.

Lorsqu'il se fut installé, il chantonna doucement et frotta son bec contre sa joue.

— Merci pour ces beaux cadeaux, murmura-t-elle, en gloussant alors qu'elle caressait doucement ses plumes.

Elle étudia les médailles avec curiosité.

— Qu'est-ce que c'est et qu'allons-nous en faire ?

Seulement, elle le savait déjà. Elles avaient probablement quelque chose à voir avec une nouvelle affaire, que Doreen soit prête ou non.

Mais elle avait parlé trop vite.

Alors qu'elle prenait le chemin du retour, Thaddeus solidement ancré sur son épaule, elle se tourna vers le pont pour s'assurer que Mugs et Goliath suivaient. Mugs la dépassa en courant et la bouscula. Cela avait été à peine un effleurement, mais c'était suffisant. Son pied buta contre le bord de la planche pourrie et elle s'effondra. Sa jambe troua le bois, alors qu'elle passait par-dessus bord dans le ruisseau bouillonnant.

— *Bon sang* ! s'écria-t-elle, agitant les bras agitant dans tous les sens, alors qu'elle tombait à moitié dans l'eau, tout en restant suspendue au bord de son petit pont, sa cheville et son mollet hurlant de douleur.

— *Crô,* cria Thaddeus, en tombant de son épaule pour atterrir sur le pont à côté d'elle ; avant de rajouter à cette humiliation en pépiant : Cadavre dans le ruisseau. Cadavre dans le ruisseau.

Se redressant avec précaution, elle dégagea avec précaution sa cheville blessée et sanguinolente, puis s'assit sur le bord du pont pour reprendre son souffle et évaluer les dégâts. Elle fit couler un peu d'eau du ruisseau sur sa blessure, et le saignement s'arrêta presque. « Ce sera gonflé demain matin », pensa-t-elle.

— Ouaf, ouaf, aboya Mugs à côté d'elle, en la regardant de ses grands yeux tristes.

— Je vais bien, Mugs, je t'assure. C'était une chute stupide. Ça ira.

— Ouaf, répéta-t-il, puis il secoua la tête, ses grandes oreilles s'envolant des deux côtés de sa tête.

Elle soupira et lui sourit.

— Ce n'était qu'une légère chute. Ce n'est pas ta faute.

Goliath renifla – ou était-ce un éternuement ? – à côté d'elle. Elle les rassura tous les trois.

— Je vais bien. Je vais me lever pour vous montrer.

Par bravade, elle se remit sur ses pieds et gémit de douleur. Elle frissonna en réalisant qu'une simple seconde à s'appuyer sur sa cheville l'avait fait tant souffrir, alors elle prit une pose de flamant rose sur sa bonne jambe. Se mordillant la lèvre, elle tenta de faire un petit pas avec sa jambe blessée, mais s'immobilisa pour grimacer et prendre longuement une profonde inspiration. La maison était juste là, mais elle n'avait jamais semblé si loin.

Ses options étaient limitées.

Mugs aboya à nouveau. Elle lui sourit.

— Je vais bien. J'y arriverai. Mais si tu pouvais me trouver un gros bâton, cela me faciliterait la tâche.

Il s'éloigna en courant au mot « bâton », et elle le regarda en saisir un petit, plus à sa taille qu'à la sienne, dans le jardin arrière. Elle gémit.

— Ce n'est pas tout à fait ce que je voulais dire.

Son téléphone sonna.

Soulagée qu'il ne se soit pas retrouvé dans la rivière quand elle était tombée, elle essaya de sécher rapidement sa main sur son pantalon, puis le sortit de sa poche. C'était Mack.

Dès qu'elle répondit, il s'écria :

— Où êtes-vous ?

Immédiatement, les cheveux sur sa nuque se hérissèrent à son ton.

— Pourquoi êtes-vous si méfiant ? demanda-t-elle.

— Vous n'avez pas répondu tout de suite.

Thaddeus s'envola jusqu'à son épaule et se pencha sur son téléphone en criant :

— Cadavre dans le ruisseau. Cadavre dans le ruisseau.

Silence.

— S'il vous plaît, dites-moi que cet oiseau plaisante, rugit-il.

— Il est… Eh bien, en quelque sorte.

Zut. Elle ne savait toujours pas mentir. Pas de façon convaincante du moins.

— En quelque sorte ? demanda-t-il d'un ton menaçant. Que se passe-t-il, Doreen ? Qu'est-ce que vous mijotez ?

Elle suffoqua d'indignation.

— Je ne mijote rien…

Et elle fit accidentellement porter son poids sur son pied blessé. Elle hurla immédiatement de douleur.

— Doreen, qu'est-ce que…

— Je vais bien. Je vais bien, dit-elle en essayant de respirer normalement. Seulement, ce n'est pas le bon moment.

— Qu'est-ce que vous voulez dire par « pas le bon moment » ?

— Je viens peut-être de tomber à travers ce petit pont qui enjambe le ruisseau.

— *Peut-être* ? Il prit une longue et profonde inspiration. Qu'est-ce que ça veut dire ?

— D'accord, je suis tombée, dit-elle avec mauvaise humeur, en écartant ses cheveux mouillés de son visage. Se tenir sur une jambe commençait aussi à faire mal. Et elle avait encore un long chemin à parcourir pour rentrer chez elle.

— Je suppose que vous n'avez pas de béquilles, n'est-ce pas ?

— Des *béquilles* ? Son ton devint immédiatement professionnel et il continua : Où êtes-vous exactement ?

— Sur le pont, dit-elle surprise. Je viens de vous le dire.

Elle secoua la tête.

— Vous devenez pire que Nan maintenant.

Il marmonna quelque chose qui la fit se redresser et fusiller son téléphone du regard.

— Ce n'était pas nécessaire.

Il renifla.

— Avec vous, ma chère, c'est parfois le cas. Restez où vous êtes. J'arrive.

— Non…

Mais il lui avait raccroché au nez – encore une fois.

Chapitre 2

Lundi en fin d'après-midi...

— JE VAIS bien, gronda-t-elle pour la énième fois, alors que Mack faisait le tour de la maison trois jours plus tard. Arrêtez de me dorloter.

Il répondit à son regard noir par un sourire.

— Qui aurait cru que vous seriez une patiente si difficile ?

Elle renifla avec agacement.

— Je ne suis pas une patiente. Je me repose juste.

— Oui, bien sûr.

Elle savait qu'elle devrait le remercier, mais il était difficile d'être reconnaissante alors qu'elle souffrait, et ce qui lui manquait vraiment, c'était son indépendance. Nan et Mack se relayaient à tour de rôle pour veiller sur elle, comme sur un enfant. Oui, c'était gentil, mais... elle était grognon. Même elle devait l'admettre.

Mack avait descendu son matelas et l'avait posé par terre dans le salon pour qu'elle évite les escaliers. Ce qui était pratique puisqu'elle n'avait plus de canapé à cet endroit. Il lui avait enfourné également tous les oreillers de la maison derrière le dos pour qu'elle puisse s'asseoir confortablement.

— C'est vous qui êtes tombée du pont, dit-il en sifflant.

— Je ne suis pas tombée, marmonna-t-elle, mais, ne voulant pas rejeter la faute sur Mugs, elle se dit qu'elle pouvait admettre que c'était sa faute.

— Plus que quelques jours. Ensuite, vous pourrez reprendre une vie normale.

Ses lèvres s'étirèrent lentement en un sourire.

— Vous pourrez reprendre vos bonnes habitudes et terroriser tout le monde dès jeudi. Ce n'est pas si long.

Il avait raison : quelques jours de plus n'allaient pas la tuer. D'autant plus que c'était Mack qui s'occupait d'elle. Maintenant que la douleur s'était atténuée, elle savait qu'elle ne tarderait pas à pouvoir se remettre debout. Elle préférait ne pas lui dire, mais elle avait réussi à se rendre plus facilement aux toilettes aujourd'hui.

— Ha, je sais que vous en profitez. J'espère que vous faites bon usage de mon absence pour rattraper votre retard, le gronda-t-elle. Vous savez que j'ai hâte de recommencer, n'est-ce pas ?

— C'est bien, dit-il doucement. En attendant, vous avez une télévision, des livres et du temps pour vous reposer – *vraiment* vous reposer. Alors profitez-en, insista-t-il. Vous avez été attaquée tellement de fois ces dernières semaines qu'il faut laisser votre corps se remettre.

Elle s'affaissa sur son lit. Sa cheville allait mieux, surtout lorsqu'elle reposait sur des oreillers, mais, à certains égards, Mack avait raison. Elle ne voulait tout simplement pas qu'il le sache.

— D'accord. Comme demandé, je ne ferai rien jusqu'à jeudi, mais après cela…

Il sourit.

—Après cela, vous vous mêlerez à nouveau de mes affaires. J'ai compris.

— Pff.

Elle fit une grimace alors qu'il se retournait et se dirigeait dans la cuisine. Mais il n'avait rien dit de plus que ce que Nan lui avait répété maintes et maintes fois ces derniers jours. Ainsi que le médecin. *Soupir.* Il lui avait dit de ne pas retourner au travail pendant une semaine complète et de ne pas s'appuyer sur sa jambe, si elle voulait guérir correctement. Elle s'était demandé si Mack n'avait pas contraint le médecin à dire cela, mais d'après ses recherches en ligne sur les entorses, les réponses avaient été similaires.

Elle gémit.

— Je m'cnnuie.

— Non, c'est faux, cria Mack depuis la cuisine. Vous pourriez trouver de quoi vous occuper sur votre ordinateur sans problème.

— Mais je n'ai pas d'affaires sur lesquelles travailler, se plaignit-elle.

Il passa la tête à l'angle de la cuisine, lui lança un sourire narquois et répondit :

— Je sais.

— Je pourrais travailler sur l'affaire Bob Small, dit-elle en réfléchissant. Ce n'est pas comme si je pouvais faire grand-chose d'autre, mais je pourrais commencer à faire des recherches sur cette affaire, ou plutôt sur ces affaires. Car il y a *beaucoup* d'affaires, en réalité. C'était un tueur en série, après tout. Et toujours en fuite.

— Dommage que vous ne puissiez pas accéder à ce panier de coupures de presse que je ne descendrai pas pour vous, déclara-t-il d'une voix enjouée. Ce n'est pas du repos si vous enquêtez.

Son irritation d'être clouée au lit fondit dès qu'elle

l'entendit dire « enquêter ». C'était comme s'il validait ses actions. Et c'était mieux que « se mêler des affaires des autres ».

— Le dîner est prêt, cria-t-il. Voulez-vous manger là-bas ou dans la cuisine ?

— Dans la cuisine, s'il vous plaît.

Elle attrapa les béquilles que Nan avait chipées quelque part (non, elle n'avait pas demandé où) et se dirigea vers la cuisine. Doreen s'arrêta, renifla l'arôme qui flottait dans l'air et s'écria :

— Des spaghettis !

— Tout à fait. Maintenant, asseyez-vous et relevez cette jambe, ordonna-t-il. Au moins, comme ça, vous aurez suffisamment de restes jusqu'à ce que vous soyez autorisée à remarcher.

Elle eut un sourire rayonnant et obéit immédiatement. Elle aurait fait n'importe quoi pour des spaghettis.

— Merci beaucoup pour les restes.

Il s'avança avec une assiette pleine de spaghettis et, *ô joie...* des boulettes de viande aussi.

— Oh mon Dieu, murmura-t-elle en regardant l'assiette avec ravissement.

— Vous savez qu'on dit que le véritable chemin pour toucher le cœur d'un homme passe par son estomac ? Je ne suis pas certain que ce soit le cas pour tous les hommes, mais c'est définitivement le cas pour vous.

Elle hocha la tête pour approuver mais ne perdit pas de temps à répondre oralement. Elle enfourna une moitié de boulette et quelques pâtes dégoulinant de sauce dans la bouche et ferma les yeux.

Il y eut un silence étrange. Elle rouvrit les yeux pour le trouver en train de la fixer. C'était une nouvelle expression sur son visage, mais elle était universelle.

Il reporta son attention sur sa propre assiette, rompant le charme de l'instant.

Mais il en faudrait plus à Doreen pour oublier le désir dans ses yeux.

Chapitre 3

Jeudi matin...

OUI, ENFIN LA liberté ! Elle s'était réveillée de bonne heure, sachant qu'aujourd'hui était le jour J. Elle avait promis à Nan et Mack qu'elle serait sage et qu'elle ne solliciterait pas sa cheville jusqu'à aujourd'hui. Et elle ne savait pas pourquoi, mais elle ne pouvait jamais revenir sur sa parole une fois qu'elle l'avait donnée.

Mais aujourd'hui, c'était jeudi, et elle pouvait remarcher. Elle ne nota qu'une légère raideur dans ses mouvements, mais à part ça, tout allait bien. Elle irait doucement. Pas de jogging ni de longues balades pendant quelques jours. Elle s'y remettrait doucement.

Elle s'habilla et alla dans la cuisine. Elle devrait demander à Mack de remonter son matelas à l'étage la prochaine fois qu'il passerait. Elle nourrit ses animaux, ce qui les rendit tous très heureux. Sa première tasse de café en main, elle sortit sur le porche et se dirigea vers le bord de l'eau, se délectant de l'air frais et du bruit apaisant de l'eau, accompagnée par son trio tout aussi ravi d'être dehors. C'était une belle matinée ensoleillée et une journée absolument magnifique. Elle vit que son petit ruisseau s'était transformé en rivière vers l'embouchure du lac, et le niveau de l'eau était un peu plus haut qu'elle ne l'avait prévu. Et le courant beaucoup plus rapide, aussi.

Elle examina le petit pont et fronça les sourcils. Mack avait dû le réparer car les planches cassées avaient disparu. À bien y regarder, elles avaient toutes disparu. Le pont était flambant neuf. Elle sourit. Il avait dû faire ça cette semaine, pendant qu'il s'occupait d'elle. Elle se demanda comment il avait réussi sans faire de bruit. Elle devrait lui demander plus tard. Et le remercier.

Elle fit lentement demi-tour et retourna prudemment vers la table sur sa véranda, éprouvant sa cheville. « Tout va bien », pensa-t-elle. Puis elle s'assit et grimaça lorsque quelque chose s'enfonça dans sa hanche. Elle farfouilla dans sa poche pour trouver les bouts de métal que Thaddeus avait dénichés avant qu'elle ne tombe dans l'eau.

Elle les avait oubliés. Après que Mack l'eut ramenée à la maison, elle avait rapidement enlevé ses vêtements mouillés et Mack avait tout mis à laver. Elle avait porté des robes toute la semaine. Jusqu'à ce matin…

Au moins, les plaques étaient propres maintenant.

Sa tasse vide, elle retourna à l'intérieur, la remplit, puis ressortit et ramassa sa pelle. Son jardin lui avait manqué toute la semaine. Personne n'était venu désherber ses parterres. Et elle avait aussi celui de Millicent à faire le lendemain, si elle s'en sentait capable. Ce qu'elle avait déjà prévu. Après avoir désherbé un des parterres, elle vérifia la pression de la pompe de vidange dont les tuyaux serpentaient dans son jardin, mais ne vit pas d'eau qui aurait débordé. Rassurée, elle retourna à son jardinage. Elle contempla les deux petites médailles une fois de plus, puis les remit dans sa poche. Au moment où elle allait reprendre la pelle, son téléphone sonna.

— Bonjour, Nan.

— Seigneur, tu as l'air d'aller bien mieux, dit Nan. Tu es dehors ?

— Je me sens mieux aussi. Et, oui, je travaille dans le jardin.

— Eh bien, c'est beaucoup plus tranquille que d'attraper des voleurs et des meurtriers, déclara Nan. Ça te dirait, un thé ?

— Avec plaisir. Même si j'aime être dehors, je saute toujours sur l'occasion d'arrêter de travailler et de te rendre visite.

Nan éclata de rire.

— Je trouve que tu es un bourreau de travail. Mais viens donc. L'un des résidents a déposé un énorme panier de légumes. J'aimerais partager avec toi.

— Parfait. Je pars de la maison. Une courte promenade ne ferait pas de mal à ma cheville pour la détendre.

— Je mets l'eau à chauffer.

Nan raccrocha et Doreen baissa les yeux sur les deux animaux à ses pieds, puis jeta un regard en coin vers Thaddeus, toujours sur son épaule.

— Qu'est-ce que vous en pensez ? On va chez Nan ?

Elle ferma rapidement sa porte d'entrée à clé tandis que Mugs aboyait et se précipitait vers le ruisseau, se dirigeant vers le chemin qui les mènerait chez Nan. Goliath se plaça nonchalamment à côté d'elle, comme pour dire : « Eh bien, je n'ai rien de mieux à faire. » Thaddeus était heureux de chaque visite à Nan.

— Rendre visite à Nan. Rendre visite à Nan.

Souriante, Doreen redescendit le long du ruisseau, admirant l'eau qui bondissait à côté d'elle. La berge était encore à plusieurs dizaines de centimètres au-dessus, même si l'eau engloutissait les rochers. C'était tout simplement magnifique. Elle regarda en arrière vers l'endroit où se trouvait la vieille clôture miteuse du côté du ruisseau de sa propriété, se demandant à nouveau ce qu'il faudrait pour y installer un banc. Elle n'avait pas de vraies chaises de jardin ni de mobilier d'extérieur qui puissent résister au soleil comme aux intempéries, mais ce serait bien d'avoir quelque chose pour s'asseoir à côté du ruisseau, où elle pourrait prendre son café. Au moins assez longtemps pour se détendre et prendre un peu de repos. Il y avait quelque chose de délicieux dans la lumière du soleil jouant sur l'eau qui s'écoulait à côté d'elle.

Elle longea le ruisseau, tourna à l'angle du chemin et se dirigea vers Rosemoor. Nan vivait là-bas depuis qu'elle avait cédé sa maison à Doreen et cette dernière venait lui rendre visite régulièrement. Tant de choses s'étaient passées au cours des quelques mois depuis son installation à Kelowna, en Colombie-Britannique ! Pas seulement les affaires non résolues dans lesquelles elle avait été impliquée, mais aussi la vente des antiquités de Nan, le vidage de la maison. Pourtant, il faudrait encore des mois et des mois avant que tout soit vendu, que les transactions soient conclues, et qu'elle reçoive un chèque de Christie's.

Avant que la maison des enchères ne puisse tout vendre, certains meubles devaient être remis en état. Certains tableaux avaient besoin d'un nettoyage professionnel intensif. Tout était retapé et prêt à être photographié pour les catalogues, mais Scott l'avait prévenue que cela risquait de prendre plus que les trois mois (au plus tôt) qu'il lui avait initialement indiqués. Tant qu'elle s'en sortait financièrement, cela ne la dérangeait pas d'attendre trois mois, voire quatre.

Mais si cela prenait plus de temps, elle n'en était plus sûre. Jusqu'à présent cependant, tout s'était bien passé, et elle était satisfaite de la façon dont les choses s'étaient déroulées. Sa maison était pratiquement vide. Elle avait retapé les derniers meubles. Elle devait se débarrasser d'un vieux lit dans la chambre d'amis. Pendant qu'elle y pensait, elle sortit son téléphone et nota de contacter Mack pour l'emmener à la décharge. Pendant qu'elle avançait, Mugs se mit à aboyer. Il renifla et accéléra le rythme pour la dépasser en courant, et elle leva les yeux pour voir Nan, debout au bord de son petit patio, l'attendant avec les animaux.

Chapitre 4

Jeudi, juste avant midi...

DOREEN LEVA LA main en guise de salut et sourit en rangeant à nouveau son téléphone dans sa poche. Nan fit un signe de la main en se penchant pour caresser Mugs, qui avait accouru pour la voir. Goliath s'approcha, moins enthousiaste ou enclin à montrer son affection, et pourtant son amour pour Nan était évident. Cela faisait du bien à Doreen de voir à quel point les animaux aimaient Nan. Et elle pensait que cela faisait aussi probablement beaucoup de bien à Nan. De qui se moquait-elle ? Ces animaux lui faisaient également beaucoup de bien, à elle directement. Rien de tel que de se savoir aimée. Sans parler du fait que la relation entre Nan et Doreen aussi se renouait merveilleusement ces temps-ci. Elles s'étaient éloignées au fil des ans, principalement parce que Doreen avait grandi avec sa mère, puis à cause de son mariage désastreux.

Elle s'avança sur les dalles, puis enjamba le petit rebord menant au patio de sa grand-mère, avant de se pencher pour faire un câlin à cette adorable femme.

— Je suis si heureuse de te voir, dit doucement Nan.

— Moi aussi, dit Doreen avec un sourire.

— Comment va ta dernière blessure ?

Doreen haussa les épaules.

— Ça va. J'ai encore un bleu. En vrai, je l'oublie jusqu'à ce que je le cogne.

— Peut-être, mais tu dois prendre soin de toi, gronda Nan.

— D'accord, promit Doreen.

Elle s'assit à la petite table pendant que Nan s'occupait de Thaddeus, qui avait sauté au bas de l'épaule de Doreen et avait traversé la table pour saluer Nan. Il semblait fasciné par les gâteaux qui attendaient les humains sur la table.

— Tu as parlé de légumes, déclara Doreen avec un petit rire, alors qu'elle avisait une assiette remplie de biscuits. Et ces cookies sont monstrueux.

— Comme ça, si tu n'en prends qu'un, rétorqua Nan, tu manges vraiment quelque chose. Tu n'en as pas besoin de plus.

— Alors tu essaies de tromper ton cerveau. C'est l'idée ?

— Peut-être, mais quand tu ne manges qu'un seul cookie et qu'il est petit, c'est déprimant.

— C'est contre-productif de faire des cookies qui ont la taille de quatre cookies assemblés, quelle que soit la raison pour laquelle on t'a dit de n'en manger qu'un. Ce n'est pas vraiment la bonne réponse.

— Peuh, fit Nan avec un geste de la main. Qu'est-ce qu'ils en savent, ces diététiciens, de toute façon ?

Elle prit un cookie et le tendit à Doreen.

— Fais-toi plaisir.

Tandis que Nan versait le thé, Doreen accepta le gros biscuit et le regarda avec fascination.

— Comment peut-il garder cette forme ? s'enquit-elle. Cette chose doit faire douze centimètres de diamètre.

— Si tu ne peux pas tout manger, tu pourras le remporter chez toi, déclara Nan.

— Je pensais qu'on allait le partager.

Doreen levait un regard horrifié vers Nan.

— Non, dit Nan avec un sourire. J'ai mon propre cookie.

Elle désigna son assiette de l'autre côté du vase de fleurs, où l'attendait un autre gros biscuit, exactement le même que celui de Doreen.

Doreen gloussa.

— Tu es incorrigible, la réprimanda-t-elle légèrement.

Nan sourit.

— Nous sommes complices. Et je l'ai bien mérité, à mon âge : un cookie est un cookie.

— Pas s'il est l'équivalent de cinq cookies, s'exclama Doreen en regardant le monstre devant elle.

Le problème était qu'elle le regardait avec une joie absolue.

— Je veux vraiment ce cookie, mais j'espère qu'à mi-chemin je serai rassasiée.

Nan éclata de rire.

— Mais tu sais ce que c'est, quand tu commences à manger un cookie. C'est difficile de s'arrêter.

— Non, tu m'as déjà dit que je pouvais le remporter à la maison, si je ne le finissais pas, répondit Doreen, alors c'est ce que je vais faire.

Nan gloussa.

— On verra ça.

À ces mots, Thaddeus s'approcha et baissa la tête vers son biscuit.

— Je suis presque sûre que tu n'as pas le droit de manger de chocolat, lui dit-elle.

Mais un morceau de noix dépassait d'un côté. Elle le rompit et le lui donna.

Il l'attaqua avec grand plaisir.

— C'est une très mauvaise habitude, le gronda-t-elle.

Thaddeus contempla son cookie alors qu'elle le portait à ses lèvres.

— C'est tout ce que tu auras, lança-t-elle.

Thaddeus ébouriffa les plumes de son cou et s'exclama :

— Thaddeus est là. Thaddeus est là.

— Sois sage, dit-elle, ou je te mets par terre avec les autres.

En réponse, il s'accroupit pour laisser pendre les plumes de sa queue par-dessus le bord de la table. Elle rit, regarda Nan et dit :

— Nous avons créé des monstres, toi et moi.

Nan rit en retour.

— Et je les aime tous autant qu'ils sont.

Elle ajouta un peu de lait dans leurs deux tasses de thé et interrogea Doreen :

— Tu as récupéré de cette dernière affaire ?

— J'ai demandé trois jours de paix et de tranquillité, déclara Doreen en riant. Et d'une manière ou d'une autre, j'ai eu près d'une semaine après être tombée de ce stupide pont. Alors oui, je dirais que j'ai récupéré. En fait, je me sentais tellement bien ce matin que j'ai recommencé à bêcher le jardin.

— Tu n'aurais pas dû, la gronda Nan. Tu as besoin de temps pour guérir cette cheville.

— Je me serais arrêtée si j'avais eu mal et ce n'était pas le cas. Je pense que ma cheville va mieux maintenant.

Elle enfonça la main dans sa poche et sortit les deux petites plaques en métal qu'elle posa sur la table.

— En plus, j'ai trouvé un nouveau puzzle. Le jour où je suis tombée, Thaddeus m'a apporté ça. Ils étaient dans ma poche, mais je ne les ai retrouvés qu'après avoir lavé et remis ce pantalon aujourd'hui.

Nan les saisit et les examina avec surprise.

— Oh mon Dieu, je connais quelqu'un qui faisait ce genre de choses.

— Faisait quoi ?

— Ceci est une date, dit-elle, et ça, c'est un nom.

— Qu'est-ce qu'il veut dire ? « Kelowna quelque chose » ou un truc du genre ? interrogea Doreen. J'ai cru que c'était une entreprise.

— Eh bien, en quelque sorte. Mais pas vraiment non plus. Il réparait et affûtait des outils et des trucs comme ça. Il faisait confectionner ces petites plaques de métal en étain, et il les estampillait de sa marque et de la date. C'est drôle que Thaddeus en ait trouvé.

Elle leva les yeux de la médaille.

— Où les a-t-il trouvés ?

— Il m'en a apporté une, donc je ne sais pas où il l'a trouvée. Puis il m'a guidée vers l'endroit où se trouvait la deuxième. J'imagine que c'était au même endroit que la première, de l'autre côté du ruisseau, vers le lac.

— Intéressant.

Nan reposa les deux petites plaques de métal devant Doreen.

—Quelque chose qui m'interpelle, mais je n'arrive pas à mettre le doigt dessus.

Doreen hocha la tête et se remit à grignoter son biscuit et à boire son thé. Elle avait espéré que voir les médailles aiguillerait les souvenirs de Nan dans la bonne direction, mais parfois la mémoire de sa grand-mère n'était pas très bonne. Au bout d'un moment, Doreen demanda :

— Comment vas-tu ce matin ?

Nan sourit.

— Comme toi, *je m'ennuie*. Toute l'excitation de ta dernière affaire est retombée, alors il est temps d'en trouver une nouvelle.

Doreen gémit.

— Je ne pense pas, répondit-elle. Je suis à peu près sûre que Mack estime que je lui ai causé suffisamment de problèmes.

— Tu as résolu plusieurs meurtres. Et c'était nécessaire. Qui eût cru que nous avions tant de criminels dans cette ville ?

— Qui l'eût cru ? répéta Doreen avec un hochement de tête. Tu m'avais dit de venir m'installer « dans la paisible ville de Kelowna pour me détendre et panser mes blessures dans cette ville calme ». Et pourtant, me voilà en plein chaos.

Nan gloussa.

— Je ne m'excuserai pas. Je suis trop heureuse de t'avoir près de moi.

Doreen éclata de rire.

— Tant mieux, parce que je me serais terriblement ennuyée sans toutes ces affaires. Elles m'ont… J'aimerais dire qu'elles m'ont évité les ennuis, mais c'est plutôt l'effet inverse. J'ai eu des ennuis avec chacune d'entre elles, mais elles m'ont occupée.

— Et tu as fait tellement de choses, approuva Nan, rien qu'avec la maison !

Doreen éclata de rire.

— Scott m'a dit qu'ils devaient réparer quelques meubles et que les peintures devaient être nettoyées par des professionnels.

Nan hocha la tête, comme si elle s'y attendait.

— Ils veulent exposer les meubles et les œuvres d'art sous leur meilleur jour. Tu n'obtiendras pas le meilleur prix, lorsqu'ils mettront tes objets aux enchères, à moins qu'ils ne soient dans un état impeccable.

— Ça ne m'avait pas effleuré l'esprit, déclara Doreen, mais cela signifie que le versement pourrait prendre du retard.

— Il prend toujours du retard, acquiesça Nan, en tendant la main pour tapoter celle de Doreen. Lorsqu'ils te disent trois mois, double automatiquement.

Doreen gémit.

— C'est ce que je craignais.

— Ça va, niveau finances ?

Doreen haussa les épaules.

— Ça ira. Enfin, j'ai pensé à utiliser une partie de mon argent pour faire des réparations, comme refaire le porche à l'arrière. Mais je ne veux pas gaspiller cet argent, si je ne sais pas quand sera la prochaine rentrée.

— Tu as raison, déclara Nan. Tu as encore un peu d'argent dans le bol, ou tu l'as apporté à la banque ?

— Non, je ne l'ai pas encore déposé à la banque. Je veux en garder une partie à la maison. J'ai encore le liquide que tu m'as donné la dernière fois. Je m'en suis plutôt bien sortie jusqu'à présent. J'ai fait quelques courses, payé quelques factures, et ça m'a fait du bien de les payer aussi.

— N'est-ce pas ? dit Nan. Certains des résidents ici auraient pu t'aider en guise de remerciement.

— La plupart des gens ne savent pas s'ils doivent me remercier ou me demander de quitter la ville, déclara honnêtement Doreen. J'ai donné un coup de pied dans la fourmilière.

— En particulier avec Darren.

— Je sais. Entre son grand-père qui fait tellement de bêtises à Rosemoor que l'administrateur doit appeler Darren directement, et son emploi de flic sous les ordres de Mack, j'imagine que Darren a deux fois plus de mal quand je résous une affaire. Et c'est toujours en cours.

— Peut-être, admit Nan, mais je suis sûre que tout le monde sera beaucoup plus heureux de savoir que tous ces meurtriers ont été arrêtés et que toutes ces pauvres victimes ont été retrouvées, afin que les familles puissent connaître la vérité, faire leur deuil et passer à autre chose.

— Je ne peux qu'imaginer, dit Doreen, parce que faire le deuil d'un être cher parti trop tôt doit être terrible.

— Idem, dit Nan. Et perdre quelqu'un est déjà très dur, même quand la vieillesse en est la cause. Mais en fin de compte, tu fais un travail formidable et tous ces gens te sont reconnaissants.

— Non, je ne suis pas sûre de ça, et je reçois énormément de regards de travers lorsque je circule en ville.

— Peut-être qu'on te regarde de travers, nuança Nan, parce que tu te promènes avec tous les animaux.

— Eh bien, ce n'est pas faux, répondit Doreen. Après cette dernière affaire, j'ai complètement changé ma vision des sans-abri.

— Non, dit Nan. Elle n'a jamais été critiquable.

— Quoi qu'il en soit, continua Doreen en pensant à l'instant présent, tu sais que je ne changerais rien à ma vie à ce stade, n'est-ce pas ?

Elle serra doucement la main de sa grand-mère.

— Je suis tellement ravie de passer enfin du temps avec toi !

Les doigts de Nan se resserrèrent sur les siens.

— Et tu as insufflé de la joie dans ce vieux cœur. Le fait que tu m'apportes une quantité incommensurable d'excitation et la possibilité de penser à autre chose que la vieillesse est un bonus.

Les deux femmes se sourirent.

— Qu'en est-il du jardinier de la résidence ? Enfin, l'actuel. C'est difficile de distinguer Fred de Dennis, parce qu'ils sont tous les deux grincheux et qu'ils nous détestent tous les deux, les animaux et moi.

— Mais, interrompit Nan, Fred boite. Tu peux les différencier de cette façon.

— À part ça, il n'y a aucune différence. Est-ce que Fred est *toujours* en colère contre les dalles que tu as installées pour que les animaux et moi puissions arriver directement chez toi ?

— Oh, tellement ! avoua Nan avec un petit rire. Il en a parlé lors de notre dernière réunion de locataires.

— Ouah ! s'exclama Doreen. Il doit vraiment les haïr pour être encore en colère après tout ce temps.

— C'est le cas. Il ne veut pas que tu t'approches de moi du tout.

— Je me demande pourquoi ? réfléchit Doreen. On dirait qu'il a quelque chose à cacher.

Les sourcils de Nan se haussèrent.

— Oh mon Dieu, dit-elle. Ce serait intéressant !

Puis elle s'interrompit et ramassa les petites plaques de métal.

— Tu sais quoi ? Il est apparenté à ce type.

— Quel type ? s'enquit Doreen.

— L'homme qui fabrique ça, déclara Nan en la regardant, les sourcils froncés. Je viens de te le dire. Tu as des problèmes de mémoire, ma chérie ?

Doreen s'enfonça lentement dans sa chaise.

— Nan, tu m'as dit que tu ne te rappelais pas qui les avait créées.

— Et puis je t'ai dit qui les avait faites, dit-elle en en montrant une. C'est le frère du jardinier.

Doreen regarda sa grand-mère. Ce n'était pas la première fois qu'elle s'interrogeait sur les étranges coq-à-l'âne de Nan.

— Et donc ?

— C'est tout, dit Nan. Tu te souviens, ma chérie ? Ta mémoire ? Je viens de te le dire. Il fabrique ces plaques.

— Mais qu'est-ce que c'est ?

Nan lui tapota la main.

— Oh, ma chère, dit-elle. Rappelle-toi ? Ce sont des étiquettes.

Doreen réprima son impatience grandissante.

— Des étiquettes pour quoi ? demanda-t-elle lentement.

— Des outils, bien sûr.

— Des outils ? Elle baissa les yeux vers les petits objets en métal estampillés et dit : Vraiment ?

— Oui, vraiment, pouffa Nan. Ils sont fiers de leur travail.

À ce moment-là, Doreen leva les yeux et aperçut le jardinier, qui les foudroyait du regard. Elle bondit sur ses pieds et l'appela.

Il la regarda avec surprise, puis regarda à gauche, à droite, mais ne voyant personne d'autre à qui elle aurait pu s'adresser, il traversa l'herbe pour la rejoindre.

Doreen le dévisagea avec un ressentiment à peine dissimulé. *Comment se fait-il qu'il ait le droit de marcher sur l'herbe et pas moi ?*

Mais Nan leva l'une des petites plaques de métal en demandant :

— Ce ne serait pas l'œuvre de votre frère Frank ?

Fred examina l'objet, le retourna et répondit :

— Ça y ressemble, oui. Pourquoi ?

Et il tourna son regard suspicieux vers Doreen.

Elle lui adressa un sourire agréable.

— Sans raison particulière, déclara Nan.

Il avisa la deuxième plaque, la retourna, hocha la tête et continua :

— Je pense que ce sont les œuvres de Frank. Mais elles sont normalement attachées à quelque chose.

Il regarda Doreen.

— Je suppose que c'est vous qui les avez trouvées.

L'accusation dans son ton était assez claire.

Mugs se redressa, n'appréciant pas le ton de voix de Fred, et il aboya. Doreen tendit la main mais heurta accidentellement la table. Les tasses tressautèrent et le thé se renversa. Thaddeus voleta jusqu'au bord de la table et essaya de récupérer ses bouts de métal.

Le jardinier recula et cracha :

— Sales bestioles.

Il lança les deux pièces métalliques à Nan.

— Gardez-les. Frank en a d'autres.

Et, avec un dernier regard noir, il tourna les talons.

Nan se rassit, essayant de calmer Thaddeus. Elle lui donna une des plaques de métal, qu'il rapporta immédiatement à Doreen.

— Eh bien, il y tient beaucoup, n'est-ce pas ? dit Nan. Elle regarda le jardinier qui s'éloignait en courant. Et lui aussi, apparemment.

Doreen regarda le jardinier qui s'en allait. Son pas était plus rapide que nécessaire, comme s'il avait hâte de mettre de la distance entre eux. Mais elle ne pensait pas que cela ait quelque chose à voir avec ses sales « bestioles ».

Chapitre 5

Jeudi midi...

DOREEN TENDIT LA main vers l'une des plaques métalliques.

— Il y a d'autres numéros aussi.

— Bien sûr, approuva Nan, il avait l'habitude de tenir un registre des outils qu'il vendait.

— Quel genre d'outils fabriquait-il ?

— Techniquement, les manches en bois des outils en métal. Il n'y avait pas beaucoup d'activité, mais il était vraiment fier de les voir fixés à des marteaux, des masses et autres.

— Alors... il ne faisait que les manches ?

— N'oublie pas, ma chérie : à l'époque, ce n'était pas comme si on pouvait commander un manche *made in China* à tout instant.

— Tu saurais de quand elles datent ?

— Oh Seigneur, dit Nan.

Elle pressa ses doigts contre ses lèvres pour cacher son sourire et fixa Doreen.

Doreen la dévisagea.

— Quoi ?

— Ta mémoire ? Ce sont des dates, ma chérie.

Doreen baissa les yeux sur les chiffres gravés sur le morceau de fer-blanc, puis grogna.

— La mienne est plus difficile à déchiffrer. Je n'avais pas vu. D'accord, donc elles ont quoi ? Vingt ans ?

— Bien sûr, et, oui, il était possible d'acheter des manches en plastique ou en bois à l'époque, mais il essayait de développer une petite entreprise de créations sur mesure.

— Intéressant. Alors Frank réparait des outils en plus de fabriquer des manches ?

— Oui, c'est exact, acquiesça Nan. Son entreprise avait un nom marrant. Je ne m'en souviens pas. Un nom bizarre, comme « Réparation d'Outils Kelowna » ou quelque chose comme ça.

Doreen se dit que ce nom n'avait rien de drôle. Il indiquait où trouver l'entreprise et en quoi elle consistait, donc ce n'était pas un mauvais nom commercial.

— Je devrais pouvoir le trouver.

— Oh, fais donc, dit Nan en tapant dans ses mains, un sourire éclatant sur le visage. Peut-être que nous trouverons quelque chose de croustillant dans cette histoire.

— Peut-être, avança Doreen prudemment, mais je ne sais pas ce que cela pourrait être.

— Ou peut-être pas. Sur le chemin du retour, emprunte l'autre côté du ruisseau et vois si tu trouves autre chose au même endroit.

— Je ne peux plus prendre ce chemin. Je dois rester de mon côté du ruisseau pour éviter la crue.

— C'est vrai, le niveau de l'eau est plus élevé ces temps-ci, n'est-ce pas ?

— Oui, mais elle ne déborde pas des tuyaux de la pompe de relevage.

— Parfait, déclara Nan. L'eau souterraine n'a pas pu s'infiltrer aussi loin du ruisseau, donc le sous-sol n'est pas en danger.

Chaque fois qu'elle entendait les mots « eau », « sous-sol » et « danger », Doreen paniquait et son sang se glaçait. Elle refusait d'imaginer son sous-sol inondé. Mais il y avait une différence entre une inondation du sous-sol *maintenant* et une inondation du sous-sol lorsqu'il était rempli d'antiquités très chères. Que Nan y ait, durant toutes ces années, stocké ces antiquités alors que n'importe quoi aurait pu arriver donnait encore des cauchemars à Doreen.

— J'ai failli oublier les légumes ! s'exclama Nan.

Elle se leva et se précipita dans son petit appartement. Elle revint un instant plus tard avec un grand panier en osier et le posa sur la table.

— Maintenant, dis-moi. Qu'est-ce que tu voudrais prendre ? À part ces courgettes ? demanda-t-elle, en sortant courgette après courgette après courgette.

— Ce sont toutes des courgettes ? s'enquit Doreen.

— Oui. Elles viennent de l'épicerie, déclara Nan. Quelqu'un en a trop acheté et les a apportées.

— D'accord, parce que ce n'est pas encore la saison dans nos jardins.

— Non, pas encore. Fin juillet ou août. Ou plus tôt sous serre.

Puis Nan sortit d'autres légumes du panier.

— Mais ici, nous avons des tomates et de jeunes pousses de salade.

— Je veux bien les jeunes pousses, demanda Doreen. Je prendrai une courgette, mais pas quatre ou cinq, c'est trop.

— Tu es sûre, ma chérie ?

— Je suis sûre, dit-elle. Une poêlée de courgettes, c'est

suffisant.

— Je pense faire du pain aux courgettes, indiqua Nan avec un sourire. Quand ça sera cuit, tu pourras venir en prendre une tranche ou deux.

— Cela semble être la meilleure manière de les cuisiner, déclara Doreen. J'adore ton pain aux courgettes.

Puis Nan sortit des oignons blancs, des cébettes, des tomates et des radis.

— Les tomates ne sont pas à moi, avoua-t-elle, mais bizarrement, elles se sont retrouvées dans ce panier.

Elle regarda le panier avec une confusion évidente sur le visage.

Dorine sourit.

— Je serai ravie de prendre les autres légumes.

Sur ce, Nan retourna à l'intérieur et ressortit avec un sac en papier dans lequel elle emballa soigneusement quelques légumes pour Doreen.

— Tu devrais probablement rentrer faire des recherches sur la société de Frank, chuchota Nan.

— Pourquoi donc ? demanda Doreen en finissant son thé et la dernière bouchée de son cookie. Elle regarda son assiette vide avec incrédulité : Je n'arrive pas à croire que j'ai mangé tout ce cookie.

— Je t'avais prévenue, dit Nan. Ils sont mortels.

— Ils sont plus que mortels, déclara Doreen. Ils sont monstrueux.

— Mais il n'y a rien de tel qu'un cookie. Quand tu en manges un avec une tasse de thé, c'est encore plus spécial.

— Possible.

— Ça ira, répondit Nan avec un petit rire. De plus, tu as des légumes frais à emporter, tu pourras donc manger une salade saine plus tard dans la journée.

Alors que Doreen regardait dans le sac en papier, elle remarqua qu'il y avait beaucoup de verdure. Trois jours à manger de la salade. Elle en était vraiment reconnaissante.

— Cela me fera quelques économies, dit-elle en riant.

Elle regarda les courgettes, se demandant si elle n'en prendrait pas une deuxième, car, après tout, c'était de la nourriture gratuite. Ce serait un bon complément si elle trouvait un moyen de les cuisiner, avec l'aide de Mack.

Sur cette note, Nan en glissa une petite dans le sac en papier et dit :

— Tiens, et je ferai du pain aux courgettes avec le reste.

— Ce serait super, s'extasia Doreen. Ton pain aux courgettes est splendide. Merci pour tout cela.

Elle se pencha, embrassa doucement Nan sur la joue, puis appela les animaux. Au dernier moment, elle récupéra les deux petites étiquettes en métal et les mit dans sa poche.

— Et je verrai ce que je peux trouver sur ça.

Nan hocha la tête, tout en se baissant pour dire au revoir aux animaux.

— Je vais demander autour de moi aussi.

— N'oublie pas, dit Doreen, il n'y a pas que des mystères.

— Bien sûr, répondit Nan avec un grand sourire – un sourire un peu *trop* grand.

— Tu sais quelque chose que j'ignore ?

— Je ne sais pas, répondit Nan, confuse. Tu penses ?
Doreen grogna.

— Y a-t-il un mystère autour de ton jardinier et de son frère ?

— Eh bien, leurs parents ont disparu du jour au lendemain, asséna Nan. Alors c'est un mystère.

— Ce n'est pas forcément un mystère. Quand ont-ils

« disparu » ?

— Il y a une quinzaine d'années, dit Nan en se tapotant le menton. Je pense que cela doit faire au moins quinze ans.

— Intéressant. Donc quelques années après la fabrication de ces étranges plaques métalliques.

Le visage de Nan s'éclaira.

— Oui. Alors peut-être que tu devrais vérifier ça. Peut-être que les frères ont assassiné leurs parents, avança-t-elle avec délectation.

Doreen craignait que sa grand-mère ne trouve le moyen d'associer vraiment un incident à l'autre, alors qu'ils étaient séparés par plusieurs années. Certes, cela concernait la même famille. Doreen soupira. Maintenant, elle savait ce que ressentait Mack lorsqu'elle lui exposait certaines de ses théories.

— Ou peut-être que les parents sont morts naturellement dans une clinique et que les frères n'ont tout simplement pas fait part de leurs problèmes parce qu'ils ne sont pas le genre de personnes à afficher leurs sentiments.

— C'est possible, concéda Nan avec déception. Je ne m'en souviens pas trop. Je ne sais même plus si c'était un mystère à l'époque. Je sais juste que les parents étaient là un jour et partis le lendemain. Tout le monde a cru qu'ils étaient repartis vers l'est, sur la côte Est, sans le dire à personne.

— C'est ce qui arrive quand on vieillit, dit sèchement Doreen.

— Leur sœur a disparu aussi, ajouta Nan, alors qu'elle regardait au loin là où le jardinier s'en était allé.

Doreen fronça les sourcils.

— Les trois en même temps ?

Cela n'augurait rien de bon.

Nan hocha la tête, fixant toujours le paysage.

Doreen nota mentalement de clarifier ces dates avec Mack.

— Qu'est-ce qui lui est arrivé ?

— Je ne sais pas, dit-elle. Elle était trisomique. C'était pourtant une fille adorable. Toujours heureuse et souriante, elle aidait tout le monde.

— Tu connaissais toute la famille ?

— Oui, en effet. Je les voyais souvent parce que nous appartenions au même club de jardinage, et parfois nous partions en promenade dans la nature avec le reste du groupe. Il y avait toujours des goûters et d'autres petites activités. Ils formaient un couple adorable et dévoué à leur famille.

— Ils n'avaient que deux garçons et une fille ?

Nan hocha la tête.

— Et aucun d'eux n'a eu d'enfants.

— Oh, c'est dommage, dit Doreen. C'est triste quand la lignée familiale s'éteint.

— C'est vrai, approuva Nan, en jetant un regard entendu à Doreen.

Elle roula des yeux en posant le pied sur la première dalle.

— N'y pense même pas, Nan.

— Mack et toi, vous feriez de beaux petits bébés ensemble ! s'écria Nan.

Cela ne méritait même pas de réponse. Pas en public, en tout cas.

Quand elle et ses animaux arrivèrent de l'autre côté de la pelouse, Doreen se retourna, agita la main en guise d'au revoir et avança vers le ruisseau. Elle refusait de penser à Mack et à faire des bébés dans la même phrase. Ça n'allait certainement pas la mettre dans le bon état d'esprit. Mack avait un frère – un avocat qui enquêtait pour manque d'éthique sur l'avocate qui s'occupait de son divorce. Doreen, elle, était fille unique et avait été élevée par sa mère. Elle n'avait donc pas été habituée à côtoyer des hommes dans son enfance.

Mack et elle s'entendaient assez bien, mais ils n'étaient pas près d'avoir ce genre de relation et de songer à avoir des enfants. Du moins, elle ne le pensait pas. Dans sa tête, cette petite voix susurra : « Mais ça pourrait être le cas, en fin de compte. Tu sais qu'il est intéressé. » En même temps, ce n'était pas du tout ce qu'elle avait besoin d'entendre de la part de sa grand-mère. Surtout si elle le criait pratiquement sur les toits de Rosemoor, dont les habitants étaient passionnés par les derniers potins.

Doreen secoua la tête, puis repensa à ces parents et à leur fille qui avaient disparu en même temps. Le problème était que, même si Nan avait dit que cela s'était passé « en même temps », cela aurait pu se prendre plusieurs années. Il était possible que la sœur soit décédée de causes naturelles. C'était une triste réalité, mais les personnes trisomiques n'avaient pas la même espérance de vie que leurs parents. Elle aurait aussi pu avoir d'autres problèmes de santé. Peut-être qu'elle était décédée la première. Doreen devrait vérifier quand elle rentrerait chez elle.

Ses doigts jouaient avec les petites plaques de métal tandis qu'elle rentrait chez elle. Il lui était impossible de traverser le ruisseau à l'endroit où elle avait trouvé la deuxième médaille – ou plutôt, là où Thaddeus avait trouvé la deuxième médaille. Elle tendit la main et caressa doucement l'oiseau sous le menton.

— Nous n'y retournerons pas pour y jeter un autre coup

d'œil.

Il poussa un cri perçant dans son oreille, suffisamment fort pour qu'elle se voie obligée de tourner la tête sur le côté en l'entendant.

— D'accord, d'accord, céda-t-elle. Allons jeter un coup d'œil rapide.

Prudemment, Doreen et Thaddeus traversèrent le ruisseau à l'endroit le plus étroit et le plus sûr de ce côté, Mugs courant devant et Goliath sur ses talons, tout en se demandant si elle pourrait recommencer de sitôt. L'eau jaillissait avec une force impérieuse. De l'autre côté du ruisseau, elle se dirigea avec précaution vers l'endroit où s'était trouvé le deuxième petit bout de métal. Il lui fallut revenir sur ses pas mais, après un certain temps, elle retrouva finalement le bon endroit. Les empreintes de serres de Thaddeus étaient partout sur le sol. Elle utilisa sa sandale pour balayer le sable et quelques cailloux. Le lierre couvrait le sol et s'emmêlait de toutes parts. Elle écarta plusieurs longues branches.

— Si elles étaient fixées sur des outils, commença-t-elle, qu'est-ce qu'elles faisaient ici ?

Elle repoussa encore d'autres cailloux et, sans surprise, elle trouva un bout de bois qui dépassait. Elle se pencha pour regarder de plus près.

— Ah, ah !

Elle releva la tête, retrouvant ses repères. Ils étaient presque à l'embouchure du fleuve. Toute cette zone pouvait se transformer en chemin vers le lac, qui se trouvait à huit mètres seulement devant elle. Il était possible que la rivière ait été plus large à l'époque aussi, lorsque ces plaques avaient été fabriquées, une vingtaine d'années plus tôt. Et il était possible qu'on ait jeté les médailles ici un jour après leur création… ou hier.

Doreen soupira. Elle aurait aimé avoir une fourchette de temps plus limitée pour le moment où ces étiquettes avaient été jetées ici.

Elle déterra le manche de ses doigts. Ce manche en bois était plus gros que celui, disons, de sa bêche. Ce qui lui indiqua qu'il pouvait bien appartenir à un outil beaucoup plus long et plus robuste.

Mugs se rendit compte qu'elle était en chasse et se précipita à ses côtés, sa large truffe s'agitant de haut en bas, envoyant du sable voleter partout à chaque inspiration. Puis il commença à creuser, ses grosses pattes carrées retournant la terre et les nombreux cailloux qui s'y trouvaient.

Elle lui donna un coup de main en déplaçant un tas de pierres alors qu'il creusait un trou de taille décente. Mais elle ne voyait pas le bout de l'outil. *Le fait qu'il soit enterré sous tant de terre, de roches et de sable — merci le ruisseau — doit signifier que cet outil est là depuis des années et des années ; sans parler du buisson bien touffu de lierre ici. Peut-être une décennie ? À moins, bien sûr, que quelqu'un l'ait délibérément enterré ici comme ça.*

Lorsqu'elle put enfin saisir la poignée à deux mains, elle tira fort dessus, et davantage de terre et de roche s'éboulèrent. Mais l'outil était toujours coincé. Elle parvint finalement à le tirer de son trou profond et le souleva, puis elle étudia la chose étrange dans sa main.

— Ouah, dit-elle, qu'est-ce que c'est ?

Elle remarqua l'endroit sur le manche où la plaque aurait dû se trouver. Il était très légèrement en creux et présentait de petits trous d'épingle, comme si le métal avait été cloué là. Elle le mit de côté et dit :

— Il y en a peut-être deux, puisque j'ai deux plaques.

Elle continua à chercher mais ne trouva aucun signe

d'un deuxième manche, du moins pas avec ses moyens limités de creuser la terre à main nue. Elle devrait revenir avec une pelle pour continuer, car cette zone avait été envahie par la végétation avec le temps.

Elle avait partiellement vue sur le lac, d'où elle se tenait. De l'autre côté de la rivière se trouvaient des propriétés privées. Tout autour de la rive du lac, on trouvait des maisons à plusieurs millions de dollars. Elle se releva, laissant l'outil au sol. Encore huit mètres et le lac s'ouvrait devant elle.

— Je me demande si ce quartier était populaire il y a vingt ans ? murmura-t-elle. Ou si ces outils et ces plaques ont été jetés lorsque les parents ont disparu, quinze ans auparavant ?

Elle se tourna pour regarder ses animaux, mais ils étaient agglutinés autour de l'outil. Elle sourit, revint sur ses pas et le ramassa, surprise par le poids, puis se dirigea vers le petit pont et sa maison.

Lorsqu'elle eut traversé le pont, souriant devant le travail de Mack pour rendre le pont à nouveau sûr et solide, et pénétré dans son jardin, elle ressentit un certain soulagement. Elle posa l'outil sur sa petite table de café sur la véranda arrière et rentra chez elle. Elle était toujours étonnée de l'écho du vide alors qu'elle traversait la maison. Elle avait très peu de meubles, la plupart étant partis chez Christie's pour l'inévitable vente aux enchères. Et il y avait quelque chose d'agréable dans ce vide. Elle fit le tour du logis et ouvrit toutes les fenêtres pour laisser la brise traverser la maison. Les rideaux se soulevèrent, ainsi qu'une couche de poussière, mais elle adorait ça. Elle aurait aimé que le vent balaie la maison d'un bout à l'autre et emporte toute la poussière avec lui. Dommage que cela ne soit pas possible.

Chapitre 6

Jeudi en milieu d'après-midi...

L ORSQUE LE TELEPHONE de Doreen sonna à nouveau, elle baissa les yeux vers lui et soupira.

— Salut, Mack.

— S'il vous plaît, dites-moi que vous n'avez aucun problème, dit-il en guise de bonjour.

— Quel genre de problème pourrais-je bien avoir ?

— Quelqu'un a vu le jardinier s'enfuir après vous avoir parlé, à vous et à Nan, sur son patio. N'êtes-vous pas censée être à la maison pour reposer votre cheville ?

— C'est Darren, encore ? demanda-t-elle en roulant des yeux.

Un autre flic qui travaillait avec Mack et dont le grand-père vivait à Rosemoor.

— Et je suis chez moi. Je viens de faire l'aller-retour jusque chez Nan. Une petite balade pour réveiller ma cheville.

— Eh bien non, Darren n'a rien vu, mais son grand-père, si. Assurez-vous simplement de ne pas en faire trop.

— Je ne l'ai vu nulle part.

Elle choisit d'ignorer le reste de son commentaire.

— Il est tout à fait possible qu'il se soit trouvé dans l'appartement de Nan, avoua Mack avec délicatesse.

Doreen se figea, puis un soupir s'échappa de ses lèvres.

— Crotte, ça veut dire qu'il a entendu tout ce dont nous avons parlé. Pourquoi Nan ne m'a-t-elle pas dit qu'il était là ? s'enquit-elle. J'ai grignoté un cookie dehors sur la terrasse pendant au moins une heure. Je déteste me dire qu'il l'a attendue à l'intérieur pendant une heure.

— Je pense qu'il essayait de lui rendre visite mais ne voulait pas vous déranger toutes les deux.

— C'est dommage, déclara-t-elle. Nous aurions été heureuses de l'accueillir.

— Peut-être qu'il voulait juste échapper aux infirmières. Selon Darren, elles sont sur son dos à cause de son régime.

— Ha. Il voulait probablement voler un cookie à Nan, alors, expliqua-t-elle. Ils étaient énormes et pleins de pépites de chocolat.

— Voilà qui fait envie. Vous n'en avez pas rapporté un, par hasard ? demanda Mack avec espoir.

— Je voulais rapporter la moitié du mien, avoua Doreen avec regret, mais j'ai tout mangé pendant que je discutais avec Nan.

— Alors, le jardinier…

— Eh bien, il nous a quittés, mais cela n'avait rien à voir avec moi ou les animaux, cette fois, informa-t-elle. Enfin, pas directement. Thaddeus a trouvé deux petites plaques en métal avec des dates et des noms dessus, mais ils étaient difficiles à déchiffrer. Je les ai emportées en allant prendre le thé. J'ai demandé à Nan, et elle s'est souvenue que le frère du jardinier, Frank, avait un atelier de réparation d'outils ou quelque chose du genre et qu'il apposait ces petites plaques sur ses créations.

— Intéressant.

Mais elle savait que Mack s'était déjà déconnecté de leur conversation. Elle sourit.

— Comment ça va, vous ?

— Je vais bien, déclara-t-il. Je vérifiais juste que vous aussi. Avez-vous récupéré ?

— Presque, répondit-elle. La semaine dernière, je pleurais pour avoir trois jours de paix et de tranquillité, mais aujourd'hui, je me suis ennuyée à mourir.

— Vous pourriez essayer de vivre avec l'ennui, releva-t-il. C'est bon pour l'âme.

— Non, c'est faux, dit-elle en riant. J'étais dehors et je commençais à jardiner, quand Thaddeus m'a apporté la première de ces petites plaques.

— Ce n'est peut-être rien, signala-t-il.

— Eh bien, avoua-t-elle, sa voix devenant soudainement joyeuse alors qu'elle sortait de sa cuisine, j'ai quand même trouvé un outil. Sur le chemin du retour, nous sommes retournés là où nous avions trouvé une des plaques. Après avoir dégagé les mauvaises herbes et le lierre qui avaient envahi la zone, j'ai déterré quelque chose avec un long manche, près de l'embouchure de la rivière.

— Intéressant. Quel genre d'outil ?

— Je ne suis pas vraiment sûre. Il y a une pointe acérée d'un côté et une sorte de pelle de l'autre.

— Ah.

Elle pouvait presque deviner à sa voix son froncement de sourcils.

— Ça ne ressemble pas tout à fait à la vieille houe de Nan, pourtant c'est en quelque sorte similaire. En beaucoup plus lourd.

— Quelqu'un l'a probablement abandonné là.

— C'est ce que je pense. Maintenant, je vais me faire un café, retourner dehors et me remettre à jardiner.

— Des idées pour la terrasse ?

— Oui, mais je ne pense pas pouvoir y faire quoi que ce soit de sitôt, avoua-t-elle avec regret. Scott a dit qu'ils devaient réparer certains meubles, en plus du nettoyage général, puis les peintures ont également besoin d'un nettoyage un peu plus en profondeur, donc cela retardera leur entrée dans le catalogue de pré-enchères. Ce qui retardera les ventes, ce qui retardera mon paiement.

— Bon, dit Mack. Je suggère que nous regardions les matériaux que nous pourrions grappiller auprès d'autres personnes et, lorsque nous aurons suffisamment de matériel, nous pourrons commencer la rénovation de votre terrasse.

Cette idée lui plaisait.

— Pensez-vous qu'on puisse se procurer du matériel ?

— C'est pour cela je le mentionne, dit-il, parce que l'un des gars ici a dit qu'il avait un tas de parpaings dont il n'avait pas besoin.

— Et il est prêt à les vendre ?

— Peut-être, déclara Mack, mais je lui ai filé plusieurs coups de main, alors nous les aurons peut-être gratuitement.

Le visage de Doreen s'illumina.

— Gratuitement ?

— C'est pour ça je voulais examiner votre plan, pour voir de combien on aurait besoin.

— Je pense que j'en ai compté au moins vingt.

Doreen se dirigea vers le petit coin de la cuisine où elle gardait tous ses papiers. Elle sortit le bloc-notes et confirma :

— Oui, c'est bien ça, vingt.

— Il en a douze, déclara Mack.

— Cela serait un bon début. Il n'en manquerait que huit.

— Je pense que j'en ai deux chez moi. Je ne suis pas certain. Je crois les avoir aperçus il y a quelques mois. Maman pourrait en avoir aussi.

— Ouah. Si on les récupérait, on pourrait les enterrer dans le jardin pour niveler le terrain, et être prêts pour la prochaine étape, n'est-ce pas ?

— Exactement. Je passerai après le travail pour jeter un coup d'œil à votre plan et m'assurer que c'est le bon nombre.

— D'accord, dit Doreen, ou peut-être que vous pouvez d'abord passer chez vous et chez votre mère pour voir combien vous en avez.

— Ce n'est pas très cher, mais quand il faut en acheter vingt, ça peut vite grimper.

— Tout centime que nous pouvons économiser est précieux. Au fait, Nan m'a aussi donné des légumes. Honnêtement, je n'avais aucune idée de ce à quoi ressemblaient les courgettes avant qu'elle ne me les donne.

— Vous aimez les courgettes ?

— Je ne suis pas sûre d'en avoir déjà mangé, avoua-t-elle. Sauf dans le pain. J'en ai pris une, puis Nan m'en a mis une deuxième plus petite, et aussi une laitue, des cébettes et des tomates.

— Parfait, s'enthousiasma Mack. Vous savez cuisiner tout ça, n'est-ce pas ?

— La salade, oui, je sais. Je ne me souviens pas de ce que nous avions prévu de préparer lors de notre prochain cours de cuisine.

— Je ne pense pas que nous ayons décidé. Vérifiez ce que vous avez dans le congélateur.

— Oui. Voulez-vous venir dîner ce soir ?

Elle se dirigea vers son congélateur et en sortit ce qui ressemblait à de la viande.

— Je pense que ce sont des côtelettes de porc, dit-elle en

examinant le paquet. Elles sont congelées, par contre.

— Dommage que vous n'ayez pas de barbecue. Nous pourrions faire des côtelettes de porc et des lanières de courgettes grillées.

— On peut faire griller ces trucs ?

Elle se dirigea vers le sac en papier et en sortit les courgettes.

— C'est long et tout fin. Est-ce que vous la faites cuire en entier ?

Il s'esclaffa.

— Vous pouvez faire des tranches épaisses, les mariner et les mettre sur le gril. Ou vous pouvez les couper en dés et les poêler. On peut tout faire avec des courgettes.

— J'ai aussi quelques champignons dans le frigo, déclara-t-elle.

— Sortez les côtelettes de porc pour qu'elles décongèlent, et on mangera ça au dîner. Comme ça, je pourrai m'assurer que vous n'êtes pas impliquée dans une nouvelle affaire. Souvenez-vous. Vous êtes censée récupérer, pas vous créer des problèmes.

Et, sur ce, il raccrocha.

Elle pouffa.

— Voyez-vous ça, dit-elle aux autres. Mack s'inquiète pour nous.

Mugs aboya et elle remarqua qu'il se tenait à côté de sa gamelle vide.

— L'heure du déjeuner est passée, n'est-ce pas, mon grand ? C'est moi qui ai mangé un cookie, pas toi, et apparemment, tu as faim.

Elle le nourrit, puis remit à Goliath quelques croquettes dans sa gamelle. Ensuite, elle sortit quelques graines pour Thaddeus. Après cela, il était temps de se nourrir elle-même.

Elle retourna au réfrigérateur et l'ouvrit. Il restait du pain et du fromage, et elle avait maintenant de la laitue et des tomates fraîches, donc son déjeuner tardif prenait l'apparence d'un sandwich. Et ça lui allait parfaitement. Pour elle, les sandwiches étaient une nécessité vitale. Cela ne voulait pas dire que d'autres personnes étaient d'accord avec elle, mais bon, ça lui convenait.

Elle prépara son sandwich, puis s'assit à la table de la véranda à l'extérieur. La terrasse était trop petite pour y installer la table de bar, c'est pourquoi elle cherchait désespérément à l'agrandir. Elle avait posé les plans à côté d'elle pendant qu'elle mangeait. Bien entendu, elle n'avait pas assez d'informations ni de connaissances en bricolage pour comprendre quoi que ce soit. Elle devrait attendre que Mack voie ce dont ils avaient besoin, mais s'ils pouvaient déjà se procurer douze, voir quatorze parpaings, c'était un bon début.

Peut-être qu'elle pourrait acheter tout le matériel pour la terrasse avec l'argent des pièces de voiture, mais elle était à peu près sûre que cela ne lui en laisserait pas assez pour traverser les prochains mois en attendant ce que Christie's lui devait. Bien sûr, Mack la paierait un peu pour le boulot qu'elle effectuait dans le jardin de sa mère, mais ce n'était pas suffisant pour assurer sa subsistance. Nan avait également été extrêmement généreuse, mais Doreen ne pouvait pas dépenser cet argent pour la rénovation d'une terrasse sans avoir le minimum pour payer ses factures, ainsi que la nourriture pour elle et ses animaux, pendant les trois à quatre prochains mois.

À cette pensée, elle retourna à l'intérieur avec son assiette vide et sortit le reste des légumes du sac. Alors qu'elle renversait le sac, quelque chose de petit en tomba.

Chapitre 7

D OREEN RAMASSA L'OBJET et gémit.
— Encore Nan ?

Nan était la femme la plus gentille du monde, et Doreen espérait que tout allait bien pour elle au niveau financier, mais, au lieu de les donner à Doreen en main propre, elle continuait à glisser ce genre de choses dans la poche de sa petite-fille. Et là, Nan l'avait mis dans le sac de légumes. C'était, en effet, une liasse de billets. Doreen enleva l'élastique qui l'entourait et compta deux cent cinquante dollars. Elle fixa la fortune devant elle avec étonnement.

— Nan, je peux m'en sortir avec ça pendant trois semaines voire plus, s'il le faut.

Elle les déroula et les plaça sous un livre pour aplatir les billets. Puis elle saisit son sac à main et jeta un coup d'œil. Elle avait encore plus de quatre cents dollars en espèces là-dedans, et elle venait tout juste de sortir les cinq cents autres dollars qu'elle transportait dans son sac à main et de les ajouter au bol d'argent. Elle n'aurait pas besoin de grand-chose pour survivre les prochains mois, mais elle n'avait aucun moyen de planifier les dépenses inattendues qui pourraient surgir. Et investir tout son argent liquide – environ deux mille cent cinquante dollars – dans une terrasse semblait déraisonnable. Et stupide.

Elle avait espéré que les livres auraient trouvé preneur, maintenant. Elle avait reçu cinq cents dollars pour deux chaises que Scott avait vendues, et elle avait cet argent aussi. D'ailleurs, elle sortit son ordinateur portable et vérifia son compte bancaire. Il était dans le vert, mais tout dépendait des dons qu'ils recevraient pour les travaux de sa terrasse. C'était là la vraie question.

Elle souhaitait vraiment agrandir sa terrasse. Et elle ne voulait pas attendre l'année prochaine. Juin était bientôt là. Doreen désirait profiter de sa nouvelle terrasse cet été. Mais peut-être qu'elle allait devoir simplement attendre l'été prochain.

Elle se déconnecta de son compte bancaire et chercha « Réparation d'Outils Kelowna ». Cela lui prit environ trente secondes, mais aucun des résultats n'était récent. Il n'y avait pas de site web, mais elle avait pu trouver une annonce dans un vieil article de journal sur la fermeture du magasin. Elle soupira et réalisa que cela lui vaudrait un voyage à la bibliothèque pour se renseigner un peu plus. Apparemment, l'entreprise avait fermé ses portes près de quatorze ans plus tôt. Elle nota cela, puis le nom de Frank Darbunkle. Elle se moqua de ce nom de famille.

— Qui s'en sort dans la vie avec le nom de Darbunkle ?

Mais cela voudrait aussi dire que c'était le nom du jardinier. Fred et Franck Darbunkle. Elle secoua la tête.

— Les pauvres.

Elle ne trouva aucune mention d'une sœur. Il n'y avait plus aucun doute : elle devait faire un tour à la bibliothèque. Mais, alors qu'elle levait les yeux, elle remarqua que son café était prêt et l'attendait, et qu'elle s'était tellement impliquée dans les Darbunkle qu'elle avait oublié de se verser une tasse tant qu'il était encore chaud.

Ce qu'elle s'empressa de faire, puis elle rapporta les deux petits bouts de métal et vérifia comment ils avaient été utilisés et pourquoi. Cela lui prit un peu plus de temps, mais elle découvrit que c'était une pratique courante chez les fabricants d'outils d'apposer une plaque de métal dessus, généralement avec deux clous pour la maintenir en place, et cela correspondait à ce qu'elle avait vu sur ces derniers. Elle chercha divers outils en ligne, essayant de trouver quel outil était posé sur sa véranda. Il était assez poussiéreux et couvert de terre, mais, sous ces couches de saleté, il semblait être taché et rouillé. Il n'en était pas moins fascinant. Et lourd.

Peut-être que Mack saurait, peut-être pas. L'objet était vieux et abîmé. En parlant de vieux, elle se souvint qu'elle avait potentiellement une autre source d'argent. Elle prit son téléphone et appela la friperie. Dès que Wendy répondit, elle dit :

— Wendy, c'est Doreen.

— Salut, Doreen. Comment ça va ? dit Wendy d'une voix claire et joyeuse.

— Je vais bien. Je me demandais juste comment se passait la vente ?

— Ah, dit Wendy. Vos affaires partent plutôt bien. Évidemment pas tout parce que vous m'en avez apporté beaucoup, et récemment aussi.

— Je sais, dit Doreen. Et je sais que cela ne fait pas encore quatre-vingt-dix jours. Je me demandais simplement si je pouvais espérer recevoir de l'argent à ce moment-là.

Wendy gloussa.

— La dernière fois que nous avons parlé, je vous avais dit

que nous avions déjà gagné plusieurs centaines de dollars, mais je peux vous dire que c'est bien plus que ça maintenant. Mais, bien sûr, tout ne sera pas disponible dans quatre-vingt-dix jours.

Doreen essaya de comprendre ce qu'elle racontait.

— Donc, c'est quatre-vingt-dix jours après la vente, c'est exact ?

— Oui. Enfin, quatre-vingt-dix jours après la fin du mois au cours duquel la vente a été effectuée, corrigea-t-elle. Cela signifie donc que je vous paierai pour les premières pièces vendues dans, disons, environ deux mois. Et puis il y en aura encore tous les mois après ça. Le premier versement risque d'être réduit, rappelez-vous cela.

— Parfait. Je ne peux pas… puis elle laissa sa voix s'éteindre. C'est-à-dire, « réduit » ?

— Vous voulez que je vous dise combien je vous dois déjà ?

— Avec plaisir. Cela vous dérangerait ? s'enquit Doreen. Ça serait vraiment chouette.

— Non, laissez-moi juste vérifier, déclara Wendy, qui s'interrompit pendant quelques instants alors qu'elle se renseignait. Vous vous en êtes bien sortie. Je vous dois plus de deux mille dollars à ce jour.

Doreen poussa un cri de joie.

— Sérieusement ?

— Oui, sérieusement, mais souvenez-vous. Vous n'aurez pas tout d'un coup. Le premier versement n'est pas si mal. Il y a plus de six cents dollars, mais vous ne le recevrez pas avant environ sept semaines.

— Bien, dit Doreen en prenant des notes. Cela m'éclaire, au moins. Je sais quand l'argent arrivera.

— Exactement, vous recevrez donc votre premier paiement dans sept semaines, puis un autre dans onze semaines, puis le solde dans quinze semaines environ. Bien sûr, cela ne concerne que les vêtements que vous avez apportés jusqu'à présent et qui se sont vendus. Et le versement se fait toujours en fin de mois. Vous pouvez venir le dernier jour du mois ou le premier jour du mois suivant, c'est mieux pour moi.

— D'accord, dit Doreen, compréhensive. Si je suis en avance, vous pourrez peut-être me faire un chèque ?

Wendy éclata de rire.

— Peut-être. Avez-vous d'autres vêtements à apporter ?

— Je pense qu'il y en a encore, acquiesça Doreen. Je n'ai tout simplement pas eu l'occasion de trier.

— Vu que vos articles partent bien, pourquoi ne triez-vous pas le reste ? Comme ça, vous recevrez, espérons-le, de l'argent en continu, après votre paiement initial dans deux mois, pour les trois ou quatre mois qui suivent.

— Parfait, approuva Doreen et, après avoir remercié Wendy, et elle raccrocha. Je recevrais peut-être aussi de l'argent de Scott en même temps. Ce sera un gros mois pour moi.

Sur ce, elle retourna au garage chercher des sacs qu'elle avait mis de côté au hasard pour emmener chez Emmaüs. Elle les chargea dans sa voiture, afin de les déposer lors de son prochain voyage en ville.

Mais elle avait encore des affaires à trier dans ses placards, à la fois dans celui de la chambre principale et peut-être dans celui de la chambre d'amis, où elle avait mis les affaires dont elle ne savait pas quoi faire. Avec sa tasse de café en main, elle décida qu'elle préférait trier des vêtements et gagner de l'argent en les revendant plutôt que de retourner jardiner. Alors elle essaya quatre ou cinq tenues et n'en garda aucune. Elle en enfila encore deux autres. Une chemise lui plaisait bien et un pantalon aussi, mais les autres vêtements n'étaient pas pour elle. Elle avait retardé ses décisions pour plusieurs robes élégantes, mais aucune d'elle n'allait, ni sur le cintre ni sur elle.

Elle emballa la prochaine livraison pour Wendy dans un sac, le mit de côté et continua à trier. Lorsqu'elle en eut terminé de cette tâche pour la journée, elle avait récupéré neuf vêtements pour elle-même et quinze pour Wendy. Elle les emballa et décida qu'elle en avait assez. Il était déjà plus de quatre heures de l'après-midi. Elle descendit les deux sacs et les posa devant la voiture, puis se dit que non, elle ferait mieux de les emporter aussitôt dans la voiture. Elle les fourra dans le véhicule, attrapa ses clés et Mugs, et se dirigea directement chez Wendy, en passant par Emmaüs d'abord.

Quand elle entra dans la friperie, Wendy éclata de rire.

— Je ne voulais pas dire que vous deviez apporter vos vêtements maintenant, s'esclaffa-t-elle.

Doreen haussa les épaules.

— Autant m'y mettre pendant que j'y pensais, alors voici deux autres sacs.

Elle les lui remit et Wendy les tria.

— Ils sont beaux, dit-elle. Êtes-vous sûre de vouloir vous en séparer ?

— Je les ai essayés, déclara Doreen, et soit ils ne m'allaient pas bien, soit je n'aimais pas comment ils tombaient sur moi.

— Quelqu'un d'autre les aimera.

Sur ce, Doreen sourit et se dirigea vers la sortie. Elle s'arrêta et demanda :

— Je ne me souviens pas depuis combien de temps vous êtes ici. Vous rappelez-vous l'entreprise Réparation d'Outils Kelowna ?

Wendy fronça les sourcils.

— Je crois que oui, dit-elle, mais je ne me rappelle pas avec certitude. Je pense que mes parents y allaient.

— Intéressant, réfléchit Doreen.

— Quelque chose ne va pas ? demanda Wendy en la regardant. Une autre affaire à suivre ?

— Oh non, non. J'ai trouvé des petites plaques de métal provenant de manches d'outils qui ont suscité mon intérêt.

— Oh, ça me dit quelque chose. Oui, il les fixait sur ses outils.

— Franck, n'est-ce pas ?

— Oui. Franck Darbunkle.

— C'est ça, c'est le nom de famille qui a attiré mon attention, déclara Doreen avec un sourire. Et ils avaient une sœur, n'est-ce pas ?

— Frank et Fred, et oui. J'ai oublié le nom de la fille. C'était…

Le regard de Wendy se perdit au loin.

— Une charmante petite fille.

— Si vous retrouvez son nom, faites-le-moi savoir.

— Henrietta ! annonça triomphalement Wendy, tandis que Doreen se dirigeait vers la porte d'entrée.

— Henrietta, d'accord, super. Connaissez-vous les noms des parents ?

Wendy secoua la tête.

— Non, je ne me souviens pas d'eux.

— Parfait, merci.

D'un geste de la main, Doreen reconduisit Mugs à sa voiture. Sachant que Mack arriverait bientôt pour préparer le dîner, et pour lui apprendre à le faire elle-même avec un peu de chance, elle rentra chez elle et sortit juste à temps pour voir Mack se garer derrière elle.

— Où étiez-vous ? demanda doucement Mack.

— Je viens d'apporter des vêtements à Wendy, déclara-t-elle. Plus un arrêt rapide chez Emmaüs.

— Vous avez terminé ?

— Oui et non. J'en ai gardé quelques-uns. Vous vous rappelez ceux que je voulais peut-être garder pour moi ?

Mack hocha la tête.

— Je me rappelle. Et vous les gardez, du coup ?

— Je les ai triés et je garde environ un quart des vêtements, le reste est parti chez Wendy, qui fait du bon travail en les vendant pour moi, d'ailleurs.

— Vous vous en sortez bien.

— Très bien. Pour le moment, je vais recevoir environ deux mille dollars de Wendy.

À ces mots, les sourcils de Mack se haussèrent.

— Cela paie presque la terrasse.

— Je sais, dit Doreen. Cependant, j'aurai l'argent au coup par coup. Le premier versement arrivera dans quelques mois, et puis un peu chaque mois par la suite, jusqu'à ce que je sois entièrement payée. Ensuite, je retrierai probablement tous les vêtements qui sont encore là-bas, avant de pouvoir, espérons-le, en rester là.

Mack ouvrit la voie vers la cuisine.

— Je me suis arrêté chez Maman, et elle a six parpaings, et non, elle n'en veut pas.

— Je peux les débarrasser, proposa Doreen.

Il haussa les épaules.

— Ils sont dans l'abri de jardin, en plein milieu. Avec les douze de mon collègue et les six de ma mère, ça fait dix-huit. Et j'en ai deux de plus.

— Ça fait vingt tout pile ! s'écria Doreen triomphalement.

Elle attrapa le bloc-notes.

— C'est écrit vingt.

— D'accord. C'est parfait.

Mack attrapa le stylo et cocha la case à côté de cette entrée.

— Mais nous devons encore les récupérer.

— Oui. Il vaut mieux les ranger tous ici.

Il regarda tout autour de lui, puis sortit sur la petite terrasse.

— Peut-être qu'on pourrait empiler le matériel le long de la maison là-bas, dit-il, en indiquant l'espace entre chez elle et la maison de Richard.

— C'est une bonne idée. Et cela devrait aussi tuer les mauvaises herbes.

Mack hocha la tête.

— Ça ne fera pas de mal. Et vous avez un porte-à-faux de taille décente ici, et, avec la maison de Richard juste à côté de vous, cela gardera les matériaux au sec et les protégera des intempéries.

Doreen était vraiment excitée.

— Comment pouvons-nous récupérer les parpaings de votre ami ?

— Je vais devoir aller les chercher avec ma camionnette pour les transporter en une seule fois, déclara-t-il en riant. Vous pourriez en mettre quelques-unes dans votre voiture, mais pas beaucoup à la fois.

Alors qu'ils rentraient dans la maison, Mack s'arrêta, regarda l'outil sur sa table de véranda et demanda :

— Que faites-vous avec un pic à glace ?

Chapitre 8

Jeudi en fin de journée...

DOREEN REGARDA L'OUTIL, puis Mack.

— Un quoi ?

Il le souleva et le garda en main.

— C'est un pic à glace pour la pêche sous glace. C'est un modèle à l'ancienne, plus robuste que les versions plus récentes.

— Sérieusement ?

Il acquiesça.

— On peut pêcher sous la glace ici.

— La pêche sous glace ne m'a même pas effleuré l'esprit.

En fait, elle ne pouvait rien imaginer de pire. Pourquoi rester assis au milieu d'un lac gelé avec un trou dedans à attendre le poisson ?

— C'est très populaire, déclara Mack, du moins ça l'était quand le lac gelait, jadis, mais il n'a pas gelé depuis plusieurs années.

— J'ai trouvé cet outil à l'embouchure de la rivière.

Il fronça les sourcils.

— Peu de gens pêchent à l'embouchure d'une rivière, parce que la glace y est plus solide que plus loin. Mais certaines années…

Il inclina la tête en y réfléchissant.

— Honnêtement, si nous discutions avec quelques anciens, je suis sûr qu'ils nous raconteraient des histoires d'années où ils allaient pêcher sur la glace à l'embouchure.

— Peut-être, répondit Doreen en étudiant le pic à glace. N'avais-je pas dit qu'on pourrait tomber sur un pic à glace la prochaine fois ?

Il la fusilla du regard.

— Il n'y a rien de suspect pour le moment.

Elle sortit les deux petites plaques argentées qu'elle gardait sur elle et les lui présenta.

— Thaddeus a trouvé celle-ci, et j'ai trouvé l'autre quand je suis retournée à l'endroit qu'il m'a indiqué.

Mack secoua la tête à cette annonce.

— La plupart des gens ne suivent pas un oiseau qui veut leur montrer un endroit.

— J'ai appris à les écouter. Mes animaux ont mon bien-être à cœur.

— Sans oublier qu'ils sont aussi curieux et aussi fous que vous.

Il saisit une des plaques et la plaça dans l'encoche creusée dans le pic à glace, où elle s'enfonça parfaitement.

— Bien sûr, on ne peut pas être sûrs qu'il s'agisse de la même pièce.

Doreen examina l'autre plaque, mais elle était plus grande.

— Donc celle-là ne rentrera pas dans ce pic à glace, dit-il.

— Peut-être qu'elle correspond à un outil encore plus grand ? Un autre pic à glace ou quelque chose de plus gros ? Existe-t-il une hache à long manche pour briser la glace ?

— Possible. Il faut mesurer la taille de la hache avec le manche respectif, afin de ne pas endommager l'intégrité du bois.

Doreen hocha la tête comme si elle savait de quoi il parlait, mais, pour elle, ce n'était qu'un outil.

— C'est de la rouille sur la pointe, on est d'accord ?

Mack hocha la tête, plissant les yeux alors qu'il l'étudiait.

— L'avez-vous trouvé le long de la berge ou sur la partie haute ?

— Là où le mur de soutènement et les pierres rencontrent la clôture de la propriété.

Il fronça les sourcils.

— Ce mur est souvent renforcé, en fonction des crues. Mais je ne suis pas sûr qu'on ait fait quelque chose dans cette section depuis longtemps.

— Alors, notre pic à glace aurait pu être enterré ici exprès il y a un an ou Mère Nature aurait pu l'enterrer beaucoup plus tôt, par exemple, il y a vingt ans.

— Exactement.

Il reposa le pic à glace et lui tendit le petit morceau de métal.

— Gardez bien ça.

Doreen fit ce qu'il demandait et répondit ensuite :

— Y a-t-il une raison particulière pour que je garde cet objet ?

— Eh bien, commença-t-il, comme vous, j'ai appris à faire confiance à vos animaux.

Elle le regarda avec ravissement.

— Alors vous pensez que le pic à glace a servi dans un meurtre ?

Immédiatement, Mack leva les mains.

— Waouh. Comment avez-vous pu sauter du coq à l'âne

en aussi peu de temps ?

Une grimace tordit le visage de Doreen.

— C'est surtout parce que je suis impliquée, admit-elle.

Mack éclata de rire.

— Ce n'est pas parce que vous tombez dessus systématiquement, dit-il, que chaque outil que vous voyez (même si vous plaisantiez sur le fait qu'il s'agirait d'un pic à glace la prochaine fois) est une arme du crime.

— Bien sûr que non, dit Doreen avec un sourire. Vous savez que j'ai beaucoup d'imagination.

— Il va falloir vous contrôler. Et, en plus, je suis certain que ce type a vendu des centaines d'outils.

— Probablement, mais alors pourquoi ces deux plaques et cet outil se seraient-ils retrouvés près du lac ?

— Cela n'a pas nécessairement quoi que ce soit à voir avec le fabricant, déclara-t-il. Il a pu être oublié par l'un de ses clients. Souvenez-vous-en.

Mais Doreen ne voulait pas lâcher.

— C'est peut-être parce que je n'aime pas le jardinier, annonça-t-elle.

Il la regarda avec surprise et ricana.

— Si nous devions enquêter sur toutes les personnes que vous n'aimez pas, nous aurions des problèmes avec tout le monde.

— Comment ça « des problèmes » ? protesta-t-elle. Je m'entends avec tout le monde.

Il lui lança un regard amusé.

— À part les gens que vous avez mis derrière les barreaux.

— S'ils n'avaient pas été des meurtriers ou des voleurs ou Dieu seul sait quel autre genre de crapule, je n'aurais pas eu à le faire, n'est-ce pas ?

Mack passa un bras autour de ses épaules et la ramena dans la cuisine.

— Comment se fait-il que vous ayez fait du café cet après-midi et que vous en ayez laissé la moitié de la cafetière ?

— Je ne sais pas. Je l'ai juste oublié.

— Qu'est-ce que vous recherchiez ?

Son hypothèse avait été un peu trop précise. Elle lui lança un regard noir. Il posa les mains sur ses hanches et tapota le sol du pied.

— D'accord, d'accord, dit-elle. Je faisais des recherches sur les Carboncle.

— Darbunkle, corrigea-t-il.

Elle ricana.

— Vous imaginez si vous aviez un nom pareil ?

— Je ne préfère pas, répondit-il, mais le fait est que c'est leur nom.

— D'après Nan, leurs parents ont disparu, ainsi que leur sœur, révéla-t-elle triomphalement.

Mack se figea, la regarda avec étonnement et s'exclama :

— Sérieusement ?

— D'après Nan oui ; mais elle dit beaucoup de choses.

— C'est un sacré personnage, approuva Mack avec sympathie. Et j'ai cru comprendre qu'elle a parfois des trous de mémoire.

— Ce n'est pas vrai ? rétorqua Doreen en roulant des yeux. Elle vit Mack verser le café froid dans un pichet. Que faites-vous ?

Il se contenta de sourire et mit le pichet dans le réfrigérateur. Et puis il prépara un nouveau café.

— Vous mettez le café au frais ?

— Oui. Une fois qu'il a refroidi, vous vous en versez simplement un verre, vous ajoutez de la glace, et vous avez un café glacé.

Elle le regarda avec ravissement.

— Oh, j'achetais tout le temps des cafés glacés élaborés. Êtes-vous en train de me dire qu'ils me servaient un fond de cafetière et qu'ils me faisaient payer une fortune ?

Mack éclata de rire.

— Probablement pas, mais vous pouvez le faire aussi facilement à la maison et l'agrémenter comme vous le souhaitez : avec de la crème, du sucre et autres. Je vois que les côtelettes de porc ne sont pas tout à fait décongelées.

Il enfonça son doigt dans l'une d'elles et il y pénétra légèrement.

— Mais presque.

— Oui, répondit Doreen, avant de se retourner vers lui et de demander : Que savez-vous des Darbunkle ?

— Pas grand-chose. Je ne crois pas les avoir déjà arrêtés pour quelque chose.

— Bien sûr que non. En parlant d'arrestation, comment va Steve ?

— Steve reste Steve, répondit-il. Il n'arrête pas de se plaindre.

— Ça ne m'étonne pas, dit-elle avec un hochement de tête. Il a tué tous ces gens. Au moins, il n'est plus le citoyen modèle qui va défendre Penny.

Mack la dévisagea un long moment.

— Cela vous affecte vraiment, n'est-ce pas ?

— Steve a dit que Penny avait nié m'avoir attaquée, et que ce serait ma parole contre la sienne. C'était une citoyenne intègre, et tout le monde lui faisait confiance, alors que moi, je ne suis qu'une intruse.

Elle détestait entendre la tristesse de sa voix à la fin de sa phrase, mais honnêtement, c'était un peu déprimant.

— Ne vous inquiétez pas pour Penny, déclara Mack. J'étais là, rappelez-vous

— Bien sûr, mais les gens diront que vous êtes mon ami, et qu'on ne peut pas vous faire confiance.

À cette remarque, les yeux de Mack se plissèrent.

— Je peux vous assurer que ce n'est pas ce que les gens diront.

Doreen fronça les sourcils.

— Êtes-vous en train de me dire que vous n'êtes pas mon ami ? demanda-t-elle.

Il grogna.

— Bien sûr que je suis votre ami, mais ce n'est pas ce que les gens diront.

— Les gens sont comme ils sont, répondit-elle avec un geste de la main, balayant son commentaire. Vous savez très bien qu'ils diront n'importe quoi pour se tirer d'affaire.

Mack éclata de rire.

— Je vous dis que tout ira bien.

— Au moins, Steve est en prison avec Penny, déclara-t-elle avec délectation. Ils ont tous les deux des ennuis maintenant.

— En effet.

— Et qu'en est-il de Crystal et de son enlèvement ? interrogea-t-elle.

— Il est encore trop tôt pour le dire. Le dossier a été remis aux procureurs, et c'est à eux de déterminer ce qu'ils vont faire. Et rappelez-vous que de nombreux enfants disparus sont potentiellement impliqués dans la disparition de Crystal.

— Les frères n'ont sûrement pas pu tous les emmener au Mexique, répliqua-t-elle.

— C'est ce que nous essayons de vérifier, mais chaque

fois que nous obtenons une réponse, une autre affaire arrive sur notre bureau.

— Vous voulez plutôt dire que chaque fois que vous essayez de résoudre un problème, j'arrive avec un autre.

— Dans ce cas-là, vous avez fait un excellent travail, la rassura-t-il. Crystal est à la maison. Elle a été acceptée à l'université. Elle va très bien.

— Au moins, elle a été aimée des deux côtés de la frontière, déclara Doreen. Cela doit grandement l'aider à comprendre.

— Exactement, approuva Mack avec un grand sourire.

Il aperçut les courgettes et dit :

— Si seulement nous avions un gril.

— Si seulement nous avions une terrasse assez grande pour mettre le gril, rétorqua Doreen.

— Je vais demander au poste si quelqu'un a des surplus de matériaux pour la terrasse. Certains de mes amis ont construit de nouvelles terrasses récemment. Même quelques bricoles par-ci par-là seront d'une grande aide.

— Tout à fait. Cela aidera beaucoup.

Et, sur ce, Doreen regarda Mack retirer les côtelettes de porc de leur emballage et les mettre au micro-ondes pour les décongeler, puis trancher les courgettes pour les passer à la poêle. Il récupéra les champignons et les cébettes dans le réfrigérateur, et, en un rien de temps, il faisait sauter les légumes dans une poêle.

— Cela sent déjà merveilleusement bon, dit-elle, en entendant son estomac gronder. J'ai mangé un sandwich il y a peu, mais on dirait que c'était il y a des heures parce qu'en voyant cette poêlée j'ai encore faim.

— Je suis ravi que vous ayez de l'appétit, approuva-t-il, sans parler du fait que, lorsqu'on se remet d'une blessure comme vous, on a besoin de manger pour se rétablir.

— C'est vous qui le dites, dit-elle. Quand je me repose, soit je n'ai pas faim, soit je suis affamée.

— C'est bien ça, et vous devriez essayer de reprendre des forces et guérir. Vous avez de nouveau été agressée. Je ne suis pas très content.

Doreen lui sourit.

— Évidemment, parce que, encore une fois, vous tentiez de me sauver, et, encore une fois, je me suis mise dans le pétrin avant même que vous n'ayez la chance d'arriver.

— J'aimerais vraiment que vous arrêtiez de vous mettre dans la mouise, marmonna Mack.

Lorsque le micro-ondes tinta, il retira le gras des côtelettes de porc, ajouta quelques épices et, sous le regard attentif de Doreen, alluma le feu sous une deuxième poêle, fit fondre un peu de graisse et fit dorer la viande.

— Ça a l'air absolument délicieux.

Doreen scruta les légumes et fronça les sourcils.

— Je crois que j'aurais dû prendre plus de courgettes, hein ?

— Elle en a d'autres ?

— Elle en avait beaucoup tout à l'heure, mais qui sait, maintenant ?

Elle haussa les épaules et ajouta :

— J'ai des crudités aussi. Voulez-vous que je fasse une salade ?

Mack hocha la tête.

— Ce serait bien.

Doreen lava la laitue et les tomates et les coupa en tranches pour en faire une salade. Quand Mack eut terminé de préparer les côtelettes de porc et les légumes, elle avait fait la salade et dressé la table de dehors.

— J'ai tellement faim, dit-elle avec impatience, alors qu'elle avisait les côtelettes dorées et croustillantes.

— Pareil, avoua Mack en riant.

— Ouah. Je ne sais pas comment ça se fait, mais chaque fois que vous cuisinez, c'est comme si je n'avais pas mangé depuis des semaines.

Elle se frotta les mains en regardant son assiette.

Il s'assit à côté d'elle, sourit et dit :

— Vous pouvez commencer à manger maintenant, vous savez.

Elle sourit en retour.

— Je pourrais, mais cela fait quelques jours que je n'ai pas mangé de repas fait maison.

Elle prit son couteau et découpa la côtelette. Elle était tendre et juteuse, et si savoureuse qu'elle s'affala sur sa chaise en dégustant, les yeux fermés.

— Quelle moue, dit-il en secouant la tête.

— Ne m'interrompez pas, dit-elle. Je me ressource.

Chapitre 9

Jeudi, pendant le dîner...

MACK ECLATA DE rire.

— Vous êtes vraiment marrante.

— Comment ça, marrante ? murmura Doreen. C'est trop délicieux.

Elle sourit en attaquant le reste de son repas. Elle avait à peine posé sa fourchette que le téléphone sonna. C'était Nan.

— Salut, Nan, dit-elle joyeusement.

— Henrietta, dit-elle.

— Oui, Henrietta est la sœur de Fred et Frank. Et donc ?

— Il y avait des rumeurs sur elle et la vie qu'elle menait. De mauvaises rumeurs. Mais je ne me rappelle plus quelle sorte.

Et elle raccrocha.

Doreen posa son téléphone portable sur la table.

— Nan dit qu'il y avait des rumeurs pas sympas sur la sœur de Frank et Fred Darbunkle, Henrietta.

Mack gémit.

— Vous devez vraiment laisser tomber, déclara-t-il.

— Cette affaire vous dit quelque chose ?

— Non, dit-il, rien du tout.

—Bon, répondit-elle, parce que Nan a mentionné quelque chose plus tôt à ce sujet, et je refuse que des meurtriers s'en sortent.

— Et ce ne sera pas le cas, déclara Mack. Mais même s'ils ont tué quelqu'un, nous n'avons pas de corps.

— Rendez-moi un service, demanda Doreen. Lorsque vous retournerez au bureau demain, assurez-vous simplement que les parents Darbunkle et la sœur ne sont pas portés disparus, d'accord ?

— Comment voulez-vous que je le sache ?

— Confirmez-moi que vous n'avez rien d'important sur eux dans un dossier.

Il soupira, puis haussa les épaules et dit :

— Je vais voir ce que je peux faire.

— Sinon, dit Doreen, j'aurai énormément de nécrologies à vérifier.

Mack éclata de rire.

— Cela en vaut presque la peine, vu que ça vous occupera. Je n'aurai pas à m'inquiéter pour vous pendant au moins une semaine.

—À moins que j'aie de la chance, dit-elle avec un air rusé. Et que je trouve quelque chose d'autre qui soit intéressant.

Mack secoua la tête.

— Et les dossiers du journaliste ? Vous avez regardé là-dedans ?

Doreen bondit sur ses pieds et se précipita à l'intérieur.

— J'ai oublié.

Elle revint quelques instants plus tard avec son ordinateur portable.

— Je vous ai raconté comment je les ai classés, non ?

— Classés ? demanda-t-il prudemment, alors qu'il empilait leurs assiettes vides.

— J'ai noté tous les noms de toutes les personnes sur lesquelles nous avons un dossier Solomon. Puis j'ai numérisé les notes de synthèse manuscrites du journaliste.

Elle ouvrit le dossier.

— Vous savez comment s'écrit Darbunkle ?

Il lui épela correctement Darbunkle et elle le tapa dans son fichier puis enfonça la touche « entrée ». Presque immédiatement, une entrée apparut.

— Oh mon Dieu, dit-elle. Il y a un dossier.

— Sérieusement ?

Doreen hocha la tête.

— Je vais chercher la boîte.

Elle retourna à l'intérieur, mais cette fois Mack était sur ses talons. Ils sortirent les boîtes jusqu'à trouver la bonne. Mack la souleva et la posa sur la table de la cuisine, et ils la fouillèrent. Ce fut Doreen la plus rapide, elle trouva le dossier Darbunkle, mais Mack le lui arracha des mains et le garda hors de portée. Elle lui lança un regard noir.

— C'est mon dossier.

Il lui adressa un sourire mielleux.

— Vous pouvez nous servir du café, minauda-t-il.

Doreen jeta un coup d'œil à la cafetière et vit qu'il en restait assez pour une tasse chacun. Elle finit de nettoyer et versa les cafés en attendant impatiemment, tandis que Mack feuilletait le dossier.

— Intéressant, marmonna-t-il.

— Qu'est-ce qui est intéressant ? Je me souviens d'avoir pris des notes à ce sujet, mais comme je n'avais aucun lien avec cette histoire à l'époque, ce n'étaient que des mots sur papier.

— C'est le problème de certaines affaires. Elles deviennent de simples mots. Il faut avoir une connexion personnelle pour qu'elles prennent vie.

— Quel est le lien ici ?

— Des informations sur la famille. Les parents ont fait faillite plusieurs fois. Ils n'ont jamais été très bons en affaires, mais le couple était marié depuis plus de quarante ans. Puis ils ont disparu.

Il s'interrompit et fronça les sourcils.

— Attendez. La rumeur prétend qu'ils ont déménagé sur la côte Est. C'était… il y a peut-être un peu plus de quinze ans. Mais ensuite, Solomon a découvert que les fils avaient signalé leur disparition (mais dans l'autre district où les parents avaient déménagé) il y a de ça une quinzaine d'années. Passé le délai de carence légal, les fils ont demandé un acte de décès. Oui, donc il y a sept ans environ seulement que la maison est légalement passée au nom des fils… Je vais recouper cela en vérifiant nos dossiers dans la matinée. Mais, si les deux districts de police ne communiquaient pas, nous n'aurons pas tous les P.-V.

— Cela pourrait toujours être une affaire de personnes disparues, non ?

— Espérons que si le journaliste a un dossier sur eux, l'autre commissariat en a un aussi.

— Mais il faudrait que quelqu'un ait signalé leur disparition, n'est-ce pas ?

Mack hocha la tête.

— Alors, comment ce journaliste saurait-il qu'ils sont portés disparus s'il n'y a pas de P.-V. de police ?

— Ne vous emballez pas. Je vais vérifier demain si notre district ou l'autre a un signalement de disparition à leur nom.

— Sauf s'il y a quelque chose d'autre ici dans le dossier

de Solomon.

Doreen était déjà devant son ordinateur portable, parcourant les notes qu'elle avait numérisées.

— D'accord, j'ai trouvé ce que vous venez de lire. Très suspect. D'un jour à l'autre, ils se sont évaporés. Les fils l'ont signalé, mais personne n'a jamais revu leurs parents. Au bout de sept ans, les parents ont été déclarés décédés et les fils ont hérité, continua Doreen avant de siffler. C'est toujours suspect. Chaque fois qu'il y a de l'argent en jeu et que des gens disparaissent, en ce qui me concerne, les suspects sont déjà coupables.

— Hé, dit Mack, ne sautez pas sur les conclusions. De plus, je ne sais pas si les Darbunkle étaient très riches vu les nombreuses faillites.

Doreen hocha la tête.

— Ce n'est pas faux. Avez-vous vu le nom d'Henrietta mentionné là-dedans ?

Mack parcourut le dossier Solomon et secoua la tête.

— Pas dans les notes du journaliste, non. D'après ce dossier, elle n'a pas disparu.

— Alors peut-être que Nan avait tort.

Mack referma le dossier.

— Avez-vous scanné celui-ci ?

Elle acquiesça.

— Pouvez-vous me l'envoyer par e-mail, s'il vous plaît ? demanda-t-il.

Doreen ouvrit ses mails, attacha la pièce jointe et le lui envoya.

— Fait. Pensez-vous que Nan se trompe ?

— Si Henrietta n'a pas disparu, répliqua-t-il, la question est plutôt : où est-elle ?

Chapitre 10

Jeudi soir…

DOREEN DEVAIT ADMETTRE que c'était l'une des choses qu'elle aimait le plus chez Mack. Il ne rejetait jamais ce qu'elle disait. Il essayait de modérer ses élans afin qu'elle reste concentrée et pour l'empêcher de tirer des conclusions hâtives, mais, quand il se passait réellement quelque chose, il ne l'écartait pas et ne se moquait pas d'elle. Par contre, son ex l'aurait fait en un clin d'œil. Mais Mack n'avait rien en commun avec son ex. Elle le regarda se lever pour partir.

— Avez-vous eu des nouvelles de votre frère ? s'enquit-elle soudainement.

Il la regarda et hocha la tête.

— Je me demandais comment aborder le sujet.

— Aborder le sujet ? répéta-t-elle.

— Lui et les avocats, répondit-il, puis il lui adressa un sourire malicieux : Je sais exactement ce que vous pensez des avocats.

— Je ressens la même chose pour mon ex, admit-elle avec entrain, et elle lui adressa un sourire en coin. Mais cela ne change rien au fait que nous avons commencé quelque chose. Qu'est-ce que votre frère a à dire ?

— Il veut vous rencontrer, déclara Mack.

Doreen haussa les sourcils.

— Alors vous ne ferez plus l'intermédiaire ?

— Eh bien, nous pensons tous les deux que c'est probablement mieux que je reste l'intermédiaire, avoua-t-il, mais il voudrait vous mettre au courant de ce qu'il fait.

— Pas de soucis, dit-elle, mais pas pour le moment.

Mack ricana.

— À quoi sert cette démarche si ce n'est pas pour le moment ?

Doreen lui lança un regard noir.

— Je n'ai pas envie d'avoir à gérer ça.

— Et en ce moment, vous avez trop de choses à gérer ?

Il l'étudia attentivement.

— Si vous ressentez cela, il est temps pour vous d'arrêter les affaires non résolues.

Immédiatement, elle fut sur la défensive.

— Ce n'est pas ce que je voulais dire. J'essaie juste de déterminer comment gagner assez d'argent pour agrandir cette terrasse et ensuite…

Elle agita la main.

— Je ne sais plus ce que je dis. En fait, je préfère mourir plutôt que de parler de mon ex à votre frère.

— C'est honnête, au moins, déclara Mack. Je vais voir quand il envisage de vous rencontrer.

Dorine sourit.

— Je ne vous ai pas remercié de nous avoir mis en relation. Ni votre frère qui fait ça bénévolement. Je sais que je n'ai pas l'air très reconnaissante, et il enquête juste pour l'instant, mais il n'en ferait certainement pas autant si vous n'étiez pas là.

Mack était déjà à la porte d'entrée mais il se retourna pour la dévisager.

— Qu'est-ce qui vous arrive ?

Elle fronça les sourcils.

— Je ne peux pas montrer ma gratitude ?

Mais elle devait admettre qu'elle se sentait un peu mal à l'aise. Elle ne savait pas non plus ce qui lui arrivait.

— Je ne dis jamais non, commença-t-il, à un peu de gratitude.

— C'est ce qu'il me semblait, répondit-elle en riant.

Mack baissa les yeux pour voir que Mugs s'était affalé sur ses chaussures.

— Je pense qu'il veut vous dire quelque chose.

— Quoi ? Que je ne peux pas partir ? dit Mack d'un ton sec. Je ne pense pas que ce soit tout à fait ce que souhaite la propriétaire de Mugs.

Mais elle admettait volontiers que c'était agréable de l'avoir chez elle.

— J'allais vous demander si vous pouviez déplacer mon lit à l'étage et nous étions censés revoir les plans de la terrasse.

— Ah, je peux déjà déplacer votre lit tout de suite. Quant à la deuxième partie, dit-il en grognant légèrement sous l'effort alors qu'il saisissait le matelas, avec les draps toujours dessus, et commençait à monter les escaliers, j'ai jeté un coup d'œil à la liste et je me suis souvenu de ce dont nous avions discuté. Je demanderai à gauche à droite.

— D'accord, dit-elle en traînant derrière lui avec la literie et les oreillers. Combien de temps pensez-vous que cette extension prendra ?

Il laissa tomber le matelas sur le sommier et le plaça dans la bonne position. Puis il recula, reprit son souffle et ajouta :

— Pour un professionnel, probablement un week-end.

Pour moi, qui ne suis pas un professionnel, peut-être quelques week-ends, voire plus.

— En plus, ça tombe sur vos jours de congé, déclara Doreen en préparant rapidement le lit pour qu'il soit prêt pour la nuit, ce qui n'est pas juste.

— C'est vrai, approuva-t-il, mais peut-être qu'en guise de punition, vous pourriez m'aider et arrêter de courir après la lune et de traquer les meurtriers.

Ils redescendirent les escaliers jusqu'à la porte d'entrée. Elle l'ouvrit pour le laisser passer. Alors qu'il sortait, elle gloussa.

— Cela veut dire que tant que je suis avec vous, en train de déplacer des parpaings, je ne peux pas m'attirer d'ennuis, c'est ça ?

Les coins de ses lèvres se relevèrent et il hocha la tête.

— Exactement.

Il se dirigea vers sa camionnette en agitant la main.

— Vous venez chez Maman demain ?

— Je pensais passer vers dix heures.

Mack hocha la tête.

— Parfait. Je n'oublierai pas d'apporter de quoi vous payer ce week-end.

— Super.

Elle s'appuya contre le chambranle de la porte et le regarda s'éloigner. Cela devenait une habitude, tous les deux. Une habitude très agréable. Elle n'avait aucune envie de plus, du moins pas pour le moment, mais elle ne voulait pas non plus perdre ce qu'elle avait. Et puis, sur un sujet plus tangible, le fait était qu'ils avaient déjà grappillé quelques matériaux par-ci par-là pour sa terrasse, et cela la rendait très heureuse. Et il apporterait tout ici dans sa camionnette, donc elle n'aurait pas à payer l'essence ou la livraison, du moins pour ce matériel.

Se sentant beaucoup mieux, Doreen rappela Mugs à l'intérieur et ferma la porte d'entrée. Elle n'avait pratiquement rien fait de la journée, mais étonnamment, elle était fatiguée. Elle était sûrement encore en convalescence. Elle avait traité beaucoup d'affaires non résolues et avait été attaquée plusieurs fois ces derniers temps, donc peut-être qu'il était temps qu'elle se détende pendant quelques jours.

Mais cela signifierait alors que Mack avait raison. Encore.

Alors qu'elle retournait dans la cuisine pour se faire une tasse de thé à la camomille à monter dans sa chambre, elle aperçut son ordinateur allumé. Elle était sur le point de l'éteindre mais elle avisa quelques articles qu'elle n'avait pas lus encore ouverts sur son écran. Dès qu'elle vit le nom d'Henrietta mentionné, Doreen s'assit pour les lire. Elle se pencha en avant pour lire le reste de l'article. Apparemment, la petite fille était allée à l'école et n'était jamais rentrée à la maison. Avant que ses parents ne disparaissent. Tout le quartier s'était mis à sa recherche, tout le monde s'était mobilisé pour la retrouver, et elle avait été retrouvée, donc ça avait été un happy end cette fois-là. Alors que lui était-il arrivé après la disparition de ses parents ? Elle n'aurait pas pu disparaître une deuxième fois sans que personne ne la cherche.

Doreen s'adossa à la chaise et réfléchit. *Était-ce parce qu'elle était considérée comme moins que parfaite ? Ou avait-elle de nouveau disparu peu de temps après, cette fois avec ses parents ? Ou encore, ses frères l'avaient-ils déplacée discrètement lorsque leurs parents avaient disparu et était-elle juste allée vivre chez quelqu'un d'autre ?* Toutes ces pensées fusaient dans son esprit. En parcourant l'article, elle eut confirmation de la date à laquelle Henrietta avait disparu de l'école : juste avant la disparition des deux parents.

— Et c'est très bizarre, marmonna-t-elle. Elle nota les deux dates, puis imprima l'article. Alors qu'il sortait de l'imprimante, elle remarqua qu'Henrietta avait quatorze ans à l'époque. Ce n'était plus une petite fille mais plutôt une jeune adolescente épanouie. Cependant, elle avait peut-être quatorze ans physiquement, mais, avec la trisomie 21, elle devait probablement avoir l'air beaucoup plus jeune.

Et voilà qu'elle pensait à des choses horribles ! Lorsque l'article fut imprimé, elle vérifia les autres articles mais n'y trouva rien d'intéressant. Elle éteignit son ordinateur et sortit sur sa véranda pour jeter un nouveau coup d'œil au pic à glace de pêche. Qu'elle ait plaisanté avec Mack sur la probabilité d'un pic à glace comme arme d'un crime était hilarant, mais le fait qu'il ait l'air aussi dangereux et mortel l'était tout de suite moins. Les petites plaques métalliques se trouvaient toujours sur le rebord de la fenêtre de la cuisine, et elle se demandait pourquoi elle avait trouvé deux plaques mais un seul outil. Un deuxième pic à glace ou un autre outil accompagnait sûrement la deuxième plaque.

Elle avait envie de faire d'autres recherches, mais il était un peu tard pour se lancer dans ces investigations, car elle se perdait généralement sur la Toile pendant des heures. Mais, sa curiosité était attisée, et elle décida qu'il n'était pas encore *si* tard que ça. Elle emporta son ordinateur portable et sa tasse de thé à la camomille avec elle dehors. Elle commença par rechercher des images de pics de pêche sur glace pour voir si c'en était vraiment un. Même si Mack l'avait confirmé, elle ne voulait pas prendre sa parole pour argent comptant. Mais, alors qu'elle étudiait les images, elle réalisa qu'il avait raison. La question suivante était de savoir si

Réparation d'Outils Kelowna produisait des pics pour la pêche sur glace. Et, oh surprise, elle tomba sur un vieil article, potentiellement une page web. Elle ne savait pas exactement ce que c'était.

— Oh, marmonna-t-elle dans sa barbe, c'est un blog sur les vieux outils.

Elle se figea et fixa l'écran. Pas tant parce qu'il s'agissait d'un vieil outil, mais parce que juste devant elle se trouvait l'image d'une petite plaque minuscule, la même que celles que Thaddeus avait trouvées. Apparemment, les deux plaques griffées appartenaient à un ensemble de pics à glace sur mesure créés par Frank.

Doreen gloussa de joie.

— Ce n'est pas vrai !

Elle nota les informations supplémentaires parce qu'elle devrait retourner à la bibliothèque pour approfondir ses trouvailles, si elle le pouvait. Elle consulta sa montre et constata qu'il était à peine vingt heures. La bibliothèque ne fermait qu'à vingt et une heures. Devait-elle faire ça demain ? Mais elle savait que cela n'allait pas quitter son esprit et qu'elle aurait du mal à dormir si elle ne s'en occupait pas avant de se coucher. Elle se décida à aller faire un tour à la bibliothèque avant tout. Elle regarda sa tasse de thé et soupira.

— Laisse ça pour demain, Doreen, se dit-elle. Laisse ça pour demain.

Sauf que demain matin, elle devait aller jardiner chez Millicent. Elle débattit mentalement avec elle-même, et la potentielle affaire non résolue l'emporta. Elle rapporta son ordinateur et son thé à l'intérieur, récupéra ses clés et fila vite à la bibliothèque. Elle détestait de ne pas pouvoir emmener Mugs. Elle ne pouvait même pas emporter son thé. Mais c'était ça les bibliothèques, aucune nourriture ou boisson n'était autorisée. Et aucun chien.

Une fois à l'intérieur, la bibliothécaire la regarda avec méfiance.

Doreen lui adressa un sourire éclatant.

— Je viens juste récupérer un nouveau livre, dit-elle joyeusement.

— Nous fermons dans une heure. N'oubliez pas, déclara la bibliothécaire.

Doreen était certaine que les bibliothécaires avaient un moule spécifique : des cheveux gris remontés en chignon, le dos raide et *le* regard. Le regard qui clouait sur place. Celui qui disait : « Qu'est-ce que tu fiches ? N'essaie même pas de toucher mes livres. »

Elle se dirigea vers les dossiers de microfiches et fit des recherches sur les parents, les fils, Henrietta et la famille en général. Elle trouva quelques éléments qu'elle sauvegarda dans un e-mail qu'elle s'envoya à elle-même, mais elle ne prit pas le temps de les lire car la bibliothèque allait bientôt fermer. Quand elle sentit un souffle dans son cou, elle se retourna pour trouver la bibliothécaire. Doreen haussa les sourcils, recula pour s'éloigner d'elle et demanda :

— Y a-t-il un problème ?

La bibliothécaire renifla.

— Peut-être, dit-elle. C'est possible.

Doreen fronça les sourcils.

— Et quel est le problème ?

— Je ne veux pas que vous harceliez cette pauvre famille.

— Quelle pauvre famille ? demanda Doreen avec exaspération. Les Darbunkle ?

La bibliothécaire émit un grognement plus fort.

— Non, certainement pas eux. Je voulais dire les Hyacinth.

— Les fleurs ? interrogea une Doreen confuse.

La bibliothécaire la fusilla du regard.

— Harlowe et Hilly Hyacinth. Henrietta était leur fille.

Doreen s'immobilisa.

— Henrietta, qui a été élevée par les Darbunkle, était en fait la fille de Harlowe et Hilly Hyacinth ?

Tous ces H formaient un sacré virelangue.

La bibliothécaire confirma de la tête.

— Oui.

— Pourquoi ça ?

— Le pauvre couple ne pouvait pas supporter d'avoir un enfant trisomique, déclara la bibliothécaire d'un ton brutal. Et vous ne pouvez pas les juger pour cela.

Il y avait quelque chose dans le ton abrupt, presque acerbe de la bibliothécaire, qui incita Doreen à calmer les choses :

— Je ne suis pas ici pour juger qui que ce soit. L'ont-ils fait adopter ?

La bibliothécaire haussa les épaules.

— Il y avait un accord informel entre eux, mais ensuite Hilly a voulu déménager.

— D'accord, dit Doreen. Et vous savez à quelle distance ils ont déménagé ?

La bibliothécaire secoua la tête.

— Aucune idée. Ils ne voulaient tout simplement plus rester ici. Ils étaient submergés par la culpabilité, mais ils ne pouvaient pas non plus supporter de voir leur fille, alors ils sont partis pour faciliter la tâche de tout le monde.

— Quel âge avait Henrietta quand c'est arrivé ? s'enquit Doreen, son cœur se serrant en pensant à cette pauvre fille arrachée à ses parents pour partir vivre avec quelqu'un d'autre tout en continuant de voir ses parents en ville. Elle imaginait que ça avait dû être plus facile pour tout le monde que sa famille biologique s'en aille ; peut-être que la petite fille avait pu les oublier plus vite.

— Je pense qu'elle était jeune, répondit la bibliothécaire en croisant les bras, ses doigts tapotant sur son bras. Peut-être trois… quatre, cinq ans. Je ne m'en souviens pas.

Après avoir écrit tous ces noms, Doreen dit :

— Merci. Avez-vous une idée de l'endroit où elle se trouve maintenant ?

La bibliothécaire la regarda avec surprise.

— Elle est retournée à l'est.

— Retournée à l'est ? répéta Doreen.

— Oui, avec ses parents adoptifs.

Puis elle secoua la tête.

— Êtes-vous encore en train de faire des histoires à partir de rien ?

Doreen relâcha lentement son souffle.

— Qui sait ? dit-elle légèrement. Elle déconnecta l'ordinateur, sachant qu'il était déjà neuf heures moins dix. Elle ramassa ses affaires et son bloc-notes et dit :

— Merci pour le tuyau.

La bibliothécaire la suivit jusqu'à la porte d'entrée. Les cheveux sur la nuque de Doreen se dressèrent.

— Étiez-vous apparentée à l'une des deux familles ? demanda-t-elle en se retournant pour ouvrir la porte.

La bibliothécaire secoua la tête.

— À l'époque, la ville était beaucoup plus petite et on veillait tous les uns sur les autres.

— D'accord, dit Doreen. Elle s'obligea délibérément à ne pas dire ce qu'elle avait en tête car, au vu des nombreuses vieilles affaires non résolues remontant à une vingtaine d'années qu'elle avait classées ces dernières semaines, peu d'éléments corroboraient la philosophie de la bibliothécaire. Les gens de cette ville avaient l'air plus égocentriques que charitables. Mais, bien sûr, il y avait toujours l'exception qui confirmait la règle, et il devait sûrement y avoir un noyau dur qui veillait les uns sur les autres.

Elle adressa un bref sourire à la bibliothécaire et la salua :

— Bonne nuit.

Elle laissa la porte se refermer derrière elle et entendit le cliquetis de la serrure alors que la bibliothécaire verrouillait la porte pour la nuit.

De retour à son véhicule, Doreen monta à bord, réalisant qu'elle n'avait pas emprunté de livres. Elle aurait bien aimé avoir quelque chose de nouveau à lire. Tant pis. Elle sortit du parking. Les cheveux toujours dressés sur sa nuque, elle se tourna vers la fenêtre alors qu'elle s'arrêtait à l'intersection, et regarda derrière elle.

La bibliothécaire était à la porte, en train de la fixer.

Chapitre II

Vendredi matin…

L E VENDREDI MATIN était clair et dégagé.

Doreen adorait le matin, du moins habituellement. Encore un peu fébrile après une nuit agitée suite au comportement étrange de la bibliothécaire, Doreen se leva, enfila ses vêtements de jardinage et descendit se chercher quelque chose à manger. Elle allait se faire un sandwich parce qu'elle ne voulait vraiment pas d'œufs ce matin. Elle finit par se préparer des tartines de pain grillé avec du fromage, puis d'autres avec du beurre de cacahuète.

Lorsque les animaux furent nourris et qu'elle eut son content de café, il fut temps de se rendre chez la mère de Mack. Ses gants dans une main et un thermos d'eau glacée dans l'autre, elle conduisit sa troupe jusqu'au jardin de Millicent. Alors qu'elle pénétrait dans le jardin, elle vit cette dernière assise sur la véranda. Elle lui fit un signe de la main. Doreen sourit et s'écria :

— Bonjour !

— Bonjour, dit Millicent. Vous avez l'air toute contente de venir travailler.

Doreen éclata de rire.

— Nous avons tellement fait du bon travail, ici, qu'il s'agit simplement d'entretenir nos progrès maintenant.

— C'est tout à fait vrai.

Millicent n'avait pas l'air d'avoir passé une très bonne nuit.

Alors que Doreen allait chercher la brouette et les bacs à compost, elle demanda à la vieille dame :

— Vous avez mal dormi ?

Millicent lui adressa le plus bref des sourires.

— Des souvenirs, répondit-elle. Les plus durs.

Le visage de Doreen se décomposa.

— Je comprends tout à fait, dit-elle. Ce ne sont certainement pas les plus faciles à gérer.

— Ils empirent avec l'âge, annonça Millicent.

Elle accompagna Doreen pendant qu'elle travaillait. Doreen faisait tout pour retenir les questions qui l'assaillaient, puis finalement elle s'essuya le front et demanda :

— Savez-vous quelque chose à propos d'Henrietta Hyacinth ?

— Oh, la fille de Hilly et Harlowe. Oui. Quelle tristesse.

— Qu'est-ce qui est triste ? interrogea Doreen.

— Ils ne pouvaient vraiment pas gérer ça. Leur religion ne leur permettait pas d'avoir autre chose qu'un enfant normal. Et Henrietta était un amour, mais de toute évidence, elle n'était pas ce à quoi ils s'attendaient.

— Qu'est-ce que la religion a à voir avec ça ? s'indigna Doreen.

— Ils pensaient que Dieu leur donnerait des enfants parfaits, avoua Millicent.

— Peut-être que Dieu leur a donné ce dont ils avaient besoin, répondit doucement Doreen. On dirait qu'Henrietta était une enfant parfaite.

— C'était la petite fille la plus pétillante et la plus heureuse que vous puissiez rencontrer, approuva Millicent avec un sourire.

— Connaissiez-vous bien la famille Hyacinth ?

— Ils avaient une petite épicerie au coin de la rue, alors j'y allais tout le temps.

Doreen s'assit sur ses fesses.

— Je ne savais pas qu'ils avaient leur propre magasin.

— Oui, jusqu'à leur départ. Ils ont essayé de le vendre mais n'ont pas réussi, admit-elle, alors ils ont fini par fermer. Je crois qu'ils ont déménagé à Penticton pour s'éloigner.

— Penticton ? C'est un peu plus loin en aval de la rivière, au sud de Kelowna, non ? À environ une heure de route d'ici ?

Millicent hocha la tête.

— Ainsi, la famille biologique est restée proche. Ce n'est pas comme s'ils avaient déménagé à l'autre bout du pays ou dans un autre. Je me dis que, en restant si proches géographiquement, ils voulaient rester proches de leur fille, dit Doreen en fronçant les sourcils.

— C'était trop douloureux à gérer pour eux. Et ils se sentaient coupables aussi, je pense. Et puis peut-être qu'ils ont eu des remords.

— Et ce sont des émotions très fortes, approuva Doreen, alors qu'elle s'attaquait avec détermination à un carré de mauvaises herbes.

— Exactement.

— Et l'emménagement d'Henrietta chez les Darbunkle ? s'enquit Doreen. Comment ça s'est passé ?

— La famille lui a ouvert les bras, déclara Millicent. Je pense qu'Henrietta se plaisait beaucoup là-bas.

— *Hummm*, Nan pensait qu'il y avait quelque chose de

bizarre dans cette situation.

— Pas que je sache. Je crois que tout allait bien.

— Jusqu'à… ?

Millicent la regarda avec surprise.

— Eh bien, jusqu'à ce qu'ils déménagent sur la côte Est, bien sûr.

Doreen hocha la tête.

— J'ai lu qu'elle avait disparu un jour et que toute la ville s'était mise à sa recherche.

— Oui, c'est vrai, et ce fut un soulagement quand nous l'avons retrouvée.

— Intéressant, médita Doreen. Je me souviens d'avoir lu quelque chose à ce sujet.

Millicent gloussa.

— Oh mon Dieu, vous avez vraiment la bougeotte, n'est-ce pas ?

— La bougeotte ?

— Vous êtes curieuse.

— C'est vrai, je l'admets, acquiesça Doreen avec un sourire. Mugs aboya plusieurs fois et roula sur son dos, comme si elles avaient beaucoup trop parlé et qu'il n'avait pas reçu assez d'attention. Elle posa ses fesses sur l'herbe et lui accorda un instant de caresses sur le ventre. Presque immédiatement, Thaddeus s'approcha et lui donna un coup de tête sur la main.

Millicent éclata de rire.

— Ils sont comme des enfants, n'est-ce pas ? dit-elle avec émerveillement.

— Oui, dit Doreen. Vous accordez trop d'attention à l'un et les autres doivent tous recevoir la même quantité.

Dès qu'elle put, elle se remit au travail et, en peu de temps, elle en eut fini avec le désherbage. Cela ne lui avait pris que quarante-cinq minutes. Elle attrapa la déligneuse et coupa l'herbe le long du béton. Cela donnait toujours un bel aspect net au bord herbeux.

— J'adore quand vous faites ça, déclara Millicent avec un soupir heureux. Tout a l'air si beau.

— Dans quelques semaines, je viendrai couper ces premiers buissons.

— J'aime les laisser pousser jusqu'à fin août au moins, dit Millicent.

— Très bien, répondit joyeusement Doreen. Allons jeter un œil à l'avant du jardin, alors.

Avec Millicent avançant lentement à ses côtés, elles se dirigèrent vers la cour avant, et Goliath ouvrit la voie cette fois-ci. Il semblait aimer les massifs de Millicent autant que les leurs et il se précipita immédiatement dans les buis pour chasser quelque chose.

— Goliath, l'avertit Doreen. Ne va pas chasser les oiseaux ou quoi que ce soit d'autre de vivant.

Il lui lança un drôle de regard sous les feuilles, comme pour dire : « Qui, moi ? »

Elle lui retourna son regard.

— Oui, toi.

— Qu'en est-il de toutes ces antiquités, ma chère ? Les avez-vous toutes vendues ?

Doreen expliqua le peu qu'elle savait, et Millicent hocha sagement la tête.

— J'imagine que ce ne sera pas avant des mois.

— J'ai peur que ce soit le cas, confirma Doreen, mais c'est fascinant d'avoir une maison vide.

— Elle est totalement vide ?

— Non, pas vraiment. J'ai deux fauteuils à dossier évasé dans le salon, et un vieux lit dont je dois me débarrasser, et un lit pour moi. Ou plutôt j'ai le matelas mais pas le cadre.

Millicent sourit.

— Vous allez vous amuser à remeubler.

— Peut-être, dit Doreen. Ce n'est pas encore un de mes soucis. Honnêtement, je suis tellement dehors que peu importe où je m'assois dans la maison. Quand je suis dedans, je suis généralement à la table de la cuisine.

— Cela va changer lorsque nous entrerons dans l'hiver, déclara Millicent. Je passe beaucoup de temps devant ma cheminée.

— Ça a l'air très agréable, approuva Doreen. Je n'en ai pas.

Elle aurait adoré avoir une cheminée au gaz, mais cela coûtait trop cher pour le moment.

— Tout ira bien. Je suis sûre que tout sera parfait.

— Oh, ce n'est pas trop grave, déclara Doreen. Cela fait longtemps que je n'ai pas eu l'occasion de redécorer toute seule. Ça va être amusant.

— Fixez-vous un budget, lui conseilla Millicent. Décomposez-le par pièces. Évidemment, votre salon et votre chambre devraient avoir la part la plus élevée du budget. Ensuite, quoi que vous vouliez faire, écumez les brocantes. Prenez votre temps. Déterminez exactement ce que vous voulez et ne vous contentez de rien de moins.

Il y avait une telle véhémence dans le ton de Millicent que Doreen la dévisagea.

— Vous avez souvent fait cela ?

— Oui, dit-elle. Du vivant de mon mari, nous avions des opinions très différentes sur les meubles, et nous ne voulions jamais la même chose. J'ai toujours cédé. Puisque vous n'avez personne à qui vous devez céder, je vous suggère fortement d'attendre et d'acheter exactement ce que vous voulez.

— C'est un très bon conseil, approuva Doreen. Je ne sais pas combien de temps cela prendra, cependant, pour acheter ce que je veux, car l'argent se fait rare.

— Mais lorsque vous aurez vendu vos antiquités, tout ira bien.

— C'est vrai, mais il faudra attendre encore des mois avant que je ne voie l'ombre de cet argent.

— Mack m'a dit que vous souhaitiez construire une terrasse ? Et que vous aviez besoin de parpaings ?

Millicent se retourna et ouvrit le chemin vers son cabanon. Elle l'ouvrit et Doreen couina de joie.

— C'est exactement ce que je cherchais ! s'exclama-t-elle. J'espérais récupérer suffisamment de parpaings pour construire une vraie terrasse. J'ai juste une petite avancée riquiqui qui longe ma maison.

— Non, vous avez besoin d'une terrasse sur laquelle vous pourrez réellement vous installer, déclara Millicent. Et Mack est vraiment bon dans ce domaine. Je suis sûr que ça ne le dérangera pas de vous aider.

— Il s'est proposé, mais je ne veux pas profiter de sa gentillesse.

— Oh si, ma chère, profitez-en ! N'hésitez pas, parce que c'est définitivement dans la nature de Mack d'aider, mais il ne peut pas s'il ne sait pas ce qu'il doit faire.

— Il y a aider et être exploité, nuança Doreen.

Millicent éclata de rire.

— Je parie qu'il a hâte de s'y mettre.

— Eh bien, je l'espère, admit Doreen. Elle balaya autour d'elle du regard et demanda ensuite avec désinvolture : Vous connaissez Réparation d'Outils Kelowna ?

— L'ancienne maison de Frank ? interrogea Millicent.

C'était le truc avec Kelowna : tout le monde se connaissait.

— J'ai trouvé un pic à glace à l'embouchure de la rivière et deux petites plaques métalliques qui semblent se fixer dessus.

— Oh, oui, il faisait ça pour tous les outils qu'il fabriquait. Il a remporté un prix pour l'un de ses ensembles, deux pics à glace ou un pic à glace et une hachette. C'était juste une entreprise locale, mais il était fier comme tout.

— Ça a l'air intéressant. Je n'ai trouvé que deux petites plaques mais une seule arme… Enfin un seul outil, se corrigea Doreen.

— L'autre doit être dans le coin, déclara Millicent. Ils étaient toujours ensemble.

— Mais ce sont des outils, contra Doreen en riant. Vous n'avez pas toujours besoin de prendre les deux quand vous allez quelque part.

— Je crois qu'il a fini par vendre les outils primés à Ed Burns.

— Frank fabriquait-il les parties en métal ou seulement le bois ?

— Je crois qu'il manufacturait seulement les manches, réfléchit Millicent. Les parties métalliques étaient forgées, mais je ne sais pas s'il les faisait fabriquer spécialement, ou s'il s'en occupait lui-même.

Elle haussa les épaules.

— Aucune idée avec un gars comme ça !

— *Un gars comme ça ?*

Doreen sursauta au choix de mots, mais elle ne voulait pas que Millicent sache qu'elle enquêtait sur quelque chose.

— Le genre de gars qui, vous savez, réfléchit beaucoup à ce qu'ils font, détailla Millicent.

— Les outils devaient être très beaux.

— J'ai vu l'ensemble pour lequel il a remporté le prix. Ça avait l'air pas mal. Enfin, je ne lui ai rien trouvé de spécial.

Puis elle regarda Doreen et lui adressa un sourire de conspiratrice.

— Ce n'est pas comme si j'allais souvent pêcher sur la glace. Frank était un grand fan de ce sport, mais à l'époque, le lac gelait beaucoup plus souvent qu'aujourd'hui.

— C'est étrange, approuva Doreen. Je n'arrive pas à imaginer qu'on puisse rester assis dans le froid pour tuer un pauvre poisson qui essaie déjà de survivre dans le froid.

Millicent éclata de rire.

— J'aime votre façon de voir la vie.

Doreen sourit alors que la vieille dame riait. Doreen arrachait activement les mauvaises herbes pour s'assurer que sa cliente en avait pour son argent pour ces quelques heures, mais, en même temps, Millicent était une excellente source d'information.

— C'est étrange que le pic à glace se soit retrouvé à l'embouchure de la rivière.

— Je sais que beaucoup d'hommes allaient pêcher sur la glace, mais ils ne pêchaient pas à l'embouchure de la rivière parce que c'est souvent là que la glace est la plus incertaine. Mais ils avaient l'habitude de camper le long des côtés et de faire des barbecues.

— Oh, dit Doreen. Ce n'est pas bête.

— C'est bizarre que vous l'ayez trouvé, dit soudain Millicent.

— Pourquoi donc ? dit Doreen.

— À cause des affaires que vous résolvez.

— Ce n'était sûrement qu'une coïncidence.

Millicent gloussa.

— Mack ne croit pas aux coïncidences, déclara-t-elle. Il dit qu'il y a une raison précise pour laquelle les choses se produisent.

— C'est possible, mais je n'ai pas connaissance d'un crime, donc je ne pense pas que ce soit nécessairement lié à une affaire existante.

— En parlant d'affaires, qu'en est-il de cette Penny ? Que lui arrive-t-il ?

— Je ne sais pas, avoua Doreen. Peut-être que vous devriez demander ça à Mack.

— Il n'aime pas que je m'immisce dans ses affaires.

Doreen éclata de rire.

— Eh bien, il aime *encore moins* quand je m'immisce dans ses affaires, approuva-t-elle avec un grand sourire.

— Je pense qu'il est aux anges en fait, contra Millicent. Il dit que vous avez une façon différente de voir les choses. Et regardez tout le bien que vous avez fait chaque fois.

— Je ne sais pas si c'est bien, avoua Doreen. Mais j'ai certainement secoué les choses.

— Et c'est bien. Tout le monde ne cherche pas à se faire oublier.

— Non, mais je suis persuadée que tous ces criminels s'y emploieront dès l'instant où je disparaîtrai.

— Vous devez continuer pour les victimes et leurs familles, déclara Millicent avec sérieux, sa voix perdant toute trace de rire. Certaines de ces familles souffrent depuis très longtemps. Certes, elles n'ont pas besoin d'être davantage traumatisées, mais en même temps, en résolvant ces affaires, vous leur donnez une chance de passer à autre chose.

— C'est comme ça que j'espérais que les gens verraient mon action, déclara Doreen. Je ne veux pas être considérée comme une fouineuse pour rien.

— Continuez à faire ce que vous faites, martela Millicent. Honnêtement, vous rendez service à la communauté. Ils devraient vous dédommager.

— Oh, je ne sais pas, lança Doreen. En parlant de ça, Mack a dit que vous étiez d'accord pour que je prenne ces parpaings. C'est vrai ?

— Oh, ma chère, je serais heureuse de m'en débarrasser. Ils prennent trop de place.

— Parfait, s'extasia Doreen, et apparemment, Mack connaît quelqu'un d'autre qui en a dont il voudrait se débarrasser. Je pense que nous en avons assez pour la base de ma nouvelle terrasse.

— Continuez à demander autour de vous, conseilla Millicent en se retournant lentement. Je vais rentrer, maintenant, mais continuez à demander si les gens peuvent vous dépanner. C'est comme ça qu'on faisait les choses ici. Si vous n'aviez pas besoin de quelque chose, vous le donniez à quelqu'un qui en avait besoin.

Doreen sourit, tout à fait en accord avec cette façon de vivre, alors qu'elle regardait la vieille dame entrer dans sa maison. Doreen avait presque fini ici. Elle rangea ce dont elle s'était servie, puis siffla ses animaux.

— Allez les gars. Il est temps de rentrer à la maison.

Chapitre 12

Vendredi en milieu de matinée…

SUR LE CHEMIN du retour, l'esprit de Doreen repassait en boucle les nouvelles informations qu'elle avait apprises de Millicent. Il s'était passé tellement de choses avec ces gens ! Pourquoi tout le monde pensait-il que les parents Darbunkle étaient retournés dans l'est du pays, alors que les frères avaient déposé une demande pour qu'ils soient déclarés légalement morts ? Était-ce l'histoire qu'ils avaient racontée à tout le monde pour expliquer l'absence de leurs parents ? Et ensuite, il leur était facile de dire qu'ils étaient décédés plus tard – ou qu'ils avaient disparu ? Seul quelqu'un en position de voir les documents juridiques aurait pu découvrir cette histoire. Cela signifiait donc qu'un journaliste avait pu s'intéresser à l'affaire. Nan ne lui avait rien dit récemment à propos de Solomon. Il était en soins palliatifs. Était-il décédé ? Elle envoya un texto à Nan, lui demandant de ses nouvelles.

Nan répondit : **« Non, il s'accroche toujours. »** Et puis : **« Pourquoi ? »**

« Sans raison particulière », tapa Doreen avant de poser son téléphone, espérant que Nan laisserait tomber. Mais, bien sûr, Nan était presque aussi curieuse que Doreen, et, quand elle soupçonnait quelque chose, elle ne laissait rien passer. Doreen fut un peu surprise que Nan ne la presse pas sur ce sujet.

Une fois à l'intérieur, Doreen démarra la cafetière et jeta un coup d'œil dans son frigo.

— Nous allons encore devoir faire les courses, lança-t-elle à à tout hasard la cantonade. Étant donné que les animaux avaient tous une gamelle remplie de croquettes, elle doutait que l'un d'eux se préoccupe de ce qu'elle racontait.

Mugs, cependant, fourra son nez dans le frigo. Doreen le tira en arrière et lui dit :

— Il n'y a rien pour toi.

Il aboya une fois, puis remua la queue.

Elle secoua la tête.

— Sérieusement, il n'y a rien ici pour toi.

Elle essaya de le décourager en refermant la porte du frigo mais Mugs poussa alors un hurlement.

— Qu'est-ce qui te prend, Mugs ? demanda-t-elle, notant qu'il n'arrêtait pas sa sérénade si aisément.

Elle rouvrit la porte du réfrigérateur pour lui montrer qu'il n'y avait quasiment rien dedans. Mais Mugs se précipita à l'intérieur, ne se calmant pas avant d'atteindre une étagère inférieure. Elle le regarda attentivement, se demandant ce qu'il cherchait. Lorsqu'il s'écarta du frigo, il sembla lui sourire en signifiant « je te l'avais bien dit », puis laissa tomber quelque chose à ses pieds.

Une brindille. Provenant de dehors. Doreen secoua la tête, puis se mit à rire.

— Je ne me souviens pas de t'avoir vu jouer avec un bâton dehors. Et je me souviens encore moins que tu l'aies rapporté à l'intérieur. Comment l'as-tu placé dans mon frigo sans que je m'en aperçoive ?

Mugs aboya, puis fit sa petite danse joyeuse.

— Oui. Tu m'as bien eue, Mugs.

Secouant toujours la tête, elle examina à nouveau son réfrigérateur.

Ils avaient mangé toutes les côtelettes de porc la veille au soir. Il lui restait un peu de fromage, ce qui ravirait aussi Mugs, mais elle le garderait pour se faire un sandwich. Elle avait encore de la salade verte. Mais après tout le travail qu'elle avait abattu ce matin, elle devait manger quelque chose de plus substantiel. Elle n'avait ni poêlée de légumes ni restes de la veille, et c'était bien dommage. D'après elle, Mack aurait dû cuisiner cinq fois plus, pour qu'elle puisse en garder pour toute la semaine. Elle ne savait pas s'il approuverait. Peut-être qu'il était plus difficile de cuisiner en grandes quantités.

Dès qu'elle se fut servi sa première tasse de café, Doreen se dirigea vers son ordinateur portable et chercha les différents endroits où la famille Darbunkle avait vécu à Kelowna. Il lui semblait qu'ils avaient dû déménager à chaque faillite, non ? Pourtant, elle ne trouva qu'une seule adresse. Avec cette information en tête, elle lança Google Maps et vérifia l'emplacement. Une résidence. Ce ne serait pas une petite promenade depuis la maison de Doreen ; en fait, il aurait fallu plus d'un après-midi complet pour y arriver.

— Trop loin pour y aller à pied.

Sa cheville était guérie mais elle ne voulait pas trop en faire.

Mugs aboya en entendant ce dernier mot.

Elle sourit. Elle pouvait y aller en voiture jusqu'à mi-chemin, puis marcher le reste du trajet. Elle se demanda ce que Fred et Frank penseraient de cette initiative. Puis elle chercha l'endroit où devait se situer l'ancien magasin de Frank, et le repéra à environ quatre pâtés de maisons de la maison des Darbunkle.

Mugs aboya à ses côtés, se leva sur ses pattes arrière et posa ses grosses pattes sur ses jambes. Elle les regarda et fronça les sourcils.

— Nous venons de rentrer d'une promenade. Je pense que ça va aller, non ?

Mais en entendant le mot « promenade », il aboya et commença à danser. Elle gémit.

— D'accord, mais on ne va pas très loin.

Thaddeus, qui dormait sur un petit rebord de fenêtre, s'avança devant elle pour se poser sur son clavier et s'écria :

— Thaddeus est là. Thaddeus est là.

Elle baissa les yeux vers lui.

— C'est vrai, tu n'es pas venu avec Mugs et moi plus tôt. Je suppose que c'est ce que tu essaies de me dire. Nous devons donc tous y aller.

Elle chercha Goliath des yeux pour le trouver sous sa chaise, en train de la regarder.

— D'accord, très bien, c'est parti pour le *road trip*, mais pas avant d'avoir mangé.

Elle se dirigea vers son réfrigérateur presque vide et soupira.

— Si je vous emmène tous, cela signifie que je ne peux pas aller faire les courses, gémit-elle, parce que je ne peux pas vous laisser dans la voiture pendant que je suis dans le magasin.

Mais les animaux ne cillèrent même pas en retour ; ils s'en fichaient complètement. Telle était sa vie.

Elle se prépara un sandwich aux tomates, puis ajouta un peu de fromage sur le côté de son assiette et les fruits qu'il lui restait encore. Elle pourrait aller enquêter avec ses bestioles, mais ensuite elle devrait rentrer à la maison, les enfermer à l'intérieur et repartir faire ses courses. Il ne lui restait plus grand-chose pour le dîner.

Dès qu'elle eut fini de nettoyer après son déjeuner, elle rinça puis remplit sa tasse isotherme de café et, avec les animaux sur les talons, se dirigea vers le garage et sa voiture.

Lorsque tout son petit monde fut monté, elle les prévint :

— On fait une petite balade, et c'est tout.

Mugs, sur le siège avant, lui répondit d'un aboiement étouffé. Goliath, allongé à l'arrière, planta ses griffes dans l'appui-tête derrière son épaule. Thaddeus, cependant, était posé sur le levier de vitesse. Elle baissa les yeux et soupira.

— Thaddeus, tu dois te décaler.

Il sauta sur le haut du siège passager et la fixa du regard.

— Très bien. Allons-y.

Dès qu'elle commença à reculer, Goliath réalisa qu'il n'aimait pas son perchoir et sauta à l'arrière du siège de Doreen.

Elle grimaça lorsque ses griffes effleurèrent sa peau.

— Tu pourrais apprendre à sauter sans utiliser tes griffes, lui lança-t-elle.

Il se contenta de lui lancer un regard noir, sa queue fouettant l'air, comme pour dire que ce n'était pas sa faute.

Une fois qu'elle prit la direction désirée, elle vérifia la circulation, mais elle semblait calme. C'était un vendredi matin et elle s'attendait à des bouchons. Mais apparemment, la majeure partie du monde avait oublié l'existence de Kelowna. Elle en était ravie. Elle savait qu'il y avait plus de monde en été avec les touristes, mais, pour une raison quelconque, aujourd'hui était une journée plus tranquille.

Elle pourrait aussi essayer de trouver les plages. Jusqu'à présent, elle n'avait rien fait d'autre que résoudre des affaires classées sans suite. Elle connaissait très peu la ville. Elle n'avait pas eu l'occasion de jouer la touriste elle-même. Comme c'était désormais sa ville, elle avait vraiment envie de la connaître en long et en large. Elle se rendit alors compte qu'elle passait devant Rosemoor. Mugs s'assit et aboya en remuant la queue. Et quand ils dépassèrent la maison de retraite, il la regarda avec horreur. Elle lui sourit et dit :

— Peut-être que nous nous arrêterons sur le chemin du retour.

Il aboya plusieurs fois, mais elle ne s'arrêta pas. Il était logique que les frères vivent à proximité, étant donné que l'un d'eux travaillait comme jardinier pour Rosemoor. Au moins, Fred n'avait pas beaucoup de route à faire pour aller travailler.

Lorsque Doreen arriva dans le bon quartier, elle ralentit. Le quartier était composé de maisons de classe moyenne, agréables mais anciennes. Elles étaient assez petites, avec un ou deux étages seulement, pas comme les énormes monstruosités qu'elle voyait partout ailleurs. C'était de petites maisons et pourtant les propriétés en elles-mêmes semblaient légèrement plus grandes que la normale.

Elle continua à rouler vers le centre-ville juste en bordure du lac. Elle étudia les maisons tout en les dépassant et arriva finalement à celle qu'elle cherchait. Aussitôt, elle se gara de l'autre côté de la rue, en sens inverse de la circulation, et étudia la maison pendant un long moment. Elle prit plusieurs photos, sans savoir ce qu'elle était censée en faire. Ce n'était pas parce que ces gens avaient disparu que quelque chose leur était arrivé. Ou que cela s'était produit ici. Et cela ne signifiait pas non plus que, simplement parce que les frères avaient hérité de la maison, ils la possédaient toujours – ou peut-être qu'ils la possédaient mais la louaient à quelqu'un d'autre.

À leur place, elle aurait voulu s'en débarrasser rapidement. Surtout si elle avait dû faire quelque chose de grave pour en hériter. S'il y avait des preuves à cacher, alors il était logique de garder la propriété. Si le bien était vendu, n'importe qui pourrait venir fouiner et trouver ce que les frères cherchaient à dissimuler. Mais tout le monde ne voyait pas les choses de cette façon. Il n'y avait qu'à penser au cas de Steve, par exemple, et aux nombreux corps retrouvés enterrés sur sa propriété.

Elle examina la maison tout en réfléchissant. Les parents Darbunkle avaient soi-disant disparu sans crier gare. Tout le monde pensait qu'ils étaient retournés sur la côte Est. Pourtant, les frères avaient signalé leur disparition peu de temps après. Les frères en savaient-ils plus qu'ils ne le laissaient entendre ?

Elle fronça les sourcils, mais, au même instant, la porte d'entrée s'ouvrit et le jardinier de Rosemoor sortit. Il se dirigea vers l'avant du jardin, inspecta les rosiers, récupéra un sécateur sur la pelouse et tailla les buissons.

Elle trouva également cela très suspect, car on taillait généralement les rosiers à un autre moment de l'année, et *non* au moment où ils étaient sur le point de fleurir.

Elle s'y connaissait bien en jardinage, mais elle n'était pas une pro concernant chaque plante non plus, alors elle réfléchit à ce qu'il faisait. S'il enlevait certains bourgeons, cela laisserait plus de sève pour les autres. Il fit le tour et ne tailla qu'un seul rosier, ramassa et jeta toutes les tiges et branches dans le bac à compost qui serait ramassé dans la semaine. Kelowna avait un système de recyclage et de compostage qui alternaient selon les semaines de ramassage. Elle-même avait fait bon usage du bac à compost. Elle ne cuisinait ni ne mangeait encore assez pour rentabiliser le bac de recyclage. Avec de la chance ce serait le cas, un jour.

Alors qu'elle l'observait, il lui tourna le dos.

L'avait-il vue ? Il n'avait aucune raison de reconnaître son véhicule, mais il pouvait certainement la reconnaître, elle. Et ne pas l'aimer. Et, bien sûr, s'il remarquait l'un de ses animaux dans le véhicule avec elle, alors il n'aurait aucun doute sur son identité. Par acquit de conscience, elle démarra le moteur, s'éloigna et se gara au bout du pâté de maisons, sans cesser de l'observer. Il continua à tailler les rosiers, parfaitement imperturbable.

Poussant un soupir de soulagement, elle se dirigea vers le cul-de-sac, fit demi-tour et revint lentement. Alors qu'elle repassait devant la maison, il ramassa ses déchets végétaux, les jeta dans le bac à compost, puis alla vers l'arrière de la maison. Elle étudia la façade de la maison pendant un long moment, puis se remit en marche. Elle n'avait rien appris.

— Peut-être que les frères vivent ensemble, dit-elle à Mugs.

Il la regarda mais ne répondit pas.

— C'est fou qu'aucun des deux n'ait eu de relation conduisant au mariage, acheté sa propre maison et fondé une famille, marmonna-t-elle.

Mais encore une fois, peut-être qu'ils partageaient la résidence. La vie pouvait vite devenir solitaire, imagina-t-elle.

Tout en conduisant, elle chercha où avait pu se trouver l'atelier de réparation. Il lui fallut plusieurs essais pour arriver du bon côté, mais, quand ce fut fait, elle put voir qu'il était accolé à un garage et à un atelier de mécanique, bien que ce soit un bâtiment séparé à part entière. C'était actuellement une entreprise d'affûtage de couteaux. Elle se demanda s'ils avaient beaucoup de clients, mais elle rêvait elle-même depuis longtemps d'avoir des couteaux aiguisés et tranchants.

Son ex-mari avait détesté les couteaux émoussés. Elle n'était pas aussi catégorique que lui, mais si elle pouvait avoir des couteaux affûtés, elle serait enchantée. Maintenant, elle comprenait la beauté et l'utilité d'avoir des couteaux aiguisés alors qu'elle essayait de suivre les cours de cuisine de Mack.

Elle se gara devant l'entreprise et sortit de la voiture accompagnée de Mugs. Elle laissa les deux autres dans la voiture, même s'ils lui hurlaient leur mécontentement. Elle se dirigea vers la vitrine du magasin de couteaux, cherchant les prix. La porte s'ouvrit et un homme en sortit. Il la regarda avec surprise. Elle sourit et dit :

— Je cherchais juste vos tarifs.

Il hocha la tête et posa les mains sur ses hanches, debout dans l'embrasure de la porte.

— Trois fois rien. Si vous m'apportiez tous vos couteaux de cuisine, il ne me faudrait probablement pas plus de vingt minutes pour les aiguiser correctement.

— Combien cela me coûterait-il ? demanda-t-elle avec hésitation.

Il sourit largement et répondit :

— Cinquante dollars ?

Elle y réfléchit, puis hocha la tête.

— Ce n'est pas si cher que ça. Cela dépendra du nombre de couteaux que j'ai.

— La meilleure entreprise d'affûtage de la ville, dit-il en sortant un chiffon de sa poche arrière.

Elle regarda derrière lui du côté du parking où se trouvait l'atelier de mécanique.

— Vous possédez les deux magasins ?

Il acquiesça.

— Tout à fait. J'ai acheté ce bâtiment il y a longtemps.

— Donc vous êtes propriétaire du bâtiment, vous ne louez pas seulement l'espace ?

— Exactement. Mon père a toujours dit de ne jamais payer de loyer à qui que ce soit si on n'y était pas obligé.

Elle sourit.

— On dirait que votre père était un redoutable homme d'affaires.

— Meilleur que moi, c'est sûr, répondit-il, mais j'y arrive.

— J'en suis certaine, dit-elle. Ce magasin était autrefois un atelier de réparation d'outils, n'est-ce pas ?

— Il y a longtemps. Frank l'a loué pendant un an, peut-être un an et demi, à mon père. Franck a fait du bon travail. Il a remporté quelques prix localement. Cela semblait être un sacré personnage.

— J'ai entendu parler de ça. J'ai parcouru de vieux journaux et j'ai lu quelque chose à propos du prix qu'il a remporté.

— Oui, mais il n'avait pas le sens des affaires.

— Je suppose que dans une petite ville comme Kelowna, il est difficile de maintenir une entreprise spécialisée comme celle-là.

— S'il avait travaillé avec régularité, il s'en serait sorti. Mais, entre nous, il était un peu paresseux. Bien sûr, Kelowna était beaucoup plus petite à l'époque, aussi.

Elle hocha la tête en signe de compréhension.

— Et c'est fatal si vous gérez mal votre propre entreprise.

— Carrément, dit-il en riant. La plupart des gens ne s'en rendent pas compte. Ils ne voient pas la quantité de travail qu'il faut fournir avant de commencer, puis, lorsqu'ils sont lancés, ils ne sont pas prêts à faire ce qu'il faut pour la maintenir à flot.

— C'est drôle, parce que j'ai trouvé un de ses outils avec une petite plaque de métal dessus, avança-t-elle, et je me demandais simplement s'il y avait un registre d'achat, afin que je puisse le rendre au propriétaire.

— Je ne sais pas, répondit-il. Frank est encore là. Vous pouvez toujours lui demander.

Elle hocha la tête et sourit.

— Si jamais j'arrive à le trouver, plaisanta-t-elle.

— Lui et son frère ont une maison au coin de la rue, déclara-t-il. Ils en ont hérité il y a quelque temps, je pense. Je ne sais plus trop.

— Peut-être, dit-elle, mais, si son frère est bien celui que je connais, il n'appréciera pas que je parle à Frank.

— Frank n'est généralement pas trop mauvais, mais son frère est un peu pugnace, approuva l'homme avec un hochement de tête.

— Vous trouvez ? dit-elle en riant.

Mugs reniflait tranquillement et silencieusement la façade du bâtiment.

— Je cherchais à rendre l'outil à son propriétaire légitime, avança-t-elle, mais s'il n'y a pas d'autre moyen que de parler à Fred ou à Frank, je vais sûrement laisser tomber. Merci pour votre temps.

Elle se dirigea vers sa voiture, mais il l'interpella :

— Attendez. Ils ont laissé plein de trucs derrière eux.

Elle se retourna très lentement.

— Alors vous avez directement pris le relais de sa boutique ?

Elle réalisa qu'il était rentré dans le magasin. En y réfléchissant, l'homme avait dit que son père possédait cet endroit. Donc, même quand ce type n'était pas encore prêt à diriger l'entreprise, son père s'était assuré que le bâtiment était loué, comme dans le cas de Frank. Elle se précipita jusqu'à la porte et s'arrêta. Il y avait une grande double porte vitrée faisant face à l'atelier de mécanique ainsi que la porte d'entrée par laquelle elle est entrée, et une porte à l'arrière.

— Oui, il restait plein de registres et d'autres trucs. Laissez-moi voir si je les ai toujours, parce que je les ai peut-être jetés.

— Si cela ne vous dérange pas, dit-elle avec inquiétude, ça m'arrangerait vraiment.

Mais il avait déjà disparu à l'arrière. Elle étudia les couteaux qu'il exposait avec intérêt. Son ex-mari était un sacré collectionneur. Il en avait de toutes sortes. Mais la plupart n'étaient pas destinés à la cuisine. Les chefs avaient leurs propres jeux, car ils étaient aussi bizarres que son ex. Bien sûr, elle n'avait jamais posé la main sur autre chose qu'un couteau à viande, et seulement si elle réussissait à persuader son ex qu'elle savait couper son propre steak.

Dans certains cercles dans lesquels il gravitait, le steak était déjà prétranché en petites bouchées, afin qu'elle puisse manger délicatement sans avoir à se tordre le poignet. Elle n'avait jamais compris cela. Ce n'était pas parce qu'on était riche qu'on était aussi faible qu'un enfant, mais apparemment, les gens avaient des attitudes très étranges quant à ce qui était approprié.

Elle attendit sur le pas de la porte, se demandant qui était cet homme, mais il semblait très amical, et c'était agréable de rencontrer des gens ouverts. Honnêtement, elle avait rencontré des gens vraiment sympas à Kelowna.

Elle attendit, étudiant l'intérieur du magasin, son nez se délectant de l'odeur d'huile d'à côté, mais moins sûre pour les autres odeurs étranges. Elle pouvait voir une voiture sur le palan de gauche à travers les doubles portes vitrées. Vraisemblablement, avec une telle porte, il pouvait aller et venir entre les deux bâtiments selon les besoins, qu'il travaille sur un véhicule ou qu'il aide un client à aiguiser des couteaux. Ou peut-être voulait-il reproduire cette fameuse allée de petits articles à moindre prix lorsqu'on se dirigeait vers les caisses. Elle appelait cela « le piège » parce qu'ils vous faisaient zigzaguer au milieu de ces articles, juste pour vous narguer. « Le goulot d'étranglement » était sans doute un terme plus approprié, car les magasins les utilisaient pour vous guider vers tous ces petits cadeaux, bonbons et bidules à acheter sur un coup de tête au dernier moment.

C'était vraiment deux entreprises sous le même toit et dirigées par la même personne.

Il revint dans la pièce de devant avec un sac en plastique qui semblait avoir connu des jours meilleurs. Il était tout gras à l'extérieur et elle ne savait pas ce qu'étaient les autres taches. Il le lui tendit et dit :

— C'est tout ce qu'il y avait. Je l'ai trouvé l'autre jour en faisant du rangement là-haut, et je voulais l'emporter à la décharge, mais si vous pensez que ça peut vous servir...

— Parfait, s'exclama-t-elle. Elle tendit la main, lui prit le sac et sourit. Je vais vérifier ça et voir si je peux localiser le propriétaire de l'outil que j'ai trouvé. Merci beaucoup.

Il lui fit un signe de la main. Alors qu'elle retournait vers sa voiture, il s'écria :

— N'oubliez pas. Cinquante dollars. Apportez vos couteaux de cuisine.

— Merci, dit-elle. Je m'en souviendrai.

Elle rangea le sac et son contenu sur le plancher, heureuse d'avoir une protection en plastique à cet endroit pour empêcher ce qui se trouvait sur le sac de tacher ses tapis. Une fois au volant, elle rentra directement chez elle. Elle ne pouvait réfréner l'excitation dans son ventre. Si ça se trouvait, il n'y avait dans ce sac que des documents inutiles, mais elle n'avait pas l'impression. Son instinct rugissait.

Mugs était assis sur le siège à côté d'elle, et penché en avant, presque comme s'il portait un casque de course et qu'il roulait à toute vitesse.

Elle éclata de rire.

— Tu as l'air fantastique comme ça.

Il aboya, l'exhortant à rentrer plus vite à la maison. Et elle fut chez elle en un temps record. Elle ne comprenait pas pourquoi il lui fallait toujours autant de temps pour arriver quelque part, et pourquoi le chemin du retour était tellement plus rapide. Quand elle tourna dans l'allée et se gara dans le garage, elle rit de joie. Elle ferma la grande porte du garage, fit sortir les animaux du véhicule à sa suite et se dirigea vers la cuisine. Elle versa son thermos de café intact dans une tasse en céramique, le rinça et emporta le sac ainsi que la tasse de café encore chaud à l'extérieur, sur la véranda arrière.

Elle posa sa tasse sur la petite table de café, ramassa le sac et le renversa lentement pour que tout bascule sur la table. Il y avait bien des registres. Deux. Elle les sortit, les feuilleta et vit qu'ils recensaient les ventes, mais aussi une kyrielle d'autres chiffres. Elle les mit de côté et parcourut le tas de feuilles volantes. Il s'agissait apparemment d'actes de vente individuels. Elle nota aussi quelques petits carnets de reçus ; elle fronça les sourcils quand elle vit qu'ils n'étaient qu'à moitié remplis.

— Alors, soit c'était un passe-temps, soit il n'avait pas le sens des affaires. Ou bien les deux, déclara-t-elle, car aucun comptable n'aurait accepté cela à long terme.

Les comptables de son ex-mari disposaient de grands livres de comptes, de documents Excel et de divers comptes de résultat. En fait, c'était sans fin ce genre de choses. Elle les voyait souvent entre les mains de son ex. Mais, bien sûr, elle n'avait pas été assez intelligente pour saisir quoi que ce soit, donc non seulement on lui évitait la paperasse parce qu'elle ne pouvait pas comprendre, mais on ne lui donnait pas l'occasion de la consulter et on demandait encore moins son avis. Et elle admettait volontiers qu'elle n'avait aucune formation en comptabilité ni aucun sens des affaires ; pourtant, maintenant, elle découvrait à quel point elle était douée pour certaines choses, notamment résoudre des affaires classées.

Chapitre 13

Vendredi en fin de matinée...

S'EFFORÇANT D'ECARTER LE souvenir de son ex-mari (enfin, il serait bientôt légalement son ex-mari, mais pas assez vite cependant), Doreen empila les documents comptables jusqu'à en avoir une bonne pile de quatre centimètres d'épaisseur et commença à les parcourir lentement. Il y avait des prospectus que Frank avait créés pour attirer des clients, mais aussi des formulaires d'inscription à diverses compétitions. Il y avait aussi des factures et des croquis de conception. Elle les détailla lentement, un par un, mais n'y trouva rien de très utile. Ayant jeté le sac d'origine à la poubelle à cause de la substance non identifiée qui collait dessus, elle attrapa des pinces à double clip, les fixa autour des papiers volants, puis se rassit avec les registres de compte.

En ouvrant le premier, elle constata que seules les trois premières pages étaient pourvues d'entrées.

— Ouah, quel succès, ce magasin... se dit-elle.

Mais elle avait toujours ce deuxième livre de comptes. Peut-être avait-il déjà rempli des dizaines de livres de comptes et qu'il ne restait que ceux-ci ? Elle sortit ce dernier, vérifia, et, effectivement, il était plein. Mais c'était trompeur, car il manquait manifestement des pages à ce registre. Genre, la moitié des pages ; l'autre moitié avait été arrachée, comme en témoignaient les petits bords déchirés toujours présents dans la reliure. Elle se mit à lire ce registre, le parcourut ligne par ligne, trouvant des dates, des noms et des numéros correspondants.

Fascinée, elle arriva aux manches de marteaux, aux manches de haches, de bêches, des fourches et… de pics à glace.

Elle étudia les entrées des pics à glace pendant un long moment, puis se leva d'un bond, attrapa ses étiquettes métalliques et retourna dehors avec elles. Elle compara les chiffres sur les deux petites pièces métalliques qu'elle avait trouvées avec ceux répertoriés dans le grand livre, mais ne trouva pas de correspondance. Alors elle avança plus loin dans le registre, à la recherche d'autres pics à glace. Il n'y en avait pas dans ce registre, mais, dans l'autre, elle vit que la première page en indiquait un. Elle vérifia et s'aperçut que c'était exactement le même numéro que sur l'une de ses étiquettes. L'excitation l'envahit lorsqu'elle se rendit compte qu'elle avait enfin trouvé.

Le prix lui parut exorbitant, d'autant plus que cela avait été fabriqué et payé une vingtaine d'années plus tôt. Le registre confirma le prix de soixante-quatorze dollars pour le manche d'un pic à glace. Elle secoua la tête. Peut-être que cet outil avait requis d'autres matières premières dont elle n'avait pas connaissance.

Le nom à côté était indéchiffrable. Elle fronça les sourcils en tapotant la feuille.

— Je n'arrive pas à lire ça.

Avec son stylo, elle fit une petite annotation légère pour pouvoir retrouver l'entrée car il y en avait beaucoup d'une ligne sur la page. Mais une seule de ses étiquettes métalliques avait été identifiée. D'où provenait l'autre ? Il fallait qu'elle le sache. Elle parcourut la colonne des numéros et compara le numéro de son étiquette avec ceux qui figuraient dans ce grand livre, mais ne réussit pas à le trouver.

En grognant, elle retourna à l'autre grand livre, celui qui était faussement plein, et commença à la dernière page. Elle parcourut chacune des entrées numérotées, cherchant le bon numéro. Elle trouva la correspondance vers le milieu du livre, avec l'annotation « pic à glace ». Elle le relut en fronçant les sourcils. Comment avait-elle pu passer à côté ? « Pic à glace » avait été écrit à la main en italique, et son regard l'avait survolé.

Donc ses plaques appartenaient à deux pics à glace. Elle jeta un autre coup d'œil et réalisa qu'il s'agissait d'un ensemble en lisant la petite note de bas de page indiquant « un sur deux », puis plus loin « deux sur deux ».

Alors, était-ce son registre de fabrication ou de ventes ? se demanda-t-elle. Pourquoi y avait-il une entrée dans un registre et une dans l'autre ? Ou peut-être qu'il en avait fait un d'abord et qu'il n'avait jamais réussi à faire l'autre plus tard. Et les deux notations étaient à des mois d'intervalle, mais toujours une vingtaine d'années plus tôt, ce qui correspondait aux dates sur les étiquettes de chaque outil. Elle aimait cette idée de graver chaque manche au fur et à mesure qu'il le terminait, surtout s'il ne travaillait pas très vite.

Cependant, en regardant de plus près ces deux entrées manuscrites en pattes de mouche, elle constata qu'il y avait une ligne tracée dans les marges, à partir de ces dates de création originales, les mettant à jour toutes les deux au 3 août, il y avait environ dix-huit ans. Et le nom de l'acheteur était écrit dans une encre de couleur différente des inscriptions originales.

Logique. Frank les avait créés une vingtaine d'années auparavant pour participer à un concours, laissant probablement un espace où le nom du client devait s'inscrire dans les registres. Ensuite, Frank avait remporté son prix il y avait dix-neuf ans, selon cet article en ligne, mais avait vendu l'ensemble primé il y avait environ dix-huit ans.

Elle étudia le nom de la deuxième entrée et supposa que c'était le même nom que sur l'autre registre. Donc les deux pics avaient été achetés par le même homme. Elle prit plusieurs photos des entrées du grand livre, se demandant comment elle allait bien pouvoir déchiffrer l'écriture ou le nom. Peut-être que Nan saurait. Il n'était pas tard, mais ce n'était peut-être pas le bon moment pour Nan. Doreen saisit son téléphone et appela quand même sa grand-mère.

— Bonjour, s'écria Nan gaiement. Je viens de gagner au boulingrin.

Doreen éclata de rire.

— Tu as gagné de manière honnête ou tu as triché ?

Nan gloussa.

— Je n'ai pas gagné le match en soi, déclara-t-elle, mais j'ai gagné le pari.

— Ah, ça m'étonne moins, déclara Doreen avec un sourire.

— Tu viens ? demanda Nan. J'ai fait du pain aux courgettes ce matin. Je pensais justement m'en couper un morceau.

— Ça me donne envie, répondit Doreen chaleureusement. Je regardais mon frigo en me demandant ce que j'allais faire pour le dîner.

— Si tu viens manger suffisamment de pain aux courgettes, tu n'auras pas à dîner.

— Évidemment, déclara Doreen en riant. Elle se tourna vers les animaux et continua : J'arrive tout de suite alors.

— Parfait. Je vais faire du thé et réchauffer le pain, alors ne tarde pas trop car j'ai faim. Regarder cette partie de boulingrin m'a épuisée.

— Comme je l'ai dit, je suis en route.

Doreen mit fin à l'appel. Elle appela les animaux. Lorsqu'ils réalisèrent qu'ils sortaient dans le jardin, ils la dépassèrent en galopant. Alors elle accéléra le rythme et se mit à courir dans la cour, se dirigeant vers le ruisseau. Elle adorait aller voir le ruisseau tous les jours parce que l'eau changeait chaque fois. Le niveau montait et descendait, selon les caprices de Mère Nature. Évidemment, elle savait que cela était dû à la fonte des neiges dans les montagnes et à la vitesse à laquelle elles ruisselaient, ainsi qu'aux conditions météorologiques environnantes, qui avaient également un impact. Elle avait beaucoup appris sur les niveaux d'eau depuis son arrivée ici. Même les affaires non résolues avaient exigé qu'elle fasse des recherches et se renseigne sur ces événements météorologiques locaux. C'était vraiment un sujet fascinant.

L'eau avait toujours l'air d'être à un niveau raisonnable ; pas de quoi faire des cauchemars. Elle se demandait si le fait qu'ils soient en saison de sécheresse avait un effet sur la hauteur de la crue. L'hiver n'avait pas non plus été terrible. Ainsi, le manteau neigeux, bien qu'à environ quatre-vingts pour cent de la normale, n'allait pas s'écrouler sur elle. L'eau ne débordait toujours pas non plus des tuyaux de sa pompe de vidange, ce qu'elle voyait comme un bon signe.

Avec les registres sous le bras et les animaux à côté d'elle, Doreen faillit courir vers la maison de Nan, ayant besoin d'un exutoire pour toute son énergie refoulée. Cela n'avait aucun sens, car elle avait jardiné aujourd'hui, puis avait fait un tour en voiture. Maintenant, elle était sur un tout nouveau mystère et elle devait admettre que c'était la meilleure partie de sa journée. Bien sûr, c'était plus un mystère qu'un meurtre. Du moins pour le moment.

En riant d'elle-même et de ses animaux, elle jaillit à l'angle de la dernière clôture résidentielle, heurtant quasiment un petit véhicule qui essayait de se garer pour une promenade le long la rivière.

Elle cria « Désolée », en faisant un signe de la main et bondit en direction de Rosemoor. Le pain de courgettes frais la stimulait comme jamais Elle avait mangé un sandwich, mais ce n'était pas aussi bon que du pain frais fait maison. En arrivant aux pierres du chemin, elle aperçut le jardinier. Il la fusilla du regard.

Elle s'écria :

— Salut, Fred. Comment va Franck ?

L'ombre sur son visage se transforma en perplexité. Elle lui adressa un signe de la main amical et se précipita sur les dalles avant qu'il n'ait la chance de se souvenir que c'était elle qui insistait pour rendre visite à Nan avec ses animaux et qu'elle devait donc couper par l'herbe pour ce faire.

Une fois sur le petit patio, elle eut l'impression d'être dans l'antre de Nan, et celle-ci ne tolérerait pas qu'on blesse sa famille : à plumes, à fourrure ou autre. À son arrivée, Nan sortit avec une assiette de pain aux courgettes fraîchement tranché, encore chaud d'après ce que Doreen voyait. Elle étreignit sa grand-mère et s'exclama :

— Je pouvais le sentir du coin de la rue !

Nan rayonna.

— Je suis tellement contente d'entendre ça, parce que j'ai encore des courgettes. J'espère que tu en emporteras pour chez toi. Je t'ai promis un pain complet. Et j'en ai fait trois.

— Je ne me vois pas refuser.

Doreen salivait alors qu'elle lorgnait les tranches épaisses devant elle, tandis que Nan se précipitait à l'intérieur.

— Et voici le thé, déclara Nan, alors qu'elle ressortait une deuxième fois avec la théière à la main. Elle avait aussi quelque chose dans son autre main. Sous les yeux de Doreen, Nan donna à chacun des trois animaux une petite friandise.

Doreen gloussa.

— Tu les gâtes trop. Tu le sais, j'espère ?

— Mieux vaut les gâter pendant qu'ils sont encore là, rétorqua Nan, parce que tu ne peux pas changer le passé, et un jour, tes trois animaux de compagnie disparaîtront, tout comme moi.

Pour une raison quelconque, la façon dont elle avait formulé cela toucha une corde sensible chez Doreen. Elle dévisagea Nan.

— J'espère que ça ne sera pas de sitôt, gémit-elle. Je ne suis pas prête pour ça.

Nan la regarda avec compréhension.

— Ne t'inquiète pas, ma chérie. Je n'ai pas prévu de partir encore, répondit-elle, mais tu sais que nous continuons à perdre des résidents, ici. Par exemple, Ruby, avec qui j'ai pris le thé hier, s'est réveillée morte ce matin.

— *Elle s'est réveillée morte* ? interrogea Doreen délicatement.

— C'est comme ça que j'appelle ça : elle est allée au lit, heureuse comme une alouette la nuit dernière, et ne s'est jamais réveillée ce matin.

— Ce n'est pas une mauvaise façon de le dire, approuva Doreen. C'est juste étrange.

— À mon âge, j'ai le droit d'être étrange, déclara Nan en

riant, parce que sinon autant être morte. Si nous suivons l'exigence de conformité sociale, nous ne ferions rien d'autre que céder aux attentes des gens. Ne fais jamais ça, sois toi ! Trouve ce qui te rend spéciale et laisse simplement cette partie s'illuminer.

Doreen sourit.

— J'adore t'entendre parler comme ça, dit-elle.

— Eh bien, tu es la seule, déclara Nan en s'installant dans son fauteuil. Elle leva son assiette et attrapa une grosse tranche de pain aux courgettes : Maintenant, je vais en profiter. Ce boulingrin aujourd'hui m'a usée.

— Combien de fois as-tu joué ?

— Oh, des dizaines de fois, répondit-elle avec un geste aérien de la main. Hier, Ruby a joué aussi. Eh bien, Ruby va manger les pissenlits par la racine dans quelques jours.

Doreen ne savait pas quoi dire. Nan était définitivement d'une humeur bizarre, mais perdre une amie, une parmi tant d'autres dans un endroit comme celui-ci, était une raison suffisante. Doreen garda le silence, offrant son soutien autant qu'elle le pouvait, tout en savourant le pain aux courgettes. À la première bouchée, elle gémit.

— Tu as fait fondre du beurre dessus dès qu'il est sorti ?

— Bien sûr, et encore une fois en le réchauffant, gloussa Nan. Pas besoin d'oublier les matières grasses avec toi, ma fille. Tu le tranches quand il sort et tu rajoutes du beurre, comme ça il fond jusqu'à l'intérieur.

Elle poussa le pot de miel vers Doreen.

— Essaie avec du miel, si tu ne l'as jamais fait.

— Mais c'est tellement bon nature, rechigna Doreen.

— Bien sûr, rétorqua Nan. Mais c'est aussi très bon avec du miel.

— Peut-être sur un deuxième morceau, consentit Doreen. Elle leva son thé, but une gorgée et sourit.

Nan lui laissa quelques instants, mais il était évident qu'elle était curieuse au sujet du sac posé à côté de Doreen.

— Qu'est-ce que c'est ?

Dorine sourit.

— Je me demandais juste si tu savais déchiffrer les pattes de mouches.

— Je suis imbattable, dit Nan en se redressant. J'ai un don pour lire les écritures de cochon.

— Ce sont des noms écrits à la main.

Elle termina son morceau de pain aux courgettes, écarta son assiette et sortit les deux registres. Elle tourna les pages jusqu'à la première entrée qu'elle voulait que Nan voie, puis leva le livre et tapota la ligne qu'elle regardait.

— Connais-tu ce nom ?

Nan attrapa le livre, lut l'entrée et fronça les sourcils.

— Oh mon Dieu, ce n'est pas si facile que ça, dis donc.

— Non, répondit Doreen en riant. J'ai moi-même eu beaucoup de mal. Je pense que c'est le même nom, dit-elle en sortant l'autre livre et en le feuilletant jusqu'à la bonne page. Il y avait une légère différence dans la calligraphie.

Nan le déchiffra et hocha la tête.

— Eh bien, ça facilite les choses.

— Ah oui ?

— Oui. C'est *Ed*. Ed Burns, déclara-t-elle.

— Tu connais Ed Burns ? Millicent a mentionné quelque chose à son sujet plus tôt.

Nan s'accrocha aux registres, comme si elle n'avait pas l'intention de les rendre.

— Peut-être, répondit-elle, les yeux pétillants. Qu'est-ce que tout cela signifie ?

— Thaddeus, ici présent, commença Doreen en désignant l'oiseau – et Thaddeus poussa un cri et ébouriffa ses plumes en entendant son nom –, a trouvé ces petites plaques métalliques que je t'ai montrées plus tôt, et il voulait retourner à cet endroit. Donc c'est ce qu'on a fait, continua Doreen. Et j'ai trouvé l'outil qui accompagnait l'une des étiquettes. Le pic à glace (pour la pêche sous la glace) était presque complètement enfoui dans la terre, les cailloux et le sable, et complètement emmêlé dans le lierre, mais nous l'avons trouvé.

— Et tu es remontée jusqu'au magasin où se trouvaient ces registres ? s'enquit Nan avec étonnement.

Doreen hocha la tête.

— Oui.

Et elle raconta l'histoire de l'atelier d'affûtage des couteaux.

— Cinquante dollars pour aiguiser les couteaux de cuisine ? dit Nan en tournant la tête pour regarder dans la direction de sa petite cuisine. Cela ne semble pas être une mauvaise affaire, n'est-ce pas ?

À ces mots, Doreen gloussa. Il n'y avait que Nan pour sauter du coq à l'âne alors qu'ils parlaient de la propriété de ces outils.

— Certes, dit-elle. Je n'ai pas encore décidé si j'allais sauter sur l'occasion ou pas.

— Ce que tu veux dire, c'est que tu n'as pas encore décidé si tu as cinquante dollars à dépenser pour ça, traduisit Nan en regardant Doreen. Et je comprends. Mais il n'y a rien de plus frustrant que d'avoir des couteaux émoussés dans la cuisine.

— Eh bien, on peut faire affûter les tiens, déclara Doreen. Je serai heureuse de te conduire là-bas.

— Laisse-moi y réfléchir, répondit Nan. Elle tapota le

grand livre : Eh bien, Ed Burns était un personnage intéressant.

— Était ?

— Oh oui, il est mort depuis dix ans maintenant.

Les épaules de Doreen s'affaissèrent. Elle se rendit compte que, après tout son travail pour retrouver le propriétaire du pic à glace, elle était tombée sur quelqu'un qui n'était même plus de ce monde.

— D'accord, dit-elle d'un ton encourageant. Que peux-tu me dire sur lui ?

— C'était un grand défenseur des arts locaux, déclara Nan. Quand il est décédé, son fils a tout hérité. Et ça a fait scandale.

— Pourquoi donc ?

— Parce qu'il avait aussi deux filles. Mais Ed a tout laissé à son fils.

— Pourquoi ? demanda Doreen, offensée à la place des filles.

— C'est le problème. Tu vois ? Personne n'y comprenait vraiment rien, et les filles ne semblaient pas avoir de levier légal, alors le frère a tout empoché.

— Y compris ces outils. Je me demande…

— Possible, dit Nan. J'imagine bien Ed acheter ces outils et les exposer quelque part sur un mur. Comment ils se sont retrouvés du mur à ce chemin de terre, je n'en ai aucune idée.

— Intéressant, n'est-ce pas ?

— À quelle distance se trouvait-il d'une clôture ?

— Juste au bord, déclara Doreen, comme si quelqu'un s'était tenu de l'autre côté et l'avait laissé tomber par-dessus la clôture, dans la zone publique.

— Mais combien de personnes viennent se promener ici

en réalité ? demanda Nan en haussant les sourcils. Quand on y pense, quelqu'un a peut-être essayé de s'en débarrasser en les jetant par-dessus la clôture.

— Peut-être, mais je n'en ai trouvé qu'un, tempéra Doreen. C'est la moitié du mystère. J'ai les deux plaques métalliques qui vont dessus, et les chiffres correspondent aux registres et les désignent tous les deux comme des pics à glace. Mais il n'y a aucun signe de l'autre pic à glace.

— Intéressant, marmonna Nan avec un sourire, fermant les registres et les lui rendant. Je suis sûre que tu résoudras ce mystère en un rien de temps.

— Peut-être, dit Doreen. Au moins, Mack sera content de moi.

— Ne t'inquiète pas pour Mack. Dès que tu en discuteras avec lui, cela attisera aussi sa curiosité.

Doreen sourit parce qu'elle savait que la curiosité de Mack était déjà attisée. En parlant de ça, elle devait le contacter et voir s'il avait trouvé quelque chose dans ses dossiers.

Elle était sur le point de dire au revoir à Nan quand celle-ci posa une autre grosse tranche de pain aux courgettes dans l'assiette de Doreen.

— Oh, Nan, dit Doreen.

Elle en avait vraiment envie. Mais…

— Prends celle-là avec du miel, déclara Nan. Tu seras contente d'avoir essayé.

— D'accord, céda trop facilement Doreen. Elle badigeonna la tranche de miel et la coupa en quatre morceaux, puis en prit une bouchée. Ouah, dit-elle.

Elle saisit le pot de miel, mais elle n'y trouva aucune étiquette.

— Oh, ça vient d'un de mes amis, expliqua Nan. Ils ont

leurs propres abeilles et récoltent leur propre miel localement.

— Ouah, répéta Doreen, c'est délicieux.

— Rapporte-le chez toi, déclara Nan. J'ai un autre pot dans le cellier.

Elle se leva d'un bond, entra dans la cuisine et revint avec un bocal avec une petite étiquette fantaisie sur le dessus.

— Rapporte celui-là à la maison. Je garde celui-ci.

Ravie de suivre ces instructions, Doreen vissa le couvercle sur le bocal, essuya l'extérieur de tout résidu collant et le mit dans sa poche. Juste à ce moment-là, Nan ressortit avec un pain entier aux courgettes enveloppé dans du papier d'aluminium et le posa à côté de Doreen.

— Comme je l'ai dit, tu n'auras plus à préparer le dîner maintenant.

— Ce n'est pas le dîner le plus nutritif, plaisanta Doreen.

Nan agita la main.

— Ne pense pas à ça. Nous sommes ici pour vivre, pas seulement pour vivre mal.

— Ce n'est pas si terrible, contra Doreen en signe de protestation.

— C'est vrai, mais quand même. Soyons raisonnables. Si tu as la possibilité de manger du gâteau pour le dîner, alors fais-le, profites-en et ne te sens pas coupable.

Sa grand-mère était incorrigible, se dit Doreen en riant et en terminant sa tranche de pain aux courgettes garnie de miel. Puis elle ramassa le paquet enveloppé de papier d'aluminium et attrapa ses registres. Elle sourit et dit :

— Maintenant, je vais rentrer à la maison. J'ai besoin de marcher pour brûler toutes ces calories.

— Si tu fais ça, contra Nan, tu devras dîner juste pour

ajouter des calories à ton corps tout maigre.

— Je ne suis pas maigre, gronda Doreen. Je mange beaucoup plus qu'avant.

— Et c'est une bonne chose, approuva Nan. Je ne supporte pas de te voir si maigre.

— Je vais bien.

Doreen fit un câlin à Nan et dit :

— Particulièrement si tu me nourris comme ça.

— Tu t'en es sortie avec tous ces légumes ? demanda Nan.

— Mack m'a fait des côtelettes de porc hier soir, déclara Doreen, donc les courgettes sont toutes parties.

Nan sautilla encore une fois et dit :

— Alors, attends !

Et elle se précipita à l'intérieur. Elle revint avec un panier en osier plein de légumes.

— Cela m'a été livré ce matin. Je ne peux pas tout manger.

Elle farfouilla dedans rapidement, divisa le tout en deux piles, puis retourna à l'intérieur pour prendre un sac en plastique. Elle enfourna des petites carottes, quelques tomates de plus, un gros poivron, de la laitue et des haricots verts, et elle le tendit à Doreen.

— Tu peux même manger la plupart crus. Pas besoin de cuisiner.

Doreen sourit.

— Que ferais-je sans toi ?

— Je ne sais pas, dit Nan, mais j'espère que tu mangerais quand même.

Chapitre 14

Vendredi en fin d'après-midi…

TOUJOURS AMUSÉE PAR sa grand-mère, Doreen se dirigea vers le ruisseau avec ses provisions.

— C'est une bonne chose que Nan nous nourrisse, dit-elle. Quand j'ai réalisé qu'il faudrait des mois et des mois avant que je ne reçoive l'argent des antiquités de Nan, j'ai hésité à faire les courses.

Alors qu'elle retournait vers la propriété près de l'embouchure de la rivière (où le pic de pêche sur glace avait été déterré), elle regarda autour d'elle et sourit. Elle pouvait voir le lierre de l'autre côté de la clôture où elle avait trouvé le pic à glace. Elle estima qu'il fallait probablement au moins dix ans de croissance pour remplir complètement la clôture. Elle s'arrêta et se demanda qui habitait de l'autre côté. Elle fronça les sourcils alors qu'elle essayait de compter le nombre de maisons à partir du lac afin de regarder sur Google Maps, puis éventuellement de rechercher l'adresse de la maison sur le site de la British Columbia Assessment. Mais en fin de compte, il faudrait que Mack s'occupe de découvrir qui vivait ici maintenant et dix ans auparavant. Et, bien sûr, ce n'était pas parce que quelqu'un vivait ici à un moment donné qu'il avait quoi que ce soit à voir avec le pic à glace trouvé à proximité.

Alors qu'elle retournait chez elle et posait sa précieuse cargaison de nourriture sur la table de la cuisine, son téléphone sonna. Elle le sortit et sourit.

— Salut, Mack. Je pensais justement à vous appeler.

— Donc, soit vous voulez quelque chose, soit vous avez des ennuis, déclara-t-il.

Elle fronça les sourcils en regardant son téléphone.

— Ou peut-être que je voulais vous offrir d'autres légumes frais, grinça-t-elle.

— Peut-être, dit-il, mais c'est peu probable. C'est à vous de les manger.

— Je viens de rentrer de chez Nan, et elle m'a donné un poivron et quelques tomates, des haricots verts et une autre laitue, pour que je puisse faire une grande salade pour le dîner si j'ai faim. Je viens de terminer un excellent pain aux courgettes, déclara-t-elle avec un soupir heureux.

— Bon sang, dit Mack d'une voix envieuse. Maintenant vous me faites saliver.

— Ha, dit-elle, alors je ne vous dirai pas que Nan m'a aussi donné un pain aux courgettes entier.

— Vous êtes cruelle, gémit-il.

— Vous aviez une raison de m'appeler ? demanda-t-elle avec insolence. Peut-être que je vais me faire un thé et prendre une autre tranche.

— Vous êtes vraiment méchante maintenant, dit-il.

Elle gloussa.

— Peut-être, mais j'ai découvert à qui appartenait le pic à glace.

D'abord le silence se fit à l'autre bout du fil, puis Mack dit :

— C'est vrai ?

— Oui ! s'exclama-t-elle fièrement. Elle expliqua ensuite tout ce qu'elle avait découvert jusqu'à présent.

— Ce n'est pas mal pour un après-midi de travail, approuva Mack.

— Maintenant, bien sûr, j'aimerais savoir qui vit dans la maison à côté de l'endroit où j'ai trouvé le pic à glace, ce que vous pourriez rechercher pour moi. Et éventuellement, je dois retrouver l'héritier d'Ed Burns et découvrir comment ce pic à glace est passé de la collection privée d'Ed à six pieds sous la clôture de cette propriété à l'embouchure de la rivière.

— Alors, vous avez trouvé un numéro sur cette deuxième plaque ? s'enquit Mack d'une drôle de voix.

— Comment ça ? La plaque de métal sans son outil ?

— Oui, répondit-il. Quel est le numéro dessus ?

Elle lui lut la série de chiffres.

— Intéressant, avança-t-il. C'est mentionné dans l'une de mes affaires.

— Cet outil en particulier ?

— Non, c'est quelque chose que quelqu'un a dit, mais tant pis. Je vais m'arrêter et prendre une tranche de ce pain aux courgettes, dit-il, et photographier vos registres.

Immédiatement, elle flaira la piste.

— Alors vous pensez que je suis sur une piste ?

— Eh bien, vous êtes sur quelque chose, dit-il d'une manière dédaigneuse. Mais ce n'est probablement rien d'important.

— Oh, c'est cruel ça, se plaignit-elle. Je suis peut-être sur une vraie piste.

Il ricana.

— Avez-vous découvert ce qui est arrivé aux parents ?

— Les Darbunkle ? précisa-t-il. Ils ont été déclarés morts

sept ans après avoir été portés disparus.

— Alors ils ont disparu après être repartis sur la côte Est ?

— Qui vous a dit ça ?

— Wendy et Nan. Ainsi que Millicent et la bibliothécaire. La rumeur veut que les parents soient retournés vers l'est, probablement avec Henrietta, déclara-t-elle. Et saviez-vous aussi qu'Henrietta avait été adoptée ? Et que sa famille biologique vivait aussi à Kelowna, puis qu'ils ont déménagé vers le sud, dans la région de Penticton, après l'avoir abandonnée à un très jeune âge ?

Encore une fois, Mack se tut à l'autre bout du fil avant de jurer légèrement.

— Ce n'est pas bien de jurer, le réprimanda-t-elle.

Il ricana.

— Hé, j'aime les gros mots que j'utilise. Et j'espère que je ne vous mets pas mal à l'aise quand je les dis. Mais c'est vous qui vous demandiez si vous pouviez les utiliser aussi, se défendit-il. Vous vous êtes entraînée ?

— Eh bien… Vous savez, je n'aime vraiment pas penser à mon ex-mari ni à ma vie avec lui. C'est mon passé, et il vaut mieux qu'il y reste. Mais j'ai réalisé, à peu près au moment où j'ai déménagé ici, à quel point mon ex me contrôlait – mes vêtements, mon poids, mon alimentation, ce que je pouvais dire et quand j'avais le droit de parler. C'est une autre forme de maltraitance. Une maltraitance psychologique, de mes droits et libertés personnels. Et donc, lorsque j'ai rompu avec lui, physiquement d'abord puis mentalement, plus tard, j'ai ressenti une certaine liberté pour découvrir qui j'étais en réalité, pour devenir la vraie moi, capable de dire ce que je pensais, avec un juron ou deux pour mettre de l'emphase si nécessaire. Mais j'ai mes propres limites auto-imposées à ce sujet. Je peux aller jusqu'à « mercredi », « mince » ou encore « merdum », dit-elle, mais je ne peux pas faire mieux.

À ces précisions, Mack éclata de rire.

— J'aime bien « merdum ». La prochaine fois que vous serez en colère, contrariée ou en danger, je vous suggère de hurler « merdum ».

Doreen fusilla son téléphone du regard.

— Vous vous moquez encore de moi, alors que j'allais partager mon pain aux courgettes avec vous.

— J'arrive dans dix minutes, s'empressa-t-il de dire. Ne mangez pas tout.

Et il lui raccrocha au nez.

Doreen sourit, baissa les yeux vers les bestioles autour d'elle et dit :

— Devinez quoi, les gars ? Mack arrive.

Mugs aboya plusieurs fois et tourna en rond à ses pieds. Elle sourit et entra dans le garage, se demandant si elle pouvait ranger quelques trucs supplémentaires avant qu'il n'arrive. Ce n'était pas parce qu'elle pouvait garer son véhicule dans le garage qu'elle avait pu dégager une tonne de place. Elle avait d'autres choses à apporter chez Wendy et encore d'autres qui iraient peut-être directement à une association caritative. Elle regarda sa montre mais elle n'avait plus le temps de s'y rendre.

— Plus tard, se promit-elle. J'apporterai les biens à l'association plus tard.

Elle avait nettoyé et rangé presque toute la maison, à l'exception d'un bout de sa chambre, et ça faisait tellement de bien ! Elle avait débarrassé les deux étages de sa maison et avait résolu sa dernière enquête, créant un vide intersidéral dans sa vie. C'était le destin qu'un autre mystère soit tombé du ciel pile à l'instant où elle en avait besoin. C'était le moment parfait.

Puis Mack rappela. « On reporte » fut tout ce qu'il dit.

Chapitre 15

Samedi matin...

DOREEN SE REVEILLA le samedi matin avec un sourire heureux sur le visage et le vibreur de son téléphone à côté de sa tête. Elle se retourna, l'attrapa et décrocha.

— Mack, savez-vous quelle heure il est ? gémit-elle.

Mack ne parla pas tout de suite à l'autre bout du fil, puis il répondit :

— Oui, il est neuf heures du matin.

Doreen regarda son téléphone, abasourdie.

— Sérieusement ?

— Oui, dit-il. Vous êtes encore au lit ?

Elle se frotta le visage et murmura :

— Je viens de me réveiller.

— Intéressant, dit-il d'un ton enjoué.

— Pourquoi êtes-vous si content ? s'enquit-elle.

— J'arrive dans quinze minutes pour le café, répondit-il. Et je vous dirai tout.

Et il raccrocha.

Elle regarda à nouveau son téléphone, mécontente.

— Et si je ne voulais pas sortir du lit ? s'écria-t-elle en réponse. Et si je ne voulais pas m'habiller aujourd'hui ? Et si je prévoyais de rester en pyjama et de paresser toute la journée juste parce que je le peux ?

Mais Mack n'aurait pas appelé sans raison. Et rien que pour ça, sa curiosité l'emporta. Elle sauta du lit, se doucha rapidement et se lava les cheveux. Au moment où elle sortait de la salle de bains, séchée et habillée, elle entendit un véhicule se garer.

Elle gémit.

— Je n'ai même pas fait de café, marmonna-t-elle. Mais Mugs accourait déjà devant elle, aboyant joyeusement tout en se précipitant vers la porte d'entrée.

— Quel traître, marmonna-t-elle en le devançant pour lancer le café. Mack ne toqua pas tout de suite, et elle eut le temps de mettre le café et de nourrir sa troupe. Puis elle réfléchit et se demanda si c'était bien lui. Elle se dirigea vers la porte d'entrée et l'ouvrit pour trouver la camionnette de Mack dans son allée, où il déchargeait des parpaings. Elle le fixa, ébahie puis ravie.

— C'est pour ma terrasse ?

Il lui adressa un large sourire.

— Il était temps que vous sortiez du lit.

Elle renifla en réponse.

— Si vous ne m'aviez pas appelée, dit-elle, je serais restée au pays des rêves pendant au moins une heure de plus.

— Petite paresseuse, dit-il avec un sourire narquois. Venez me donner un coup de main.

Elle enfila ses sandales et descendit les marches du perron.

— Combien y en a-t-il ?

— Ils sont tous là, déclara Mack. J'ai chargé les miens, puis je me suis arrêté chez mon ami ce matin et j'ai récupéré les siens. Ensuite, je suis allé chez ma mère et j'ai pris les derniers.

Doreen sourit.

— Ouah, c'est super !

Sous ses yeux, Mack en souleva deux, les posa dans sa brouette, en mit un troisième par-dessus, puis fit rouler l'engin sur la pelouse jusqu'au côté de la maison. Elle regarda les profonds sillons laissés dans l'herbe et gémit, mais ce n'était pas le moment de discuter de son *modus operandi*. Des parpaings gratuits pour sa nouvelle terrasse restaient des parpaings gratuits. L'herbe se redresserait bien un jour.

Quand Mack eut fini de décharger la brouette, Doreen en avait porté deux toute seule, jusqu'à ce qu'il se contente de rire et de les lui prendre des mains.

— Ne vous embêtez pas.

Lorsque les parpaings furent sagement alignés le long de sa maison, là où se trouverait bientôt la nouvelle terrasse, Doreen se sentit vraiment très joyeuse. Puis elle suivit Mack jusqu'à sa camionnette et vit qu'il transportait autre chose.

— Qu'est-ce que c'est ? demanda-t-elle en fixant les énormes poutres en bois qui traversaient l'arrière du camion.

— Le même copain chez qui j'ai récupéré les parpaings avait quatre de ces poteaux. C'est exactement ce dont nous avons besoin pour l'extension de la terrasse, même si je ne sais pas s'ils sont assez longs.

Il en souleva un, le hissa sur son épaule et fit le tour de sa maison. Elle courut derrière lui.

— Combien ça vous a coûté ?

— Il était heureux de s'en débarrasser, déclara Mack. Alors maintenant, nous avons quatre poteaux pour la terrasse

— De combien en avons-nous besoin ?

Elle n'arrêtait pas de le harceler de questions, sans même attendre qu'il réponde. Il fut patient cependant, et, finalement, il se tourna vers elle et lui répondit :

— Vous vous souvenez de votre dessin ? De la liste ? Allez les chercher et jetez un œil à votre liste de matériaux.

Elle secoua la tête et dit :

— Je ne sais pas pourquoi je n'y ai pas pensé.

— Manque de caféine ? demanda-t-il avec un sourcil arqué.

Elle sourit et entra dans la cuisine, où elle attrapa ses croquis et la liste des pièces qu'elle avait tapée et imprimée.

— Nous en avons encore besoin d'au moins six de plus, selon leur longueur.

— Oui, dit Mack. J'ai demandé aux gars de la division pour voir si quelqu'un avait des restes de matériaux que nous pourrions utiliser. Ils m'ont dit qu'ils jetteraient un coup d'œil ce week-end et me diraient lundi.

— Pensez-vous qu'ils nous donneraient ça gratuitement ? interrogea Doreen. Parce que, ouah, ce serait énorme.

— Les poutres représentent une grande partie du coût de la rénovation, mais les planches pour le sol et la balustrade coûtent un bras.

Elle hocha la tête en y réfléchissant.

— Avons-nous besoin d'une balustrade ?

— Cela dépend de la hauteur de la terrasse. Pour l'approbation de la mairie, s'il n'y a que deux marches, non, nous n'en avons pas besoin ; ce que nous envisagions.

— Et si les marches faisaient tout le tour ? dit-elle. Nous aurions beaucoup d'espace pour s'asseoir… ?

— Mais cela augmenterait aussi le coût, vous vous souvenez ?

Doreen baissa les yeux sur ses documents et hocha la tête.

— Il est vite facile d'oublier à quel point cela coûte cher.

— De plus, comment allez-vous gérer les mauvaises herbes sous la terrasse ? Avez-vous trouvé un moyen ?

— Je ne suis pas sûre. Je n'ai jamais vraiment envisagé cela. Cela semble un peu idiot de penser que la toile de paillage sera suffisante.

— Elle serait probablement suffisante si vous achetez la version ultrarésistante, et vous pourriez aussi envisager d'investir dans quelques bâches bon marché et de mettre des pierres là-dessous. Il faudra beaucoup de temps sans exposition au soleil pour que les bâches se décomposent suffisamment et que les mauvaises herbes ressortent.

Doreen sourit.

— J'aime bien cette idée.

Et puis elle s'interrompit et demanda :

— C'est cher ?

Le rire tonitruant de Mack remplit le jardin, et elle put presque entendre les voisins fermer les portes et les fenêtres avec indignation. Personne ici n'appréciait le bruit à sa juste valeur. Mais bon, elle avait causé plus que quelques perturbations depuis son arrivée. En fait, Richard, son pauvre voisin (même si elle attendait ses remerciements pour avoir résolu ce problème de menottes roses qui aurait pu finir par se retourner contre lui) était jusqu'à présent resté muet depuis cette affaire. Ces menottes n'étaient pas les siennes et avaient été retrouvées dans son jardin. C'était elle qui les avait découvertes, bien sûr, mais elles étaient sur sa propriété. Donc, en ce qui la concernait, elles étaient à *lui*. Elle gloussa en y repensant mais retourna à son projet de terrasse.

— Je suppose que la quincaillerie est un autre gros coût ?

— Oui. Ça grimpe vite parce qu'il faut que ce soit stable. Ces poutres sont donc placées dans de grands supports, puis il faudra les bonnes vis de terrasse pour le dessus.

Il la dévisagea.

— Je suppose que vous ne voulez pas payer une terrasse à toute épreuve que vous n'aurez jamais à remplacer, n'est-ce pas ?

— J'adorerais, dit Doreen prudemment, mais je soupçonne que c'est très cher.

— Oui, ça l'est, mais réfléchissez un peu. Vous n'aurez jamais à l'entretenir ni à la remplacer.

— Est-ce que c'est glissant ?

Mack la regarda avec surprise.

— C'est une bonne question. Je ne sais pas.

— Je ne veux rien de glissant. J'aime recevoir Nan, et bien sûr c'est aussi pour les animaux et moi-même.

Il hocha la tête pensivement.

— Je vais devoir vérifier. Et les balustrades ? Peut-être qu'avec Nan il faudrait penser à mettre des rampes au moins d'un côté ?

— Je ne pense pas qu'elle ait de problèmes pour monter les escaliers.

— Pas pour le moment en tout cas. Mais c'est à envisager pour l'avenir.

— Peut-être juste une petite balustrade quelque part.

— Oui, on peut regarder ça aussi.

Doreen hocha la tête, puis elle dit en hésitant :

— Vous n'arrêtez pas de dire « nous »...

Il la regarda avec surprise.

— J'ai dit que je vous donnerai un coup de main.

— Oui, mais jusqu'à présent, on dirait que c'est vous qui allez tout faire parce que je ne sais pas ce qu'il faut faire.

Il lui adressa son sourire taquin.

— Oui, c'est probablement le cas. Et cela pourrait prendre quelques semaines, selon les affaires sur lesquelles je travaille, la prévint-il.

— Bon, il va falloir que je pose la question.

Et puis elle se tut.

Il la fusilla du regard.

— Ne me posez pas de question qui risque de m'énerver tout de suite.

Elle lui jeta un regard innocent avec les yeux écarquillés.

— Comment saurai-je ce qui va vous énerver si je ne demande pas ?

Il leva un doigt et le secoua sous son nez.

— Ne me parlez pas de paiement.

Lorsque son sourire s'étira sur ses lèvres, il était aussi chaleureux et bienveillant que possible, et il venait du cœur.

— Merci beaucoup, dit-elle sincèrement.

— Mais vous serez responsable de me fournir en café.

Elle roula des yeux.

— Arf, c'est probablement plus cher que de vous verser un salaire.

Il sourit.

— Hé, au moins je n'ai pas demandé de bière ni de repas.

— Ce qui n'est pas une mauvaise idée, parce que vous méritez certainement quelques repas gratuits, et j'imagine qu'après une bonne journée de travail sur la terrasse, se poser avec une bière est magnifique.

Doreen entra dans sa cuisine et leur versa du café, et, quand elle ressortit avec les tasses et lui tendit la sienne, elle constata qu'il avait fini et il était en train de poser la dernière poutre avec le reste du matériel dans son jardin.

— Donc nous devons attendre lundi et les réponses par e-mail pour savoir de quoi d'autre nous aurons besoin, c'est ça ?

Mack accepta le café, secoua un peu sa chemise pour la débarrasser de la poussière du bois qu'il avait transporté et répondit :

— Avec un peu de chance, nous récupérerons quelques trucs. Probablement pas assez pour tout le chantier, mais au moins de quoi commencer.

Doreen désigna les gros poteaux en bois.

— Surtout s'ils ne sont pas très visibles.

— Exactement. C'est le plancher et les limons qui sont le plus visibles.

— C'est quoi des limons ? demanda Doreen, avant de penser qu'elle tendait le bâton pour se faire taquiner encore. Et ne vous moquez pas de moi.

Mack sourit, réfléchissant un instant aux mots qu'il allait employer.

— Les planches qui tiennent les marches. Les pièces verticales qui relient le pont horizontal aux marches horizontales.

Quand elle acquiesça, il ajouta :

— Nous pourrions probablement fabriquer nous-mêmes des limons si vous voulez des marches tout autour. Ce n'est cher que si nous les achetons. Même si le bois est moche, nous verrons ce que nous trouverons avec ces réponses de lundi.

Elle sourit à ces prévisions.

— Alors, est-ce que vous vous êtes renseigné sur les parents disparus ? Vous m'avez fait faux bond hier.

Il lui lança un regard glacial.

— J'ai reçu un appel et j'ai dû partir.

— Je sais que vous êtes venu ici pour déposer tout cela, et je vous en suis extrêmement reconnaissante, commença-t-elle, mais j'espérais également que vous aviez trouvé quelques informations.

— Vous d'abord, rétorqua Mack. Elle essaya de lui lancer un regard innocent, mais il n'y crut pas une seconde : Je sais que vous êtes allée fouiner. Alors dites-moi ce que vous avez trouvé.

Doreen soupira et s'assit à la petite table de sa véranda.

— Pas grand-chose et je vous ai déjà dit ce que je savais. Je veux vraiment savoir qui vivait dans la maison où j'ai trouvé le pic à glace.

— La maison a changé de propriétaires quatre fois au cours des deux dernières décennies, en remontant aux dates en question les plus anciennes concernant les Darbunkle (si je me base sur la plus ancienne de ces deux étiquettes que vous avez trouvées), annonça Mack. Cependant, étant donné qu'il n'a probablement pas fallu vingt ans pour que le temps et le lierre enterrent le pic à glace (vous avez dit que vous aviez dû déterrer presque tout l'outil), alors la maison la plus proche appartenait probablement à une vieille dame, Emma Bennett.

— Oh, intéressant. Est-elle décédée ?

Mack secoua la tête, lui lança un regard triste et répondit :

— Elle est à Rosemoor.

Doreen sourit largement. Elle sortit son téléphone et envoya un texto à Nan :

— Tu connais une Emma Bennett ?

— Oui. Pourquoi ?

— Elle était probablement propriétaire de la maison où j'ai trouvé le pic à glace, au moment où on s'en serait débarrassé.

Plusieurs points d'interrogation barrèrent d'abord son écran, puis Nan ajouta :

— Je vais lui parler.

Doreen gloussa, balança son téléphone sur la table de la véranda et dit :

— Nan est sur le coup.

— Vous faites la paire, toutes les deux.

— N'est-ce pas ? Nan vit avec une armada de personnes intéressantes qui ont des décennies d'informations sur Kelowna.

— Et parfois, ces gens ne se souviennent pas toujours correctement de ce qui s'est passé, l'avertit Mack.

— Non, pas toujours. Mais parfois, ils se souviennent mieux que prévu. Surtout quand ça remonte à des décennies. Je ne comprends pas comment cela fonctionne.

— Je suis sûr que les neuroscientifiques sont sur une piste.

— On investit énormément d'argent dans la recherche sur la démence, déclara Doreen, et je comprends pourquoi. C'est très pénible de devoir gérer ça. Parfois, je m'inquiète un peu pour Nan.

— Oui, c'est dur pour les autres membres de la famille, approuva Mack, un doux sourire sur le visage. En ce qui concerne les parents Darbunkle, ils ont apparemment véritablement disparu. Tout d'abord, de nombreuses rumeurs ont circulé et, oui, certaines mentionnant qu'ils seraient repartis vers l'est sont transcrites dans nos dossiers, mais le fait est que les frères ne savent pas ce qui s'est passé. Les parents ont été vus pour la dernière fois à un moment donné, signalés comme disparus, puis déclarés morts sept ans et quatre mois plus tard. Le maigre patrimoine a été transmis aux fils, qui l'ont partagé à parts égales.

— C'est-à-dire, la maison en gros, n'est-ce pas ? demanda-t-elle. Le « maigre patrimoine » que vous venez de mentionner.

Mack hocha la tête.

— Correct.

— Et Henrietta ?

— C'est là que notre dossier s'amenuise encore plus, déclara-t-il d'un ton sombre. Elle a disparu, à peu près au même moment que ses parents, donc à l'origine, on supposait qu'elle était retournée dans l'Est avec eux. Cependant, lorsque les frères ont rempli une déclaration de décès pour leurs parents, ils l'ont également fait pour Henrietta. Elle a été présumée morte avec les adultes, mais ce qui leur est arrivé reste un mystère.

— La déclarer disparue est assez sommaire, répondit Doreen, et c'est très pratique pour les fils qu'elle ne fasse pas partie de l'héritage.

— Elle n'en aurait probablement rien reçu directement de toute façon : il aurait été géré par un tuteur pour le reste de ses jours. Peut-être *via* une fiducie avec un avocat ou un banquier pour superviser le contrat. Cependant, la succession était maigre, alors peut-être qu'il n'y avait pas d'argent pour financer les soins futurs d'Henrietta.

— Ça ne change rien au problème, mais ça reste triste pour Henrietta. Et qu'en est-il de ses vrais parents ?

— J'ai dû chercher cela séparément, commença-t-il. Je ne savais pas qu'elle avait été adoptée. Et techniquement, ce n'était pas une adoption formelle, mais les deux couples avaient un accord verbal entre eux.

— Apparemment, la famille biologique a déménagé. Le nom de l'homme était assez unique : Hilly.

— J'ai déjà entendu ça plusieurs fois.

— C'est toujours fascinant de voir comment ça marche. Mais le fait est que j'ai un pic à glace, deux petites plaques métalliques qui indiquent qu'il aurait dû y avoir deux pics, et j'ai un couple et leur fille disparus.

— Stop, stop, stop, s'agaça Mack, levant les mains, comme pour briser le fil de ses pensées. Il n'y a absolument aucun lien entre ces deux événements.

Elle le regarda avec surprise.

— Bien sûr que si, rétorqua-t-elle. Un lien énorme.

Il la dévisagea.

— Et quel est ce lien énorme ?

Elle lui adressa un sourire radieux et répondit :

—Mugs, Goliath, Thaddeus. Et moi.

Les épaules de Mack s'affaissèrent et il eut l'air si découragé qu'elle éclata de rire.

— Je ne plaisante qu'à moitié, vous savez ?

— Et je ne suis qu'à moitié irrité à ce sujet, répondit-il, parce que *c'est* un lien. Auquel je ne voulais pas vraiment penser.

— Je pourrais aider… N'avez-vous pas assez de travail en ce moment ? s'enquit-elle.

— Ce serait plutôt *trop* de travail, grommela-t-il. Steve n'arrête pas de beugler.

— C'est son problème, pas le mien. Il n'aurait pas dû m'agresser. D'ailleurs, ni Mary, ni Penny, ni Dean n'auraient dû.

Les noms de certaines personnes qui l'avaient attaquée à cause de son travail sur des affaires non résolues roulèrent sur sa langue.

— Dans votre dernière enquête, nous avons affaire à une femme (éprise de Dean, son second mari) qui ne veut pas croire que ce dernier a tué son premier mari ou une *prostituée* qui faisait le trottoir.

— Manny mérite qu'on s'occupe d'elle autant que de

n'importe qui d'autre, répondit tranquillement Doreen. Ce n'était pas facile pour elle. Elle a fait du mieux qu'elle a pu.

Le sourire de Mack se fit attentionné quand il dit :

— Croyez-moi. Je sais où vous voulez en venir. Je suis tout à fait d'accord avec vous. Mais ma déclaration précédente résumait juste de l'attitude du tueur. Ou plutôt, l'attitude de la femme du tueur.

Elle hocha la tête.

— Et c'est une mauvaise façon de voir la vie, de juger les gens comme ça.

— Nous travaillons sur de nombreuses affaires, et, bien sûr, l'affaire de Crystal est en cours aussi, énonça-t-il. Rien celle-ci, nous risquons de mettre des années à en venir à bout, car nous sommes toujours à la recherche d'autres enfants qui auraient disparu. Les districts de toute la province cherchent aussi leurs enfants disparus.

— Et dire que ces frères essayaient juste de sauver des enfants d'un environnement familial abusif.

— Ce qui nous donne l'espoir que certains d'entre eux sont peut-être encore en vie.

— Quant à Crystal, je ne pense pas que les frères aient jamais voulu lui faire du mal. Dans la mesure où ils éloignaient Crystal et les autres enfants de Mary, la belle-mère très perturbée de Crystal, et d'autres parents comme elle, il y a de bonnes chances que les autres enfants disparus se portent bien.

Il hocha la tête, puis murmura :

— Le capitaine envisage de mettre en place un groupe de travail pour vous.

Elle le fixa d'un air ébahi.

— Pour moi ?

— Pour les affaires que vous n'arrêtez pas de nous refiler.

Nous avons aussi beaucoup d'autres affaires en cours, vous savez ? dit Mack d'un ton ironique. Toutes sortes d'effractions, d'agressions, de vols de voitures. Mais vous semblez avoir à un don pour vous plonger dans les affaires les plus anciennes, les plus sombres, les plus moches. Et le capitaine se demandait s'il ne fallait pas réunir un groupe d'intervention pour traiter uniquement vos affaires.

Cette proposition lui réchauffa le cœur.

— Vous savez quoi ? J'aime vraiment cette idée.

— Je m'en doutais, répondit-il. Au moins, vous sauriez que nous accordons à ces affaires toute l'attention possible.

— Mais plus que ça, dit-elle, j'aurais quelqu'un à qui m'adresser quand j'aurais plus d'informations.

Et elle lui adressa un sourire étincelant.

— Je ne pense pas que c'est ce que le capitaine voulait dire.

— Mais vous savez que c'est comme ça que je vais faire. Je comprends que vous ayez besoin de mettre une équipe spécialisée sur ces affaires classées, parce que nous avons mis à jour un grand nombre d'affaires qui ont des racines très étendues, chacune réclamant une investigation, dit-elle très sérieusement. Mais comme vous le savez, je travaille toujours sur une nouvelle affaire et j'aurai besoin de plus d'informations.

Elle sourit et désigna l'armoire de l'entrée, qui contenait tous les dossiers d'enquête du journaliste.

— Pensez à toutes les affaires de Solomon qui réclament plus d'attention.

— Vous êtes toujours une civile, la prévint Mack. Ce n'est pas comme si le capitaine pouvait vous communiquer des informations sans s'attirer des ennuis judiciaires.

Doreen y réfléchit et acquiesça.

— Donc, tant que vous continuez à me donner les informations que je peux légalement avoir, nous pourrions mettre en place un excellent partenariat.

Elle sentait son enthousiasme s'emballer à mesure qu'elle y pensait.

Mack secoua la tête et asséna :

— Je n'aime pas cette expression sur votre visage.

— C'est bien, rayonna-t-elle. Je pense que c'est le commencement d'une belle amitié.

— Je pensais que nous étions déjà amis, objecta-t-il avec méfiance.

— Le commencement d'un beau partenariat ?

— Je suis sûr que le capitaine ne vous considère pas comme la partenaire d'un flic, dit-il en riant.

— D'accord, dit-elle. Que diriez-vous d'une relation de travail amicale ? Un partage d'informations ?

— Je pense toujours que vous allez trop loin. Nous traiterons les affaires que vous avez portées à notre attention avec de nouvelles preuves. Si vous nous signalez d'autres affaires, nous les examinerons aussi, mais cela ne signifie pas que nous vous aiderons à avoir des problèmes.

— Non, dit-elle, je n'ai pas besoin d'aide pour ça.

Mack éclata de rire.

Chapitre 16

DOREEN GLOUSSA.

— Je ne les vois pas me laisser entrer dans leurs rangs, déclara-t-elle.

— Ne le prenez pas mal, dit Mack. Nous vous sommes reconnaissants de trouver des preuves et de ne pas les jeter, ce que la plupart des gens feraient probablement. Donc nous apprécions vraiment que vous mettiez toutes ces affaires en lumière.

— Eh bien, certains d'entre vous oui, dit-elle avec un sourire, mais je ne le fais pas pour vous. Je le fais pour les familles.

— Et c'est la bonne raison de le faire, approuva-t-il, ça et obtenir justice pour les victimes.

Le rire de Doreen s'arrêta brutalement.

— Il y a tant de victimes, murmura-t-elle. Des actions qui mènent au meurtre sans même qu'on s'en rende compte. Des personnes dont on ignorait la mort, et qui pourtant sont cataloguées comme disparues.

Il hocha la tête.

— Le truc avec la police, c'est qu'on ne sait jamais ce

qu'on va trouver, quand on commence à retourner toutes les pierres. Toute l'horreur en émerge.

Doreen acquiesça.

— Alors, on rouvre le dossier du couple Darbunkle maintenant ?

— C'est techniquement une affaire classée réactivée, oui. Les déclarations de décès n'ont pas résolu les rapports de personnes disparues, mais la supposition de décès n'a pas non plus fourni d'autres preuves pour soutenir une enquête. Pas à notre connaissance.

— On n'a pas fait grand-chose à l'époque, n'est-ce pas ?

Mack secoua la tête en signe de dénégation.

— Les parents ont été portés disparus, ici et dans l'Est, pour couvrir leurs dernières adresses connues, et une enquête parallèle a été menée, mais nos gars ont découvert que le véhicule du couple était chez eux, bien qu'ils soient apparemment partis. Leurs comptes bancaires n'ont jamais été touchés, et ils ne travaillaient plus. Ils ont juste disparu. Il n'a pas fallu longtemps pour que toutes les pistes soient épuisées et que l'affaire soit classée sans suite de notre côté. Et les flics de l'Est n'ont pas eu plus de chance que nous.

— Et, bien sûr, comme les frères n'ont pas fait grand-chose pour porter l'affaire devant les médias afin qu'on continue à en parler, elle s'est inévitablement tarie assez rapidement, n'est-ce pas ?

— Oui, mais, d'après notre dossier, les frères ont fait l'objet d'une enquête approfondie. Je n'ai eu qu'un récapitulatif du dossier de l'Est, mais c'était léger en faits.

Doreen hocha la tête.

— Et pour Henrietta ?

— C'était complètement différent. On a dit qu'elle était allée rendre visite à un parent.

— Ou à ses parents biologiques, et manifestement elle n'a pas pu y aller sans autorisation. Elle avait quatorze ans et était trisomique.

— Là encore, on a enquêté sur les frères. Sur le magasin de Frank, aussi. Personne n'a rien trouvé d'anormal ou de douteux, lui rappela-t-il.

— C'est vrai, et ça ne fait pas assez longtemps pour que quelqu'un se mette à parler, dit-elle en regardant dans le vide. J'ai vraiment l'impression que la plupart de ces affaires se résolvent de nos jours parce que les gens réalisent que l'événement principal s'est produit il y a si longtemps que cela ne fait aucune différence de remuer le couteau dans la plaie maintenant.

— Et pourtant, vous et moi savons tous deux que ça fait une sacrée différence. Surtout en cas de meurtre. Le Canada n'a pas de délai de prescription pour les suspects de meurtre.

— Le temps délie toutes les langues.

— C'est vrai, opina-t-il.

— Je ne sais pas s'il s'agit d'une affaire non résolue officielle ou non, mais c'est définitivement un mystère, dit Doreen en désignant son bloc-notes.

Mack étudia le carnet avec toutes les mesures de la terrasse et demanda :

— De quoi parlez-vous ?

Elle rit, tourna la page et répondit :

— Ce sont mes notes sur le pic à glace.

— J'aimerais bien voir ces registres, dit-il.

Doreen se leva d'un bond, entra dans la maison, et sortit le sac propre avec les registres et les papiers qu'elle avait clipsés ensemble.

— C'est tout ce qu'il m'a donné.

— Un crotale serait capable de vous donner sa sonnette.

J'espère que vous le savez ?

— Les crotales ont des sonnettes ? demanda-t-elle avec intérêt. Je sais qu'ils ont une queue qui fait du bruit…

Mack leva les yeux au ciel, attrapa les registres et les feuilleta.

— Ce sont définitivement des registres de ventes, confirma-t-il. Les prix sont marqués sur le côté.

— Ed Burns est celui qui a acheté les deux pics à glace assortis. Frank a gagné un prix grâce à eux.

Mack fit mine d'y réfléchir, sortit son téléphone, et prit quelques notes.

— Il y avait quelque chose de bizarre dans la mort d'Ed, avoua-t-il.

Le visage de Doreen s'éclaira et elle se pencha en avant.

— Vraiment ?

Il opina du chef.

— Mais j'ai du mal à accéder à quoi que ce soit sur mon téléphone. Je vais devoir attendre d'être rentré chez moi.

Elle hocha la tête et s'affaissa contre son siège, déçue, mais sachant qu'il ne servait à rien d'insister maintenant.

— Et son fils a hérité de la maison, de l'entreprise, etc., alors que les filles n'ont rien eu. Encore une fois, les frères s'en sortent bien et les sœurs non.

— J'ai dit que j'allais m'en occuper, l'admonesta Mack. Vous restez en dehors de ça.

— Je ne reste en dehors de rien parce qu'il n'y a rien de concret, annonça triomphalement Doreen.

— Vous avez des nouvelles de Scott ?

Il fallut un moment à Doreen pour comprendre de qui il parlait.

— Est-ce que vous changez de sujet ? demanda-t-elle avec méfiance.

Il écarquilla les yeux.

— Hé, Christie's va vous faire gagner une tonne d'argent. Bien sûr que je suis intéressé.

— Il a parlé de meubles à réparer et de tableaux à nettoyer, et ce n'était qu'un début, donc je ne sais pas combien d'argent je vais en retirer. Ni quand.

— Nous n'avions pas envisagé ce genre de dépenses, n'est-ce pas ?

— Non, lui non plus d'ailleurs, quand on parlait. Il a probablement supposé que je le savais déjà. Mais cela signifie que les fonds que je recevrai seront repoussés de plusieurs mois.

— Ah, dit-il, c'est pourquoi vous êtes si inquière du coût de l'extension de votre terrasse.

— Si je ne peux pas me le permettre maintenant, il faudra attendre.

Elle fronça le nez.

— Mais j'aimerais vraiment avoir la terrasse cette année. Cet été.

— Encore une fois, attendons jusqu'à lundi, termina-t-il.

Chapitre 17

Samedi en fin de matinée...

MACK PRIT CONGE peu après. Doreen le regarda partir, ravie qu'il soit allé chercher des matériaux pour sa terrasse. C'était un bel homme, à l'intérieur comme à l'extérieur. Il n'avait rien dit sur les registres, se contentant de prendre quelques photos. Il pensait probablement tout commentaire inutile. Dans une certaine mesure, elle était d'accord. Mais il y avait toujours le pic à glace manquant.

Elle fit demi-tour et se dirigea vers son jardin pour s'occuper de ses mauvaises herbes. Elle continua à inspecter autour d'elle pour voir où le jardin s'arrêterait et où la terrasse commencerait, et il lui était presque impossible de ne pas vibrer d'excitation. Le fait qu'ils aient tant avancé sans dépenser un sou (et certes, non, ce n'était pas de gros progrès, elle l'admettait volontiers), c'était quand même quelque chose. Cela suffisait pour qu'elle puisse voir le projet prendre forme.

Elle s'accrochait encore à l'espoir que peut-être, juste peut-être, la terrasse deviendrait une réalité. Bientôt. Elle se demandait quelles étaient les chances de faire un petit barbecue à la fin de tout ça. Sans doute pas ce mois-ci, plutôt dans quelques mois. Évidemment, si elle ne savait pas cuisiner sur une cuisinière, comment apprendrait-elle à cuisiner au barbecue ? Mais, bien sûr, son esprit répondit immédiatement que ce serait le travail de Mack. Elle se mit à rire.

Elle enfonça sa bêche dans la terre une fois de plus et la souleva, secoua un tas de mauvaises herbes, et les jeta sur le côté sur le tas de déchets verts en constante expansion. Elle serait ravie d'enfin terminer de retourner le jardin.

Quand elle rentra dans la maison pour chercher de l'eau quelques heures plus tard, elle vit un SMS de Mack, disant qu'il avait oublié de lui laisser de l'argent. Elle se réjouit. **« Oui, et j'en aurais bien besoin**, répondit-elle. **Je dois faire des courses.**

— Je cours de partout aujourd'hui, répondit-il. **Je repasserai le déposer rapidement.**

— Très bien. »

Se redressant, elle termina son verre d'eau, puis s'en servit un autre. Bien sûr, elle ne pouvait détourner ses pensées des frères Darbunkle. Elle ne pouvait s'empêcher de penser que le frère jardinier qu'elle n'aimait pas, Fred, était le coupable, et non son frère, Frank, mais cela arrangeait bien leurs affaires que les deux frères aient hérité de leurs parents. Et que les deux vivent encore dans la maison. Alors, quel était le mobile ? La maison ? Ça n'avait pas vraiment de sens étant donné que les frères semblaient y vivre depuis toujours, avec leurs parents. Avec Henrietta.

Doreen n'avait rien repéré qui indiquait que les parents étaient malades. Peut-être qu'ils avaient juste décidé qu'ils ne voulaient pas que leur santé se détériore. Peut-être qu'ils voulaient laisser le peu qu'ils avaient à leurs enfants, sans que tout soit englouti par les factures médicales. Doreen devait creuser un peu plus dans leurs vies. Elle s'installa devant son ordinateur portable et rechercha les noms des parents, individuellement et ensemble. Et ensuite, elle fit des recherches sur les deux frères.

Puis elle tomba sur le casier judiciaire de Fred lorsqu'il était mineur. Ou du moins ce qu'elle supposa être son casier judiciaire de mineur. Elle envoya un message à Mack, lui demandant comment cela fonctionnait.

Il l'appela pour répondre à son texto.

— Je peux vérifier quand je serai de retour au bureau, dit-il. Mais, si c'est un casier judiciaire de mineur, on ne pourra pas le consulter. Il aura été scellé à ses dix-huit ans.

— Donc, une fois qu'on devient majeur, tout est oublié ?

Elle ne comprenait pas cette mentalité.

— S'il a eu des problèmes quand il était adolescent, oui, les dossiers sont scellés et il peut prendre un nouveau départ. Mais si c'est un crime grave, comme un meurtre, alors il aurait été jugé comme un adulte, et son dossier ne serait pas effacé.

— Et s'il était encore plus jeune qu'un adolescent ?

— Alors c'est difficile à dire. Cela dépend de l'affaire.

— Intéressant, dit-elle.

— Pourquoi ?

— J'essaie de me faire une idée de qui est cette famille, dit-elle. Je cherche à savoir si les frères ont quelque chose à voir avec la disparition de leurs parents ou pas. Avec la disparition ultérieure d'Henrietta aussi. L'héritage des frères les rend suspects, même si vous ne semblez pas penser que leurs parents avaient beaucoup à leur léguer.

— Quelqu'un hérite toujours, quelle que soit la taille de l'héritage, fit remarquer Mack.

— Alors, quelle pourrait être la motivation pour se débarrasser de M. et Mme Darbunkle, ainsi que d'Henrietta ?

— Je ne sais pas. C'est le problème de ce travail. Parfois, on n'a pas de réponses.

Après quoi, Doreen sentit que Mack était concentré sur autre chose, et qu'elle n'était plus en tête de ses préoccupations. Il raccrocha peu de temps après.

Et malheureusement il n'était pas facile pour elle de laisser tomber tout ça. Elle décida qu'elle en avait assez du jardinage sous la chaleur, en transpirant. Elle prit une douche rapide et enfila un short et un débardeur. Ce qui lui rappela qu'elle avait encore d'autres vêtements à trier, si bien qu'elle s'occupa des derniers. Enfin, elle espérait que c'étaient les derniers. Elle devrait probablement passer en revue sa propre garde-robe aussi, mais elle avait encore deux sacs de plus pour Wendy. Elle les ferma et les descendit juste à temps pour voir Mack arriver.

Il lui tendit l'argent en disant :

— Je ne reste pas. Je vais faire des courses.

Elle hocha la tête.

— Je vais apporter ces sacs à Wendy et faire quelques courses aussi.

Il se retourna pour la regarder, alors qu'il se dirigeait vers sa camionnette.

— Qu'est-ce que vous voulez apprendre à faire ensuite ?

Elle le suivit, puis fronça les sourcils, leva les yeux vers lui et dit :

— Je ne sais pas. Des suggestions ?

— C'est difficile à dire, répondit-il. En été, on fait des barbecues, mais vous n'en avez pas.

Elle acquiesça d'un air morose.

— J'y pensais justement tout à l'heure. Peut-être qu'une

fois la terrasse faite, je pourrai me permettre d'y installer un petit barbecue, et vous pourrez m'apprendre à m'en servir.

— Peut-être, approuva-t-il. Vous avez besoin de quelques recettes basiques dans votre vie.

— J'adorerais, mais je ne sais pas ce que vous appelez « basique ».

Il répondit :

— Le rêve américain : hamburgers, hot-dogs et pizzas.

Elle éclata de rire.

— J'aime assez la pizza, mais pas au point d'apprendre à en faire. Ça a l'air compliqué.

— Et c'est assez abordable pour que vous puissiez en acheter, commença-t-il, à n'importe quel moment de l'année et quand vous en avez envie.

— Mais les hamburgers ? dit-elle avec un sourire. C'est dur à faire ?

Mack secoua la tête et se mit à rire.

— C'est de la viande hachée en boule, aplatie et grillée. Il n'y a rien de plus facile.

Il la dévisagea et avança :

— Vous n'en avez jamais fait, hein ?

— Non, dit Doreen. Je ne sais même plus vraiment la dernière fois que j'en ai déjà mangé, dit-elle pensivement.

Il se figea sur place.

— Sérieusement ?

— Eh bien, je suis presque sûre d'y avoir goûté, précisa-t-elle, mais je ne sais pas dans quel fast-food c'était.

— Non, les hamburgers doivent être cuits au barbecue, asséna-t-il. Toute autre méthode est un sacrilège, mais si nous n'avons pas de barbecue…

Il tapota la porte de son véhicule, réfléchissant.

— Si on les faisait cuire dans une poêle, dit-elle, ce serait assez simple pour que je les cuisine ?

— Comme je l'ai dit, il n'y a rien de plus facile. Et les hot-dogs ?

Elle fronça le nez.

— Je ne sais pas quel goût a un bon hot-dog, dit-elle prudemment, mais ceux que j'ai mangés n'étaient pas très bons.

Il acquiesça.

— Eh bien, vous n'avez probablement pas mangé de gros hot-dogs polonais ou à la saucisse de Francfort.

— À la saucisse allemande ? demanda-t-elle, confuse.

— Une grosse saucisse dans un petit pain, recouvert de choucroute.

Les sourcils de Doreen se haussèrent.

— J'adore la choucroute.

— Vous aimez les *pierogi* ?

Elle le fixa d'un air hébété.

— Je ne sais pas ce que c'est.

Il grogna.

— Bon, je vais faire des courses, dit-il. Je vais prendre de quoi faire quelques repas pour vous montrer comment les cuisiner, et nous les préparerons un jour de la semaine prochaine, si vous êtes d'accord. Peut-être qu'on en profitera pour apprendre à faire des hamburgers aussi, tant qu'on y est. Et puis peut-être que le week-end prochain, on fera des *pierogi* ou des hot-dogs à la saucisse de Francfort, quelque chose dans ce genre.

— Ça a l'air délicieux, dit-elle. Je prendrai de quoi faire une salade.

— Est-ce que vous mangez autre chose que de la salade, ces jours-ci ?

— De la salade, des sandwiches et des omelettes, récita-t-elle solennellement. Les autres recettes que vous m'avez montrées sont trop difficiles.

— Comme… les pâtes ?

— Oui, répondit-elle, mais je devrais essayer de cuisiner des pâtes sans rien.

— Oui, vous devriez, dit-il. Allez en acheter et on les cuisinera demain soir. Enfin, je ferai des hamburgers… Vous pourriez faire cuire des pâtes ce soir. Vous pouvez les conserver dans votre frigo jusqu'à demain, et les réchauffer dans une poêle ou au micro-ondes.

Elle s'extasia devant ce raisonnement.

— J'aime cette idée.

— Parfait.

Et puis il sortit de l'allée.

Chapitre 18

Samedi midi...

DOREEN SE DIRIGEA vers sa voiture dans le garage ouvert, la chargea, et jeta un coup d'œil autour d'elle pour voir si elle pouvait ajouter quelque chose à son voyage. Elle trouva d'autres objets destinés aux bonnes œuvres, et, quand elle eut fini, la voiture était pleine à craquer. Comme elle allait aussi faire des courses, elle dut laisser les animaux derrière elle.

— Désolée, Mugs, dit-elle, en le ramenant dans la maison.

Dépité, la queue basse et les oreilles traînant presque par terre, il rampa jusqu'au centre du salon et s'affala sur le sol. Elle ferma et verrouilla la porte, réalisant qu'elle n'avait pas vraiment besoin de mettre l'alarme, mais c'était devenu une habitude maintenant.

De plus, les quelques affaires qu'il lui restait étaient tout ce qu'elle avait, donc, si quelqu'un les volait, elle serait dans la mouise. Elle alla d'abord chez Wendy et déposa les sacs de vêtements. Wendy les accepta d'un signe de la main, étiqueta les sacs de Doreen à son nom, et les rangea sur le côté. Puis Doreen se rendit à Emmaüs, déposa le reste des affaires et repartit directement à l'épicerie.

C'était assez facile de faire des courses quand on n'avait pas besoin d'acheter beaucoup. Elle acheta de quoi préparer deux salades composées, quelques sandwiches, et se dirigea vers le rayon des pâtes, où elle fut étonnée par toutes les formes disponibles. Elle adorait les spaghettis, mais elle était fascinée par toutes les autres sortes, qu'il s'agisse de roues, de coquilles bizarres, de macaronis ou de petits tubes qui ressemblaient à des grains de riz. Sur un coup de tête, elle en acheta différents types et les posa dans son panier. Elle avait besoin de quelques autres articles, comme de l'huile et des citrons frais, et elle les ajouta rapidement à son panier.

Elle se dirigea vers le rayon où se trouvaient les hot-dogs et les étudia, sans vraiment comprendre ce qui distinguait un bon hot-dog d'un mauvais. Un paquet en promotion avait l'air intéressant, mais elle ne pouvait pas prononcer certains des ingrédients, alors elle se dit que ces hot-dogs là n'étaient peut-être pas très sains. Elle hésita jusqu'à ce qu'une voix familière la tire de ses réflexions.

— Ce ne sont pas les meilleurs.

Elle leva les yeux pour apercevoir Mack et sourit.

— Je n'avais jamais entendu le nom de la moitié des ingrédients, alors je me suis dit qu'ils ne devaient pas être très diététiques.

Il éclata de rire.

— Vous pouvez éliminer quatre-vingt-dix pour cent des plats tout prêts dans ce magasin si vous n'achetez que des produits dont vous connaissez le nom. Vous serez de loin en meilleure santé.

Elle fronça les sourcils.

— Mais j'essayais de manger sainement.

— Et vous pouvez manger sainement, dit-il, mais regardez peut-être d'autres paquets de viande pour comparer.

Elle continua à regarder quelques paquets de plus, puis il l'emmena vers le comptoir du boucher et trouva de belles saucisses.

— Ce sont des *Bratwurst,* dit-il en désignant une rangée. Je pensais en faire la semaine prochaine.

— Oh, avec plaisir. Il nous en faut combien ?

— Elles sont de bonne taille, dit-il, donc je n'en aurai besoin que de deux.

Elle hocha la tête et en commanda quatre, puis les étudia lorsqu'elles arrivèrent emballées dans du papier.

— J'aime bien l'aspect extérieur.

— Du papier ou des saucisses qu'il contient ? demanda Mack d'un ton sec.

Doreen secoua la tête.

— Moquez-vous de moi tant que vous voulez, mais je n'ai jamais acheté de viande chez un boucher. Et j'ai rarement acheté de la viande préemballée, alors c'est une découverte.

— Je ne suis pas sûr qu'on puisse appeler ça un vrai boucher, contra-t-il, mais oui, c'est vraiment une belle manière d'acheter de la viande.

Elle posa le paquet dans son chariot et regarda celui de Mack, rempli à ras bord.

— Comment pouvez-vous manger autant ? demanda-t-elle.

Elle reconnaissait les pommes de terre, les oignons et la laitue, mais il y avait certains légumes plus gros qu'elle n'avait jamais vus.

— C'est quoi ce truc jaune ?

— Une courgette jaune.

— Il y en a des jaunes ?

— Oui, tout à fait.

— D'accord, dit-elle, et on peut en faire du pain aussi ?

— Si vous parlez du pain aux courgettes, oui.

Puis il la regarda avec surprise.

— Comment se fait-il que vous n'ayez pas sorti le pain aux courgettes aujourd'hui ?

— Parce que j'ai oublié, avoua-t-elle.

— Je suis venu deux fois. J'aurais pu avoir du pain aux courgettes. Vous l'avez fait exprès.

— Non, c'est faux ! s'exclama-t-elle. Je vous assure.

— Ha, dit-il.

Elle fit rouler son chariot et se dirigea vers la caisse mais sentit que quelqu'un l'épiait. Elle se retourna pour voir Fred et donna un coup de coude à Mack.

— C'est le jardinier de Rosemoor.

Il se retourna pour voir le vieil homme corpulent lever le nez en l'air avant de leur tourner le dos.

— Le jardinier de la maison de retraite de Nan ?

— Oui, vous savez ? Le frère de celui qui a fabriqué le pic à glace manquant ?

— Intéressant que vous parliez des pics à glace au lieu des parents disparus.

— Des parents *et* de la sœur disparus.

C'est alors qu'une voix étrange gronda derrière elle.

— Ne vous mêlez pas de nos affaires.

Elle fit volte-face pour voir un homme qui ressemblait suffisamment à Fred pour être Frank.

— Hé, vous devez être l'homme qui a fabriqué tous ces outils, dit-elle avec un sourire victorieux.

Il la dévisagea et elle put lire dans son regard que la colère le disputait à la joie d'être reconnu. Elle lui tendit la main en disant :

— J'ai lu des articles sur les prix que vous avez gagnés. Félicitations.

Il lui serra la main en se dandinant sur ses pieds.

— Merci.

— Vous travaillez toujours le bois ? demande-t-elle avec curiosité.

Il secoua la tête.

— Pas vraiment. J'ai essayé d'en faire un commerce, mais ça n'a pas très bien marché. Personne ne voulait payer pour de la qualité.

— J'en suis désolée, dit-elle. Je suis allée à votre ancienne boutique et j'ai découvert que c'était devenu un atelier d'affûtage de couteaux.

Il émit un grognement de dégoût.

— Oui, pas exactement ce que j'avais envisagé. Mais parfois la vie vous met des bâtons dans les roues et vous ne pouvez pas continuer.

— Je suis désolée. On dirait que vous faisiez du très bon boulot.

— Possible, répondit-il, mais il arborait un sourire satisfait.

— J'ai trouvé une de vos pièces aussi, dit Doreen pensivement. Elle put sentir Mack se raidir derrière elle.

Frank la regarda en fronçant les sourcils.

— De quoi parlez-vous ?

— Eh bien, mon oiseau a trouvé deux petites plaques en métal avec des noms et des numéros dessus, et puis j'ai trouvé un pic à glace. Une des plaques semble correspondre au pic à glace. Mais je n'ai pas trouvé de second outil pour l'autre.

— Des pics à glace ?

— Oui, dit-elle, mais honnêtement, je ne savais pas à qui

ils étaient. Je les ai juste trouvés à l'embouchure de la rivière.

Il se dandina à nouveau, presque comme un petit enfant.

— J'ai fait pas mal de pics à glace, avoua-t-il en fronçant les sourcils.

— Des dizaines ?

Il secoua la tête.

— Non, pas vraiment. Peut-être une demi-douzaine. Il n'y avait qu'un seul ensemble. Je suppose que vous ne vous souvenez pas des numéros, si ?

Elle récita les deux suites de chiffres sans réfléchir. Elle avait toujours été douée avec les chiffres.

Ses sourcils se haussèrent, et il déglutit difficilement.

— C'est bien l'ensemble, dit-il. C'est Ed Burns qui me l'a acheté.

— C'est ce qu'il me semblait, acquiesça Doreen. C'est un objet intéressant, mais je l'ai trouvé le long de la voie verte, à l'embouchure de la rivière.

— Bizarre, parce qu'on ne pêche pas sur la glace à l'embouchure. Pour autant que je sache, il avait encore cet ensemble avant de mourir.

— Eh bien, dit-elle, je ne sais pas comment il a atterri là, et je n'ai aucune idée de l'endroit où se trouve le second non plus.

— Si jamais vous voulez vous en débarrasser, je le reprendrai.

— Pour de l'argent ? demanda-t-elle avec espoir.

Il secoua la tête.

— Non. Juste pour pouvoir le restaurer. J'imagine que s'il a été exposé aux intempéries comme ça, il doit être en mauvais état.

Elle leva les yeux vers Mack.

— Je pense que c'est une bonne description. Qu'est-ce

que vous en pensez ?

Mack hocha la tête.

— La tête est toute rouillée, et le bois est desséché et semble se fendre.

Frank grimaça.

— J'aimerais vraiment le récupérer alors. Ce serait bien de le remettre en état. J'ai mis beaucoup de travail dans ce manche.

— Je comprends, dit-elle. Je vais continuer à chercher la deuxième pièce de l'ensemble.

— Ils étaient tous les deux chez M. Burns, dit Frank, alors allez parler à son fils pour voir s'il a encore l'autre pic.

— Bonne idée. Je vais essayer de le retrouver.

— Je l'ai vu à la station-service il n'y a pas cinq minutes. Je lui aurais demandé, si j'avais su.

— Quel genre de voiture conduit-il ?

La voix de Frank se fit narquoise.

— Il a une Porsche. Vous ne pouvez pas la rater. Il conduit comme un dingue dans toute la ville.

Et, sur ces mots, Frank se dirigea vers les caisses.

Doreen échangea un regard avec Mack.

— Rien de suspect ou quelque chose de suspect ?

— Rien de suspect, dit-il fermement. Je vais en caisse. Et vous ?

— Moi aussi, dit-elle en regardant ses maigres provisions. Sauf que je dois aller à la boulangerie.

Elle fit un détour par la boulangerie, prit une miche de pain et quelques petits pains frais, et retourna aux caisses. Alors qu'elle étudiait les files d'attente pour trouver la plus courte, Frank attira son attention et désigna quelqu'un qui se tenait dans la file express, tenant un sachet de café. Doreen haussa les sourcils et interrogea :

— Burns ?

Frank hocha la tête, et elle changea de cap pour la caisse express.

Burns regarda son chariot et la fustigea :

— Encore une qui ne sait pas compter.

Elle le fixa, abasourdie.

— Ouah, dit-elle. Je suis venue vous parler.

— Oh, super, ronchonna-t-il, encore une clocharde qui cherche de l'argent.

Doreen savait que Mack pouvait entendre leur conversation puisqu'il n'était qu'à une allée de là, et elle pouvait aussi voir son regard fulminant de colère et la raideur de ses épaules.

— Pas exactement, répondit-elle.

— Oui. Bien sûr, marmonna-t-il. J'ai entendu parler de vous. Vous avez dû vendre tout ce qui avait dans votre maison pour pouvoir manger.

Il ricana.

— Quelle tocarde. Allez travailler comme tout le monde.

— Et vous, vous travaillez dans quoi ? demanda-t-elle avec intérêt.

— Je dirige plusieurs entreprises, répondit-il d'un ton hautain.

— Ah, dit-elle, donc les entreprises que votre père a bâties et dont vous avez hérité, c'est ça ?

Ses yeux se plissèrent.

— Vous êtes un Burns, le fils d'Ed Burns. Le seul héritier de sa fortune. Même vos deux sœurs n'ont rien eu.

— Pourquoi auraient-elles dû ? dit-il en se raidissant. Elles ne méritent rien.

— Je me demande ce qu'elles en pensent ?

— Si elles avaient eu du fric, elles auraient pu engager

des avocats pour se défendre, rétorqua-t-il. Mais, bien sûr, elles n'en ont pas.

— Non, maugréa-t-elle, parce que vous êtes le seul à avoir reçu de l'argent de ce cher vieux papa. Mais je me demande si vous avez réécrit le testament pour hériter de tout ?

À présent, Doreen savait que tout le monde aux alentours écoutait leur conversation. Mais Bébé Burns se raidit, la fusilla du regard et s'exclama :

— C'est de la diffamation.

— Eh bien, vous êtes plutôt odieux vous aussi, dit-elle calmement. Et, au fait, c'est votre tour. Allez payer votre petit paquet de café.

Il lui lança un regard noir, déposa le café à la caisse, paya et, en se retournant pour sortir, il s'écria :

— N'oubliez pas de faire la plonge pour pouvoir payer vos courses.

Elle sourit.

— Quand bien même, c'est un travail honnête. Je n'ai pas volé mon père, moi. Vous l'avez tué aussi ?

La foule autour d'elle poussa un petit cri unanime. Mais Bébé Burns eut une réaction différente : la couleur quitta son visage, il tourna les talons et s'enfuit. Elle regarda Mack.

— En voilà une réaction intéressante.

Presque immédiatement, la foule autour d'eux se resserra.

— Vous êtes Doreen, n'est-ce pas ? Où sont vos animaux ? C'est une nouvelle affaire ? A-t-il vraiment tué son père ?

Mack lui lança un regard glacial.

— Non, tonna-t-il en direction de la foule. Nous n'avons pas d'informations qui nous amènent à penser qu'il ait quoi que ce soit à voir avec la mort de son père.

— C'est vrai qu'il a tout hérité et que ses sœurs n'ont rien eu ?

Doreen hocha la tête.

— Apparemment.

— Ce n'est pas juste, gronda un homme. Ces filles se sont occupées de leur père jusqu'à la fin.

Elle sourit.

— On dirait que ça n'a pas eu d'incidence.

— Eh bien, vous devriez faire quelque chose, s'écria une dame âgée, indignée. Vous avez besoin d'une nouvelle affaire, de toute façon. Vous devriez vous occuper du sort des pauvres sœurs Burns. Elles ont pris soin de leur père et de cette maison. Et, dès que le vieux Burns est parti, les sœurs ont déménagé.

— La question est : ont-elles déménagé ? commença Doreen. Ou est-ce qu'on les a fait déménager ?

— Si le morveux a hérité de tout, il y a fort à parier qu'il ne les a pas laissées rester dans le coin.

— Ils se détestent cordialement, hein ?

Tout le monde hocha la tête.

Le groupe de citoyens concernés se rassembla autour de Doreen et Mack.

— On est surpris qu'il ait pu hériter de quelque chose. Il n'était plus là depuis des lustres, mais il est revenu la dernière année avant la mort de son père.

— Même pas un an, cria quelqu'un. Juste quelques mois.

— Intéressant, dit Doreen pensivement, mais elle ne voulait pas se lancer dans un débat public dans l'épicerie. Cela couvrait déjà plus que ce qu'elle voulait discuter. Je vais y jeter un coup d'œil, promit-elle.

À ces mots, ils commencèrent à applaudir.

— Ça ne sera peut-être pas facile, les prévint-elle. Peut-être que je ne trouverai rien.

— Non, dit une dame âgée avec délectation, tel ne sera certainement pas le cas. Mais il faut le descendre de son piédestal. Il est beaucoup trop hautain et arrogant, si vous voulez mon avis.

— Mais, s'il n'a rien fait de criminel, alors il ne descendra pas de son piédestal, avança Doreen, ne voulant pas que tout le monde perde la tête, mais il était apparemment trop tard.

— Faites ce que vous pouvez, répondit une vieille dame aux cheveux mal teints. Ces deux sœurs, elles ont besoin d'aide.

Doreen fronça les sourcils.

— Pourquoi ?

— Parce qu'elles n'ont pas d'argent. Elles font tout ce qu'elles peuvent pour garder un toit sur leur tête. Elles mangent probablement de la nourriture pour chiens.

Doreen fixa la vieille femme avec horreur.

— J'espère que vous plaisantez.

La femme haussa les épaules.

— Je ne serais pas du tout surprise, dit-elle tristement. Tout le monde se fiche de vous quand on vieillit.

Elle saisit son maigre sac d'épicerie et sortit.

La caissière enjoignit Doreen à passer, bien qu'elle se soit trompée de caisse, et elle paya rapidement ses achats. Quand elle sortit du magasin, Mack la rejoignit. Elle lui demanda :

— Elle plaisantait à propos de la nourriture pour chiens, n'est-ce pas ?

— Bon sang, répondit-il. J'essaie encore de me remettre du fait que les clients de toute l'épicerie veulent que vous

vous battiez contre ce type.

— Je n'arrive pas à penser à autre chose qu'à ces deux pauvres sœurs.

Elle s'en inquiéta pendant un moment.

— Vous savez où elles vivent ?

Mack secoua la tête.

— Non, et ce n'est pas parce que tout le monde pense qu'elles sont en galère qu'elles vivent aussi mal que le disent les ragots.

— Non, dit-elle, mais malheureusement, ça peut aussi signifier qu'elles sont encore plus dans la panade.

— C'est vrai.

Doreen chargea ses courses dans le coffre, puis monta dans son véhicule et sourit à Mack qui se tenait devant sa porte.

— Vous savez quoi ? Si vous passez maintenant, je vous donnerai du pain aux courgettes cette fois.

Il s'esclaffa.

— Je vais chez Maman. J'ai fait des courses pour elle. Je suis sûr qu'elle aura de quoi me nourrir. Faites-vous plaisir, mangez-le, ne serait-ce que pour vous assurer que vous ne finirez pas comme les sœurs.

— Trop tard, rétorqua-t-elle. J'ai déjà fini de cette façon, vous vous rappelez ? C'est peut-être pour ça qu'apprendre leur existence m'a fait si mal.

— Vous ne pouvez pas tout réparer, l'avertit-il.

— Non, répondit-elle, je ne peux pas. Mais peut-être que je peux arranger ça, au moins.

Chapitre 19

Samedi midi...

D E RETOUR CHEZ elle, Doreen déchargea les provisions, fit du café et conduisit tous les animaux dehors. Elle prit son ordinateur portable avec elle, s'assit sur l'herbe et s'appuya contre le poteau du petit escalier existant, bien qu'il soit sale. Elle n'avait pas de chaises de jardin, ce qu'elle espérait rectifier bientôt.

Elle entreprit de se renseigner sur les filles d'Ed Burns. Selon les articles qu'elle avait trouvés, les Burns étaient une famille pieuse, et les filles avaient bien rempli leur devoir envers leur père. Mais lui n'avait pas rempli son devoir envers elles. Quoiqu'il soit multimillionnaire, il ne leur avait rien laissé. Tout était allé à son fils vagabond. Immédiatement, bien sûr, cela avait déclenché un tollé de la part des habitants de la ville, mais, les filles n'ayant pas d'argent pour se défendre en intentant un procès à leur frère, et ce dernier n'ayant pas la générosité d'âme de leur donner un coup de main, il avait tout encaissé et endossé le rôle de son père.

Doreen sourit en lisant ça.

— Tu sais quoi, sale petit égoïste de faux frère ? On va enquêter là-dessus. Le fait qu'un ensemble d'outils très spéciaux vienne de la collection de ton père me rend très suspicieuse à ton sujet et à l'égard de tout ce que tu as pu faire.

Son regard se posa sur le bout du pic à glace. Elle se rapprocha et l'examina à nouveau. Puis elle envoya un message à Mack : **« Y a-t-il un risque que ce pic à glace soit souillé de sang, et pas seulement de rouille ? »**

Elle n'eut pas de réponse tout de suite, mais elle put constater que le pic était tellement sale et rouillé qu'elle ne saurait pas comment faire pour trouver du sang dessus. On trouvait de nombreuses taches dessus, mais elle ignorait si c'était juste de la rouille ou d'autres produits chimiques dégradant l'acier au fil des ans. Quand son téléphone sonna, elle décrocha.

— Oui, Mack, c'était juste une question.

— Vous pensez vraiment qu'il a servi dans quelque chose de louche ?

— Il est définitivement sale et couvert de taches, mais je n'ai aucune idée de ce que c'est.

— À qui pensez-vous ?

— Je pensais à Ed Burns, répondit-elle.

Il y eut un silence à l'autre bout du fil.

— Il est mort. Vous vous souvenez ? Il a eu une crise cardiaque. Il était âgé et rien de suspect n'a jamais été envisagé.

Elle fronça les sourcils en étudiant l'outil.

— J'aimerais quand même que le pic soit examiné.

— Les analyses en laboratoire sont chères, dit Mack. Je ne pense pas que ça portera ses fruits.

— Mon instinct me dit qu'il est impliqué dans quelque chose, insista Doreen.

Et ça, au moins, c'était la vérité. Mais elle aurait besoin

de preuves scientifiques pour convaincre Mack.

— Je vais y réfléchir. Je pourrais faire quelques tests rapides pour voir si je trouve du sang humain dessus.

— Ce serait un bon point de départ. Vous avez ce genre de test rapide sous la main ?

Il garda le silence pendant un moment.

— Oui, vous en avez un ? s'exclama-t-elle avec joie.

— Ça ne prend pas beaucoup de temps, avança-t-il. J'ai un coup de fil à passer et je vous rappelle.

Elle posa son téléphone sur la marche à côté d'elle, puis retourna à ses recherches sur la famille Burns. Ed Burns avait fait fortune dans les vergers, et les filles avaient travaillé à ses côtés durant tout ce temps. D'après les articles, c'était une famille très unie. L'une des sœurs s'était mariée et avait eu un fils, mais il était mort jeune, et son mari était mort peu de temps après.

— C'est une vie terrible et bien triste, murmura-t-elle.

Puis, en réalisant ce qui était arrivé aux sœurs plus tard, elle se sentit très triste. Burns n'était pas mort depuis plus de dix ans. Elle pensa au temps que le pic à glace avait passé sous terre et hocha la tête.

— Cela n'est peut-être pas lié à Fred et Frank, marmonna-t-elle à voix haute, mais cela pourrait être un indice important dans la mort d'Ed Burns.

Environ vingt minutes plus tard, elle entendit la camionnette de Mack s'arrêter devant chez elle. Elle se leva d'un bond et se dirigea vers la porte d'entrée.

— Ça devient une sacrée habitude.

— J'espère que vous avez du pain aux courgettes, cette fois-ci, la menaça-t-il en sortant de son véhicule avec un petit kit à la main.

Elle le regarda avec intérêt.

— Qu'est-ce que c'est ?

Il lui fit signe de retourner à l'intérieur, alors elle pénétra dans la cuisine et attendit qu'il la rejoigne. Elle était curieuse d'examiner la petite trousse qu'il avait apportée, mais il passa devant elle et se dirigea vers la terrasse où se trouvait toujours le pic à glace. Il ouvrit son kit, sortit un petit vaporisateur, et demanda :

— Il y a du café ?

Elle le fixa sans sourciller.

— Je suis votre fournisseur principal de café ou vous en avez d'autres ?

— Il faut bien que je sois récompensé avec tous ces fichus voyages, maugréa-t-il.

Elle soupira et retourna à l'intérieur pour préparer du café.

Quand elle revint, il demanda :

— Du pain aux courgettes ?

Elle croisa les bras sur sa poitrine et répondit :

— Dépêchez-vous. Vous n'aurez pas de pain aux courgettes tant que le café ne sera pas prêt.

Il acquiesça et pulvérisa la partie du pic à glace où le bois rencontrait le métal ainsi que les bords tranchants en deux endroits. Il y avait également un morceau de bois, qu'il pulvérisa également. Après quelques instants, il sortit trois cotons-tiges et essuya le résidu aux trois endroits. Il utilisa un coton-tige différent pour chacun.

— Je pensais qu'il fallait le faire à l'envers, dit-elle.

Il posa les cotons-tiges et attendit. Sans surprise, ils changèrent de couleur.

Elle sursauta et s'avança.

— Qu'est-ce que ça veut dire ?

D'un ton sinistre, il répondit :

— Du sang humain. Aux trois endroits.

Chapitre 20

Samedi en début d'après-midi…

— VOUS ALLEZ me le prendre, maintenant, n'est-ce pas ? demanda Doreen.

Mack hocha la tête.

— C'est moi qui l'ai trouvé. Et ça ne veut pas dire qu'il a été utilisé pour tuer quelqu'un. Ça ne veut pas non plus dire qu'il y a eu un acte criminel.

— Non, mais je vais le confier à la police scientifique, et nous verrons si le sang correspond à quelque chose dans notre base de données.

— Oh, s'exclama-t-elle. Puis elle hocha la tête. Logique : Ce serait une façon horrible de mourir.

— Oui, mais, s'il reste beaucoup de sang sur cet outil, je doute fort que la personne ait survécu longtemps.

— À moins que ce soit un pied, marmonna-t-elle. Elle retourna à l'intérieur, trouva sa tasse à café, et en sortit une deuxième, les plaçant toutes deux sur le comptoir. Quand le café eut fini de couler, elle le versa dans les tasses, mais son esprit restait en ébullition. Ce test avait confirmé son intuition. En apportant le café dehors, elle s'assit à côté de Mack et dit :

— Et, bien sûr, nous ne savons pas qui pourrait être la victime, n'est-ce pas ?

— Non, nous ne le savons pas, approuva-t-il. Et je n'ai peut-être pas d'ADN qui corresponde dans ma base de données.

Il examina son café, puis le visage de la jeune femme et continua :

— Ça vous contrarie vraiment, n'est-ce pas ? Ça veut dire que vous avez raison.

— Pas tout à fait, nuança-t-elle. Comme on vient de le dire, ça ne veut pas dire que c'était un meurtre.

Elle gémit.

— Mais pourquoi je trouve ces trucs ? Est-ce que Thaddeus savait ? Enfin, je me moque de nous quatre souvent, mais…

— Je ne sais pas, répondit Mack. Après ça, il faudra me montrer où vous l'avez trouvé.

— S'il fait encore assez jour, dit-elle en regardant les nuages. Je n'avais pas réalisé qu'il était si tard.

— Il n'est pas si tard. Si, encore une fois, vous ne dînez pas, vous feriez mieux de partager le pain aux courgettes.

Elle retourna à l'intérieur, sortit le pain aux courgettes, prit un couteau et une planche à découper, et les apporta dehors. Elle coupa ensuite plusieurs tranches.

— Tenez, dit-elle. Elle regarda sa tranche, son appétit revenant lentement.

— Nous ne savons toujours pas ce que tout cela signifie, reprit Mack. Il regarda le pic à glace et fronça les sourcils. J'aimerais savoir où se trouve l'autre pic.

— Maintenant, vous pouvez aller demander à ce petit morveux de Burns, dit-elle avec un sourire triomphant. Le secouer un peu.

— J'ai bien peur que vous l'ayez assez secoué, dit-il. Vous vous rendez compte de ce que vous avez fait ?

— Je ne sais pas si j'ai fait grand-chose, rétorqua-t-elle.

— Il était assez chamboulé à l'épicerie. La foule n'a pas aidé.

— Vous avez vu son visage perdre ses couleurs aussi, n'est-ce pas ?

— J'ai vu. Il n'a pas aimé ce que vous impliquiez.

— Nous verrons bien comment ça se passe, dit Doreen. Elle prit un deuxième morceau de pain et lui fit signe des doigts : C'est bon, hein ?

Il attrapa deux autres morceaux et répondit :

— Très bon.

Ils se délectèrent du café, du pain aux courgettes et du silence. Finalement, elle reprit :

— C'est vraiment dommage qu'il ne veuille pas partager avec ses sœurs.

— Les gens sont ce qu'ils sont, répondit Mack. Ce n'est pas parce qu'on veut qu'ils se comportent mieux qu'ils le font.

— Les gens devraient être plus gentils les uns envers les autres.

Mack hocha la tête. Mais il ajouta aussi :

— Ce serait encore mieux s'ils étaient attentionnés. Nous vivons dans un monde rempli de mensonges et de comportements inciviques. Les gens doivent trouver un moyen d'être attentionné avec leurs voisins.

— Je suppose qu'il y a une grande différence entre gentil et attentionné, n'est-ce pas ?

— Il y en a une, et je vote pour l'attention.

Elle lui sourit.

— C'est parce que vous êtes gentil.

Les sourcils de Mack se haussèrent.

— Je ne sais pas quoi faire de cette personne calme et réfléchie qui est si gentille avec moi, plaisanta-t-il.

Elle fronça les sourcils.

— Suis-je toujours si méchante ?

— Pas toujours, répondit-il.

À ce moment-là, Goliath sauta sur les genoux de Mack et lui donna un coup de patte sur le menton.

— Aïe, fit Mack, taquin, en tendant la main pour se frotter le menton. Tu as une sacrée droite, mon grand.

Mais il s'empressa de gratter la tête de Goliath.

Au même moment, Mugs, déterminé à ne pas être en reste, s'approcha et se mit debout pour poser ses pattes sur la chaise où Doreen était assise. Elle caressa doucement ses longues oreilles.

— Tout va bien, Mugs. Il a seulement droit à un petit câlin.

— Un câlin. Un câlin.

Et Thaddeus sauta sur la table du café. Il la fusilla du regard puis tourna la tête et fit de même avec Mack.

— Thaddeus est là. Thaddeus est là.

— Je vois ça, mon grand, dit affectueusement Doreen. Alors qu'elle allait le caresser, il pencha la tête et attrapa un gros morceau de pain aux courgettes dans son assiette, puis recula hors de sa portée.

— Tu pourrais au moins demander, tu sais ? protesta-t-elle, mais il avait mis fin à toute communication puisqu'il était déjà en train de manger le pain aux courgettes. Il leva la tête, la secoua une ou deux fois de plus, en disant :

— Un câlin. Un câlin.

— Non, c'est du pain, le réprimanda-t-elle, et il y a du sucre dedans. Tu ne devrais pas en manger.

Elle essaya de rompre un petit bout du morceau qu'elle tenait dans sa main pour le lui donner, mais, au lieu de prendre le morceau offert, il s'attaqua au plus gros, encore dans sa main. Il en arracha un gros bout et bondit à nouveau sur le côté. Au même instant, un énorme aboiement se fit entendre à côté d'elle. Elle jeta un regard furieux à Mugs.

— Tu ne devrais pas manger de pain aux courgettes non plus, dit-elle, mais Goliath était déjà en train de taper la main de Mack pour en avoir aussi. Elle échangea un regard avec Mack : Qu'est-ce qui lui prend ?

— Nan n'a rien mis de bizarre là-dedans, n'est-ce pas ? demanda-t-il avec méfiance, en inspectant le morceau dans sa main.

— Comme quoi ? De l'herbe à chat ? demanda-t-elle en riant.

— Du moment qu'il n'y a pas de truc vert.

— Il y a des courgettes. C'est plutôt vert, dit-elle en haussant les épaules. Mais je vois ce que vous voulez dire. Et je doute fort que Nan ait mis de la marijuana.

— C'est difficile à dire maintenant que c'est légal au Canada, à la fois pour un usage récréatif et médicinal. Tout le monde s'y met.

Elle n'arrivait pas à imaginer sa grand-mère faire ça, seulement Doreen se souvenait de cookies bizarres que Nan avait partagés avec elle, mais que quelqu'un d'autre avait préparés, alors pourquoi pas ? Elle sourit simplement et prit un autre morceau.

— Quoi qu'elle ait fait, c'est très bon.

Et ça devait être le cas, car Mack prit un quatrième morceau.

Quand il eut fini, il poussa un soupir de plaisir.

— Maintenant, je n'ai plus à cuisiner non plus.

— Nous sommes pathétiques, gémit-elle. On préfère se goinfrer de pain aux courgettes plutôt que de dîner correctement plus tard.

— J'aurais bien dîné plus tard aussi, avoua-t-il, mais j'ai couru toute la journée, alors j'ai oublié de sortir quelque chose du congél.

— Je ne peux plus rien avaler maintenant, de toute façon, dit-elle. En plus, mon esprit est concentré sur la façon d'aider les sœurs.

— Elles n'ont peut-être pas besoin de votre aide, la prévint Mack. Ce n'est pas parce que vous les voyez sous un jour triste qu'elles sont misérables.

— C'est vrai, reconnut Doreen, et, en effet, cela me rendrait très heureuse qu'elles ne le soient pas. J'adorerais savoir qu'elles dirigent une entreprise de plusieurs millions de dollars qu'elles auraient lancée elles-mêmes à partir de rien. Ce serait le meilleur scénario, car je pense que la meilleure vengeance est de s'en sortir.

— Comme vous l'avez fait avec votre ex-mari.

— Peut-être, dit-elle. Bien que je n'aie pas vraiment réussi.

— Vous n'avez toujours pas parlé à mon frère.

— Non, dit-elle. Vous voyez ? Je repousse toujours le sujet.

— Pourquoi vous faites ça ? demanda-t-il.

— D'abord, c'est un avocat, répondit-elle avec un sourire en coin. D'autre part, je ne veux pas revivre ce cauchemar.

Elle pouvait sentir son humeur se mettre en berne.

— Je n'aime pas parler de mon ex. C'est en partie pour cela que j'ai hésité à parler à votre frère de la partialité de mon avocate de divorce.

— Je comprends, dit-il doucement. Mais ça pourrait aussi vous aider à trouver une solution et à vous faire de l'argent pour payer votre terrasse.

— C'est un coup bas. Même si je recevais un peu d'argent, je ne le verrais pas avant des mois. Tout le monde me fait miroiter de l'argent que j'aurai dans le futur, jamais sur mon compte en banque aujourd'hui.

— Eh bien, pensez-y, termina Mack, et nous devrons quand même envisager de parler avec mon frère bientôt.

Elle hocha la tête.

— Je comprends, mais donnez-moi quelques jours, d'accord ?

— Seulement si vous fixez une date, menaça-t-il.

— Autour du week-end prochain ?

Elle le fusilla du regard quand il secoua la tête.

— Non, je veux une date précise.

— Bien, céda-t-elle, le week-end prochain.

— Ici ?

Elle soupira.

— O.K., tout le monde est venu ici, pourquoi pas un avocat aussi ?

Il éclata de rire.

— Mon frère est un bon gars.

— Je parie que vous pensiez autrement quand vous étiez plus jeunes, dit-elle.

— C'est certain. Nous sommes frères. Par moments, on se détestait, mais, au fond, on s'aimait quand même.

— Alors vous avez de la chance. Je n'ai pas de frères et sœurs, donc je ne sais pas à quoi ressemble cette relation.

— Ce n'est pas grave, dit-il, parce qu'on peut toujours avoir ce type de relation avec quelqu'un sans qu'il soit nécessairement un frère ou une sœur.

— Je ne me suis pas vraiment fait d'amis ici, dit-elle tristement. Vous, bien sûr, mais pas d'amies femmes, je veux dire.

— Eh bien, c'est parce que vous n'arrêtez pas de les envoyer en prison, s'esclaffa-t-il.

— C'est ce que je pensais, dit-elle en fronçant les sourcils. Pourquoi est-ce que je me rapproche de délinquants ?

— Je pense qu'au fond, nous projetons tous nos pensées intérieures sur les autres. Ainsi, lorsque vous avez bon cœur, vous voyez le monde comme rempli de personnes au bon cœur. Comme ce petit Burns hautain qui vous reprochait de venir quémander de l'argent, alors que c'est lui qui est avide d'argent.

— Je me sens tellement stupide d'être roulée par ces gens !

— N'en faites rien, répondit Mack. L'alternative serait de penser que tout le monde vous en veut.

— C'est possible, concéda Doreen.

— Et la mère de Crystal ? Vous pourriez être amie avec elle ?

Elle secoua la tête.

— Ce serait vraiment difficile pour moi d'être amie avec quelqu'un qui a maltraité un enfant.

— Je comprends.

Il partit peu de temps après, après avoir reçu un appel du travail, en prenant le pic à glace. Cette fois, c'était sa dernière visite de la journée.

Chapitre 21

Dimanche matin…

L ORSQUE DOREEN SE réveilla dimanche matin, la paix et la tranquillité l'accompagnaient : pas d'appel, pas d'aboiement d'animal, pas d'intrus. La paix et le calme. Parfait. Elle resta allongée sur le matelas à même le sol et regarda le plafond.

— Un sommier ne serait pas de refus, annonça-t-elle. Si ça doit attendre que je sois payée pour les antiquités, très bien, marmonna-t-elle à Mugs.

Il lui répondit en roulant sur le dos et en agitant ses petites pattes en l'air, mais elle était sûre qu'il dormait encore.

Peut-être faisait-il un cauchemar, car il émit un étrange petit aboiement, puis ses pattes se remirent à bouger. À l'envers, il n'irait pas bien loin. Elle caressa doucement le dessous de son menton. Il se calma presque instantanément, puis un lourd soupir remonta dans sa cage thoracique et lui échappa.

Elle lui sourit.

— Tout va bien se passer, mon grand.

Elle se leva, prit une douche rapide, s'habilla, puis décida qu'il était temps de faire la lessive. Surtout les draps. Elle enleva ceux du lit, dérangeant le pauvre Mugs au passage, et descendit avec le linge de la semaine jusqu'à la buanderie. Elle fit tourner la machine, nourrit ses animaux et prépara son café. Après cela, elle enleva l'alarme, déverrouilla la porte arrière, l'ouvrit et sortit dans le soleil matinal.

Il était tôt, mais pas assez tôt pour que le monde soit toujours endormi. Elle regarda son téléphone portable pour voir qu'il était huit heures. Mais pour un dimanche, c'était plutôt tôt dans cette ville. Elle renifla l'air car, bien que la lumière du soleil le dispute à quelques nuages, elle ressentait presque de l'électricité, un sentiment d'ébullition, comme si un orage était sur le point d'éclater. Et l'odeur de la pluie fraîche sur l'herbe parvint à son nez, portée jusqu'à elle. Elle fit le tour de sa petite terrasse, la détestant encore plus, mais appréciant néanmoins l'emplacement. L'idée d'avoir une grande terrasse et des meubles de jardin lui paraissait plus un rêve qu'autre chose.

Avec sa première tasse de café, elle se balada jusqu'au ruisseau, examinant la zone. Elle n'avait pas montré à Mack d'où venait le pic à glace, la veille. Il l'avait pris avec lui après avoir reçu un appel, l'avait emballé et s'était volatilisé. Il devait revenir ce soir à coup sûr, pour une autre leçon de cuisine et pour déguster sa création. Peut-être qu'il passerait plus tôt dans la journée aussi, pour qu'elle puisse lui montrer où elle avait trouvé le pic à glace. Ne voulant pas passer pour une idiote en risquant de passer à côté le deuxième pic à glace, elle appela les animaux et se dirigea vers l'autre côté de la rivière.

Dès qu'elle arriva devant un grand buisson de lierre, elle s'arrêta pour quelques repérages. Chaque chose en son temps. Elle prit plusieurs photos des très belles maisons du quartier, ainsi que du chemin qui longeait la rivière en direction du lac. Puis elle en prit plusieurs autres de l'endroit où elle avait trouvé le premier pic à glace. Après cela, elle fouilla encore une fois bien la zone, car elle ne voulait pas conduire Mack ici et qu'il trouve quelque chose qu'elle aurait négligé. Elle fit plusieurs allers-retours mais ne trouva rien.

Alors qu'elle rentrait, son téléphone sonna.

— Bonjour, Mack. Avez-vous oublié que je devais vous emmener là où j'ai trouvé le pic à glace ?

— Je devais partir. Vous vous rappelez ? grommela-t-il. J'arrive dans cinq minutes là.

— Et si je ne suis pas là ?

Mais il n'y avait pas lieu de discuter. Elle fit demi-tour et était sur le pont quand elle entendit un cri. Elle regarda au loin pour voir Mack sortir par la porte de la cuisine. Elle leva la main. Il se dirigeait vers elle, et elle remarqua qu'il avait aussi un café à la main.

— Où étiez-vous ?

— À l'endroit où j'ai trouvé le pic à glace, dit-elle. Vous ne m'avez pas laissé l'occasion de vous le dire au téléphone. Et de vous remercier d'avoir réparé mon petit pont.

Elle sourit en le désignant.

— Pas de problème.

Il haussa les épaules, mais son sourire taquin réapparut.

— Je pouvais sentir le café de loin.

Elle le regarda avec méfiance.

— Il y a intérêt à ce qu'il en reste encore dans la cafetière.

— Oui, dit-il, vous pourrez remplir votre tasse à nouveau quand on rentrera. Montrez-moi où était cet outil.

Avec les animaux sur les talons et Thaddeus sur l'épaule de Mack, ils traversèrent le petit pont. Doreen s'arrêta de l'autre côté et dit :

— Vous avez fait du bon travail en le réparant. Merci encore.

Il la regarda avec résignation.

— Je n'avais pas le choix. Sinon, vous risquiez de tomber à nouveau, n'est-ce pas ?

Doreen hocha la tête. Quand ils arrivèrent au grand buisson de lierre, elle s'arrêta et annonça :

— C'était ici.

— Où ça ?

Elle s'avança et indiqua du doigt l'endroit où se trouvait le pic à glace.

— À quelle profondeur était-il enterré ?

Elle haussa les épaules.

— Seule une partie du manche en bois était en surface. Donc le reste était dans le sol. En gros, il était caché sur toute sa longueur.

Mack examina la zone et dit :

— Qu'est-ce qui vous a pris de creuser dans le lierre pour le trouver ?

Elle grogna.

— Ce n'était pas moi. C'étaient les animaux.

Elle expliqua rapidement comment elle était arrivée ici.

— J'ai dû creuser un peu dans les cailloux pour soulever l'outil, mais, une fois que je l'ai dégagé, il est sorti tout de suite.

Mack s'avança, poussa le lierre, trouva le creux et dit :

— C'est bien l'endroit, mais on dirait qu'il est là depuis longtemps.

— Nous avons en quelque sorte une date, dit Doreen, car il a été fabriqué il y a environ… quoi ? Vingt ans ?

— Intéressant, dit-il.

— Qu'est-ce qui est intéressant ? demanda-t-elle en

s'approchant et en observant ce qu'il étudiait.

— Rien de particulier.

Il regarda la clôture et prit de nombreuses photos.

— Vous repérez le deuxième ? J'ai cherché, dit-elle, mais je ne l'ai pas trouvé.

— Non, je ne le vois pas, mais, en fonction de ce que les experts trouveront sur le premier pic à glace, nous devrons peut-être revenir et creuser plus profondément.

— D'accord, dit-elle, c'est logique.

— Seulement pour vous, dit-il avec un gros soupir.

Elle gloussa.

— Vous auriez fini par le trouver.

— Je ne l'aurais jamais trouvé, contra-t-il. Je suis trop occupé à m'occuper de tout le reste qui réclame mon attention.

— Moi aussi, dit Doreen. Réfléchissez. Je fais une petite promenade innocente et mes animaux trouvent ce pic à glace. Je n'aurais même pas su ce que c'était si vous n'aviez pas été là. Je n'aurais pas non plus su quelles images chercher.

Il la regarda avec surprise.

— Vous avez cherché des images sur Internet ?

— Bien sûr, dit-elle. Je n'allais pas vous croire aveuglément, n'est-ce pas ?

La mâchoire de Mack se décrocha.

— Je ne vous ai jamais menti, rugit-il.

— Peut-être, mais vous auriez pu halluciner, dit-elle avec un grand sourire narquois.

Mack leva les yeux.

— Venez. Rentrons. La première personne arrivée aura le reste du café.

— Ce n'est pas juste, s'écria Doreen, alors qu'il la dépassait en courant, ses longues enjambées dévorant le chemin.

Elle essaya de le dépasser, mais il se mit en travers de sa route. Elle grogna.

— Si vous buvez tout le café, je mange tout le pain aux courgettes.

Cela l'arrêta net et il la fixa d'un air horrifié.

Elle hocha la tête.

— Je le ferai.

— Je sais que vous le ferez.

Elle gloussa.

— Contente de voir que vous me connaissez si bien.

Il grogna et ils traversèrent le pont en file indienne. Quand ils arrivèrent de l'autre côté, Doreen fonça vers la maison. Elle voyait qu'il ne restait plus beaucoup de café. Elle remplit sa tasse et se retourna triomphante vers Mack.

— Il n'en restait plus beaucoup de toute façon.

Il haussa les épaules.

— Ce n'est pas grave. J'ai bu toute une cafetière à la maison.

Elle le fusilla du regard, et il éclata de rire.

— Mais je vous ai bien eue, s'esclaffa-t-il.

— Ouah, c'est tellement méchant !

Elle posa sa tasse.

— Vous partez déjà, alors ?

— Oui, acquiesça-t-il en se dirigeant vers la porte d'entrée.

Elle regarda sa montre. Il était presque neuf heures.

— Je suppose que c'est calme en ville à cette heure-ci car les gens vont à l'église, non ?

— Parfois, mais, dès que l'on s'y fie, ça change et on se retrouve coincé dans les bouchons.

À ce moment-là, une vieille guimbarde pétarada au coin de la rue. Elle ralentit en entrant dans l'impasse et s'arrêta pour examiner les différentes maisons. Mack avança jusqu'à sa camionnette, en regardant le vieux tacot. Il secoua la tête, sauta dans son véhicule et recula lentement dans l'allée. Pendant qu'il faisait cela, la petite voiture s'arrêta dans l'allée de Doreen et s'y gara. Mack fronça les sourcils et échangea un regard avec la jeune femme. Elle haussa les épaules.

Deux dames (toutes deux de petite taille, peut-être entre 1,55 et 1,60 mètre) en sortirent. Elles se déplaçaient vivement et avec beaucoup d'énergie, mais elles semblaient avoir une cinquantaine d'années, si bien qu'elle n'était pas certaine de leur âge. À mesure qu'elles s'approchaient, Doreen se mit à craindre qu'elles soient là pour distribuer des brochures religieuses.

Mack klaxonna depuis sa camionnette. Doreen leva une main et fit un signe d'au revoir. Il voulait simplement savoir si c'était bon et s'il pouvait partir. Et c'est ce qu'il fit donc. Elle sourit aux deux dames.

— Que puis-je faire pour vous ?

L'une d'elles dit :

— Vous pouvez nous aider.

Et l'autre ajouta :

— Enfin, nous espérons que vous pourrez nous aider.

Doreen comprit vite que l'une commençait une phrase et que l'autre la finissait. Et, quand elle leur demanda de quoi il s'agissait, elles lui sourirent simplement en disant :

— Vous avez parlé à notre frère à l'épicerie.

— Vous êtes les sœurs Burns ?

Elles hochèrent la tête en même temps.

— Oh, mon Dieu, hoqueta-t-elle. J'ai cru comprendre que vous n'aviez rien reçu de l'héritage de votre père.

Elles eurent un geste de dénégation.

— Non, alors qu'il nous avait promis que nous étions

dans le testament et qu'on prendrait soin de nous, dit celle de gauche.

Elle portait une tenue presque identique à celle de sa sœur, mais son chemisier avait des bordures turquoise alors que celui de l'autre avait des bordures lavande.

— Avez-vous lu le testament ? interrogea Doreen.

Les deux dames secouèrent la tête.

— Votre père était-il une personne juste ? Un homme de parole ? Pouviez-vous lui faire confiance ?

— Absolument, c'est bien lui.

Doreen fit mine de réfléchir.

— D'accord, dit-elle, mais je ne vois pas ce que vous voulez que je fasse à ce sujet.

Les deux sœurs se regardèrent, puis se tournèrent vers elle et dirent :

— Nous n'avons pas beaucoup d'argent, mais nous espérions que vous pourriez nous conseiller.

— Quel conseil pourrais-je vous donner ?

— Nous ne savons pas comment toucher notre héritage, commença la première.

Dans sa tête, Doreen se dit qu'elle devrait peut-être les appeler Turquoise et Lavande.

— Notre père nous a juré qu'on s'occuperait de nous. Nous avons passé toute notre vie à travailler à la ferme avec lui, et nous n'avons jamais été payées. Il a gagné beaucoup d'argent et il a continué à en gagner pendant que nous nous occupions des vergers et qu'il était dans les bureaux.

— Vous avez vu l'ensemble de pics à glace qu'il a acheté ?

Les deux sœurs s'interrompirent, la dévisagèrent et froncèrent les sourcils.

Doreen sourit et haussa les épaules.

— Désolée, je ne voulais pas m'écarter du sujet comme ça, mais il y a un rapport.

Lentement, comme si elle n'était pas sûre de devoir parler, Lavande dit :

— Nous étions là quand il l'a acheté.

— Je sais que Frank était ravi, renchérit Turquoise.

— J'en suis sûre, dit Doreen. Savez-vous où votre père les gardait ?

— Papa les a accrochés au mur, précisa Turquoise. Il avait une petite exposition d'art et il les a mis au mur avec des éclairages spéciaux.

— Oh, ouah, s'exclama Doreen. Il devait vraiment les aimer.

Les deux sœurs échangèrent des regards inquiets, puis se retournèrent vers elle.

— Il les adorait. Mais peut-être pas pour la raison que vous croyez. Il se moquait d'eux et qualifiait le travail de Frank de médiocre et d'artisanal. Frank était ravi au début, jusqu'à ce que mon père utilise ses œuvres comme sujet de discussion, et pas d'une manière agréable.

— Intéressant, murmura Doreen, une idée de ce qui leur est arrivé ?

Les deux sœurs la regardèrent avec confusion.

— Ils ne sont plus accrochés au mur de la maison, ajouta Doreen.

— Je pense que si. Ou plutôt, ils l'étaient la dernière fois que nous sommes venues dans la maison, mais cela remonte à l'époque où notre père est mort. Jude nous a mis à la porte peu de temps après et nous ne sommes jamais revenues depuis. C'est notre frère, mais… commença Lavande faiblement. Quinze ans nous séparent et lui est dans la fleur de l'âge et au sommet du monde. Nous avons travaillé dur, physiquement dur. Nous avons toutes les deux des problèmes de santé, et il nous est difficile de trouver un emploi. Nous avons la cinquantaine, personne ne veut nous embaucher et nous n'avons pas d'expérience professionnelle.

— Sauf en tant que saisonnières ?

— Voilà, répondirent-elles. Bref, personne n'a voulu nous donner du travail.

— Avez-vous cherché un emploi dans ce domaine ? Vous êtes sûrement reconnues pour votre travail ?

— Non. C'est notre père qui a récolté tous les fruits de notre succès, c'est lui qui avait le nom et l'expertise, pas nous.

Elles se tournèrent l'une vers l'autre et froncèrent les sourcils.

— Elle a tout de même raison, tu sais ? Je me demande si nous ne pourrions pas être embauchées à ce titre.

— Je ne sais pas, dit Lavande d'une voix calme. J'ai l'impression que nous avons été injustement traitées. Nous avons travaillé tout ce temps. Si nous avions au moins empoché nos salaires, nous aurions quelque chose sur nos comptes en banque.

Doreen fronça les sourcils.

— Je sais que vous dites que c'était un homme bon, mais ce n'est pas le signe d'un homme bon.

Les deux sœurs hésitèrent.

— On a fini par se dire, dit Lavande, qu'il avait peut-être profité de nous.

— Il n'y a pas de « peut-être » qui tienne, rétorqua Doreen. Il a définitivement profité de vous. Comment a-t-il osé ne pas vous verser de salaires alors qu'il gagnait autant d'argent ? Le fait qu'il soit décédé sans vous laisser d'argent dans son testament est un autre gros problème.

— Mais nous sommes presque sûres qu'il l'a fait, dit Turquoise avec enthousiasme.

— Comment ça ?

— Parce que l'avocat l'a dit.

— De quel avocat s'agit-il ? s'enquit Doreen. J'hésite un peu à faire confiance aux avocats.

— Je comprends, dit Lavande. L'ancien avocat de mon père nous a promis que tout irait bien. Mais l'autre avocat, le nouvel avocat, a dit que nous n'aurions rien.

— Ouah, dit Doreen, se souvenant de son propre mariage et de ce qu'elle n'avait pas obtenu, de ses années passées à bâtir l'entreprise de son mari parce que sa propre avocate était la maîtresse de son mari.

— Les avocats sont insaisissables, dit-elle en essayant d'adopter un ton neutre.

— L'ancien avocat, par contre, était presque comme un membre de la famille et il disait qu'on s'occuperait de nous. Le nouvel avocat a juste ri et a dit qu'il n'y avait rien dans le testament et que nous pouvions le contester, mais que nous ne gagnerions pas.

— D'accord. Qu'est-il arrivé à l'ancien avocat ?

— Il est mort, se lamenta Turquoise.

— Et qui a hérité de son cabinet ?

— Ce nouvel avocat.

Doreen tapota ses bras des doigts et demanda :

— Que voulez-vous que je fasse ?

— Nous devons déterminer si ce testament est légitime, dit Lavande.

Elle semblait être la plus bavarde des deux sœurs, la plus sérieuse, même si elles avaient toutes deux l'air un peu usées et brisées.

— Comment suis-je censée vous y aider ? demanda Doreen avec curiosité.

Les deux sœurs la fixèrent et elle put voir l'expression vide de leurs regards.

— Vous n'en avez aucune idée, n'est-ce pas ?

Elles secouèrent toutes les deux la tête.

— Non, nous n'en avons pas la moindre idée.

— Écoutez. Je peux me renseigner et voir si je trouve quelque chose. Au fait, comment est mort votre père ?

— Il a eu une crise cardiaque, répondit Turquoise. Et il est parti très vite.

— Qui était avec lui à ce moment-là ?

— Il était seul quand il a fait sa crise cardiaque. Nous sommes rentrées du travail et l'avons trouvé effondré dans son bureau.

— Où était votre frère ?

— Il a dit qu'il était dehors, à faire ce qu'il avait à faire, cita Turquoise avec une note de dédain.

— Comment cela se passe-t-il entre vous ?

— Il nous a jetées à la rue, répondit Turquoise, alors je vous laisse imaginer.

— Mais avez-vous fait quelque chose pour aggraver les problèmes ou pour lui nuire de quelque manière que ce soit ?

Les deux sœurs firent un geste de dénégation de la tête.

— Non, nous n'aurions jamais fait ça.

— Votre père avait-il d'autres enfants ?

Les deux sœurs secouèrent la tête. Lavande répondit :

— Si c'est le cas, nous n'en savons rien.

— Qu'est-il arrivé à votre mère ?

— Elle est morte en donnant naissance à notre frère, dit Lavande.

— Alors vous l'avez élevé ?

— Les nounous, plutôt, dit Turquoise. Bien sûr, c'était

la prunelle des yeux de notre père, car dans notre famille, on croit encore beaucoup à l'héritier mâle.

— Donc on fait travailler les femmes jusqu'à la mort et on donne tout à l'homme qui s'est tourné les pouces ?

Les deux femmes grimacèrent.

— Il n'était pas censé tout avoir. Nous devions avoir de quoi vivre.

— Ce qui est normal, dit Doreen. Qu'est-ce que vous avez d'autre pour que je puisse commencer ?

— Pas grand-chose, admit Lavande. Juste les paroles de notre père et du vieil avocat.

— Avez-vous des investissements ou des économies ?

Lavande secoua la tête.

— Non, nous nous occupions des comptes du ménage et, quand nous avions besoin d'argent de poche pour nos besoins personnels, nous nous servions et notions la somme dans les comptes. Mais, une fois Père mort, nous n'avions même plus accès à ça.

— Où logez-vous maintenant ?

— Nous partageons une chambre chez des amis. Et nous faisons le ménage de la maison et nous nous occupons de leur enfant. Ils ont été les seuls à nous offrir un toit après que Jude nous a ordonné de partir. Donc nous sommes restées avec eux depuis.

— Et vous êtes payées pour ça, non ?

Les deux femmes la dévisagèrent en silence.

— Oh, Seigneur, dit-elle, nous allons avoir une discussion avec ce soi-disant ami.

— Mais ils nous ont donné un foyer lorsque personne d'autre ne l'a fait.

— Nous avons tous droit à un salaire contre un travail honnête, asséna Doreen. Ne serait-ce qu'envisager de travailler pendant des années comme ça sans être payé n'est pas acceptable.

Elle sortit son téléphone portable.

— Avec qui habitez-vous et pour qui travaillez-vous ?

— Je ne peux pas vous laisser ruiner nos vies, s'alarma Lavande. Ne comprenez-vous pas que nous n'avons nulle part où aller ?

— Je comprends, mais ce n'est pas un ami. Il profite de vous autant que votre père l'a fait.

— Nous le savons, dit Turquoise, c'est pourquoi nous essayons d'obtenir de l'argent de la succession.

— Et si vous aviez de l'argent, que feriez-vous ?

— On partirait, annonça-t-elle.

— Je veux quand même savoir qui c'est, dit Doreen, parce que c'est tout à fait contraire à la loi.

Les deux femmes commencèrent à s'inquiéter, à se dandiner sur leurs pieds, se tordant les mains tandis qu'elles se regardaient.

— Écoutez. Je ne ferai pas de vagues avant de savoir ce qui se passe avec votre frère et le domaine, mais cette famille vous doit beaucoup.

— Les gens profitent de nous tout le temps.

— Pour commencer, dit Doreen, il va falloir se bouger. Comme je l'ai fait.

Les deux femmes la regardèrent avec horreur.

Elle hocha la tête.

— Et je sais que je ne suis pas un exemple, mais, depuis que je suis seule, je ne suis plus la même personne. On profitait de moi aussi. Quand on commence à profiter de vous, vous pensez presque que vous le méritez et que c'est tout ce que vous valez. Or ce n'est pas vrai. Vous avez dirigé les affaires de votre père pendant des décennies. Et, oui, vous habitez toutes les deux dans cette maison, et je suppose qu'ils n'ont pas besoin de vous deux pour s'occuper du seul enfant et de la maison. Mais ils vous doivent quand même un salaire.

— Mais ils ont dit qu'alors ils devraient enlever les dépenses pour le loyer, donc on revient à zéro.

Doreen marmonna dans sa barbe :

— Les gens sont tous les mêmes.

Elle se souvint de tout ce que Mack lui avait dit récemment sur les gens.

— Laissez-moi me renseigner, dit-elle, et elle s'apprêta à entrer leurs coordonnées dans son téléphone. Je suppose que vous avez un téléphone ?

Elles secouèrent toutes les deux la tête.

— Bon sang, qu'est-ce qui vous appartient ? Rien ? Bref, à qui est ce véhicule ?

— C'est le nôtre, dit Lavande. C'est la seule chose qu'on nous ait laissées récupérer du domaine.

— Vous avez de l'argent pour l'essence ?

Lavande hocha la tête.

— Cinquante dollars par mois, c'est notre allocation.

— Pour quoi faire ?

— Tout, dit-elle. Ils ne peuvent pas nous payer plus.

— Incroyable ! s'exclama Doreen. Il vaudrait mieux pour eux qu'ils conduisent des poubelles, qu'ils ne vivent pas dans une belle maison et qu'ils n'aient pas tous les deux un bon travail !

Mais elle ne comprenait que trop bien comment ces femmes étaient entrées dans cette situation abusive. Dans cet état d'esprit, eh bien, elles ne pensaient pas valoir plus. Bien sûr, elles étaient désespérées et pensaient pouvoir avoir droit à plus, mais elles n'adoptaient pas l'attitude qui indiquait qu'elles méritaient plus et que le monde devrait faire attention parce qu'elles commençaient à avoir du cran.

Alors que les femmes s'éloignaient, Doreen les suivit du regard. Qu'était-elle censée faire de tout cela ? Elle pénétra dans la maison et sortit sur la terrasse de la cuisine. Son téléphone sonna.

— Qui était-ce ? demanda Mack.

— Vous n'allez jamais le croire, grogna Doreen. C'étaient les sœurs de Jude. Les filles d'Ed Burns. Et vous n'allez vraiment jamais croire ce qu'elles m'ont dit.

Chapitre 22

Dimanche en fin d'après-midi...

LE TEMPS QUE Doreen finisse d'expliquer tout ça à Mack, il était livide.

— Vous ne pouvez pas vous impliquer dans toutes les histoires tristes de la ville.

— Je sais bien, mais n'êtes-vous pas chagriné par ce que vivent les sœurs ?

— Si, très contrarié. C'est tout bonnement illégal. Elles méritent un salaire décent.

— Et que chacune doive aussi assumer les dépenses de l'autre, qu'en pensez-vous ? Elles font à deux le travail d'une seule personne, et cela doit donc couvrir les frais de deux ?

Elle sourit, sachant qu'il était blessé par ce qui arrivait aux sœurs.

— C'est un prétexte, dit-il. Je vais avoir une discussion avec cette famille.

— Je n'ai pas leur nom. J'ai juste leur numéro de téléphone et ce n'est même pas un portable.

Il renifla en entendant ça.

— Ce qui signifie que les sœurs n'ont probablement pas d'intimité pour parler. Mais je vais tracer ce numéro et avoir une petite discussion avec ce couple qui profite des sœurs. Et je vais m'assurer qu'ils ne les virent pas sur-le-champ.

— Est-ce que ces cinquante dollars par mois couvrent l'assurance de la voiture, sans parler des soins médicaux ?

— Non, dit-il. Cela relève fondamentalement de l'esclavagisme, et c'est un problème. Nous devons aussi nous renseigner sur leur ordure de frère. Il est possible que les tribunaux jettent un autre coup d'œil sur le testament.

— Les sœurs n'ont pas d'argent pour payer un avocat, protesta Doreen.

— Parfois, dans des cas comme celui-ci, il n'y en a pas besoin, répondit-il. Encore une fois, je vais devoir me pencher sur la question. Et je dois annuler notre leçon de cuisine de ce soir.

Quand il raccrocha, elle avait plus de questions que de réponses, mais au moins elle avait le sentiment que quelqu'un aidait Lavande et Turquoise.

Elle se prépara un sandwich pour le dîner et s'assit dehors, réfléchissant au problème des sœurs. Doreen avait parcouru un long chemin et résoudre ces mystères lui avait donné un but et une identité qu'elle n'avait pas auparavant. Elle avait le sentiment d'être *elle*. Et c'est ce qui manquait aux deux sœurs. C'était douloureux de regarder les sœurs et de voir en elles ce qu'elle était elle-même. Elle avait entendu le dicton selon lequel les personnes en face de vous étaient des miroirs et, bien qu'elle le comprenne en théorie, elle n'aimait pas du tout cela. De nouveau, elle se souvint de cette histoire de projection que Mack lui avait expliquée l'autre jour.

Mais ce n'était pas son travail d'aider les sœurs à trouver ce qu'elles voulaient faire de leur vie. Il s'agissait plutôt de s'assurer que, à partir de maintenant, elles étaient un minimum indépendantes et qu'elles s'occupaient d'elles-mêmes aussi bien que possible.

Après s'être assise, Doreen chercha le nom du vieil avocat. Tout ce qu'elle lut lui attribuait une bonne réputation.

— Regardez-moi ça. Un avocat en qui on peut avoir confiance, dit-elle sarcastiquement.

Et puis elle lut que son cabinet avait été repris par un avocat plus jeune et que les gens n'étaient pas contents. Elle trouva les avis sur Google et une fiche d'évaluation sur le cabinet d'avocats. Elle constata que plus aucun commentaire n'était autorisé.

— Bien sûr que non.

Il y avait une page en cache indiquant qu'il avait sept avis, tous notés une étoile. Elle étudia ça pendant un long moment.

— Quelles sont les chances qu'il soit un bon copain de ce Jude qui a hérité de tout l'argent des Burns ? marmonna-t-elle. Combien ce nouvel avocat a-t-il été payé pour créer un faux testament ?

Mais elle ne pouvait faire que des suppositions. Si l'ancien avocat était mort, quel âge avait-il ? Il lui fallut un peu de temps pour le découvrir, mais elle trouva qu'il n'avait que soixante-huit ans. Nan le connaissait-elle ? Elle saisit son téléphone et envoya un message à sa grand-mère. Au lieu de lui répondre par SMS, Nan l'appela.

— Mon Dieu, que veux-tu savoir sur Ranford ?

— Était-ce un bon avocat ?

— Le meilleur, répondit Nan.

— Je suis désolé qu'il soit décédé alors, dit Doreen. J'aurais aimé rencontrer un avocat honnête.

Cela fit rire Nan.

— Tu connais les filles d'Ed Burns ?

— Je suis sûre de les avoir vues dans le coin, dit Nan. Mais elles font tapisserie, n'est-ce pas ?

— Oui, mais bon, elles n'ont pas eu une vie facile.

— Peut-être. Elles doivent faire les changements qui s'imposent. Sinon elles vont continuer à répéter les mêmes erreurs.

— Je suis sûre que c'est déjà le cas, dit Doreen.

Et elle expliqua leurs conditions de vie actuelles.

— C'est terrible ! s'écria Nan. Je me demande de quelle famille il s'agit, se demanda-t-elle pensivement.

— Je ne sais pas, mais Mack a promis de leur parler. Tout de même, cette histoire me met sur les nerfs.

— Il est temps de prendre un bain pour se détendre, dit Nan. Tu n'as pas à résoudre les problèmes des autres, tu sais ? Certaines personnes doivent le faire elles-mêmes.

— Et certaines ne le peuvent pas, dit Doreen tristement. Tout le monde n'a pas quelqu'un comme toi, qui pensait à sa petite-fille.

— Non, mais tu serais surprise. Les sœurs sont là l'une pour l'autre et elles devraient en être reconnaissantes.

— Je pense qu'elles le sont, dit Doreen, mais c'est quand même difficile.

— Si j'entends quelque chose, je te le ferai savoir.

— Et les autres personnes que j'ai mentionnées ?

— Eh bien, Ed Burns, c'était un peu un radin, dit Nan. L'avocat Ranford était charmant. Mais je ne suis pas sûre qu'il y ait quoi que ce soit de suspect dans sa mort. Ils ont tous deux eu des crises cardiaques, je crois.

— C'est intéressant. J'aimerais savoir d'où vient le testament et comment trouver l'original.

— Il a dû être déposé auprès du gouvernement de la Colombie-Britannique, précisa Nan, mais il pourrait y avoir un autre testament. Tant qu'il est signé correctement, il serait légal.

— Eh bien, c'est le problème avec les testaments, non ? Qui déclare leur légalité ?

Nan poursuivit :

— Oh, maintenant je me souviens !

— Qu'est-ce qu'il y a ?

— Le vieil avocat était encore sur l'affaire quand Ed Burns est mort. Je me souviens qu'il y a eu une certaine agitation dans les journaux à ce sujet.

— Sur l'héritage allant en totalité au fils, tu veux dire ?

— Oui, sur l'existence d'un testament différent, car le testament définitif n'était pas celui que l'avocat initial avait enregistré.

— N'aurait-il pas été obligé de faire une enquête ?

— Je crois qu'il est mort assez rapidement après ça, dit Nan pensivement.

— Comme par hasard ! s'exclama Doreen.

— Parfois les choses sont comme elles sont, dit Nan. On ne peut pas accuser tout le monde d'être un criminel.

— Possible, mais je vais peut-être vérifier avec la famille de l'avocat pour voir s'ils ont des informations à ce sujet.

— Fais donc ça, approuva Nan. Son épouse, Sarah, est une femme adorable.

— Il va juste falloir que je la retrouve, dit Doreen.

— C'est facile. Elle tient le petit magasin de fleurs à l'angle de Pandosy et de KLO Road.

— Oh, eh bien, peut-être que je vais aller y jeter un œil.

— Tu devrais aller t'acheter des fleurs, s'esclaffa Nan.

— Non, je n'ai pas d'argent pour ça.

— Je suis sûre que tu trouveras une excuse.

Et Nan raccrocha.

Doreen vérifia l'heure, mais c'était un dimanche, donc pas vraiment le bon jour pour parler à quelqu'un de l'avocat. Elle finit par suivre le conseil de Nan et prit un long bain moussant. Elle lut son roman policier préféré en faisant trempette, bien qu'il lui soit difficile de se concentrer sur la page, parce qu'elle avait trop d'autres choses en tête. Encore une fois, elle n'était pas sûre des liens entre la famille Burns et les Darbunkle, mais il y avait quelque chose et elle le savait. Elle ne savait simplement pas comment elle le savait.

Et elle ne savait pas comment le prouver. Elle devait avoir des preuves dignes de retenir l'attention de Mack.

Elle voulait que Jude Burns, ce frère minable, rembourse ses sœurs. Encore mieux, elle voulait qu'il perde tout, et que tout revienne à ses sœurs. Elle serait même heureuse si elles avaient juste assez pour vivre. Quelle cupidité, Seigneur ! Mais ça ne voulait pas dire que Jude ait fait quelque chose de criminel. Malheureusement, être cupide n'était pas un crime. Et que venaient faire les pics à glace dans l'histoire ? Et puis il y avait toujours le problème des parents et de la sœur Darbunkle disparus mais déclarés morts. Elle secoua la tête.

— Mack, Mack, il y a trop de pièces. C'est vous qui êtes doué pour les puzzles. Vous allez devoir m'aider à démêler tout ça.

Mais évidemment, il ne lui répondit pas. En fait, si elle lui disait maintenant ce qu'elle venait de déclarer tout haut, il rirait et dirait : « C'est vous la reine des casse-tête. À vous de le découvrir. » Et, alors qu'elle était allongée dans l'eau chaude avec les animaux posés tout autour d'elle dans la salle de bains, lui tenant compagnie, elle réalisa qu'il avait raison et que ce mystère-là devait absolument être résolu.

Chapitre 23

Lundi matin...

LUNDI MATIN, DE bonne heure, Doreen prit Mugs avec elle et se rendit dans le quartier de Pandosy. Le magasin de fleurs était situé à l'angle de la rue Pandosy et de la rue KLO, comme l'avait dit Nan. Doreen se gara, entra dans la petite boutique et demanda :

— Bonjour, vous êtes Sarah ?

La jeune femme au comptoir leva les yeux.

— Non, Sarah est ma mère.

— Puis-je parler avec elle ?

— Peut-être.

La femme se tourna vers l'arrière et s'écria :

— Maman, tu es là ?

Une dame âgée entra avec des fleurs et un bouquet dans les mains. Elle leva les yeux vers Doreen, fronça les sourcils et dit :

— Bonjour, vous cherchez quelque chose de spécial ?

Doreen, ne sachant entamer une conversation autrement que par la franchise, acquiesça et répondit :

— Oui, j'aimerais votre aide sur l'une des affaires de votre mari.

— Je ne sais rien à ce sujet, répondit Sarah. Il est mort et enterré depuis de nombreuses années, maintenant.

— Je sais, dit Doreen, mais malheureusement, on vient d'attirer mon attention sur une nouvelle affaire, je me dois donc d'y jeter un coup d'œil.

Tout en s'essuyant les mains sur son tablier, la femme demanda :

— De quoi s'agit-il ?

— D'Ed Burns, dit Doreen.

Immédiatement, la mère et la fille firent la grimace et s'écrièrent : « Beuuuurk ! »

— Ouah, dit Doreen, ce n'est pas la réaction que j'attendais.

— Eh bien, le fils est vraiment « beurk », expliqua Sarah. Et le père n'était pas beaucoup mieux.

— Et j'ai cru comprendre que les sœurs n'avaient rien tiré du testament.

— Elles étaient censées hériter, dit Sarah. Elles étaient censées avoir de quoi vivre pour le reste de leur vie.

— Alors, que s'est-il passé ?

— Le fils a produit un autre testament. Il était daté et signé, légal en tout point. Et, en tant que dernier testament, il a prévalu sur le précédent. Ranford ne pouvait rien faire.

— Et s'il avait été falsifié ?

— C'était bien ça le problème, et mon mari essayait de trouver une solution quand il est mort. Je pense que c'est le stress de cette affaire qui l'a tué, parce qu'il était terriblement contrarié qu'Ed Burns puisse faire ça à ses filles.

— Non seulement elles ne vont pas bien, mais elles sont maintenant dans une situation tout aussi mauvaise, expliqua Doreen, avant de préciser un peu leurs conditions de vie actuelles.

La fille la regarda fixement.

— Oh, là, là, gémit-elle, c'est de la traite de Blanches.

— Possible, dit Doreen. Je ne suis pas sûre que ce qu'ils font soit tout à fait légal.

— Non, bien sûr que non, renchérit Sarah. C'est très souvent le cas dans ces affaires. Quand beaucoup d'argent est en jeu, les gens deviennent avides.

— Il n'y avait rien pour les sœurs ? Rien à leur nom ?

Sarah leva les deux mains en signe de frustration.

— Mon mari en parlait tous les soirs en rentrant à la maison. Il était bouleversé et essayait de trouver une solution.

— En a-t-il trouvé une ?

— Il leur a dit que leur seul recours possible était d'essayer d'annuler le testament.

— Et pourtant elles ne l'ont pas fait ?

— Il n'était pas sûr de la procédure, si elles avaient besoin de leur propre avocat ou non, mais il était prêt à se renseigner. Sauf qu'il est mort et les sœurs sont venues me voir. Mais je ne pouvais pas leur en dire plus que je ne peux vous en dire maintenant. Je ne sais rien du tout.

— Le cabinet a été repris par quelqu'un d'autre. Est-ce exact ?

— Il avait un associé et quand Ranford est parti, beaucoup de ses clients sont restés avec l'autre associé.

— Je suppose que vous n'avez plus ses dossiers, n'est-ce pas ?

Soudain, la jeune femme s'exclama :

— Je sais qui vous êtes.

Doreen lui jeta un rapide coup d'œil. Elle voulait que rien ne vienne la distraire en ce moment.

Mais Sarah regardait sa fille.

— De quoi tu parles ?

— C'est Madame Cadavre ! dit la fille avec enthousiasme. Oh là là.

Elle chercha des yeux les animaux, avisa Mugs et sourit.

— C'est lui. C'est lui.

Elle sortit de derrière le comptoir, s'accroupit à côté de Mugs et le caressa. Mugs, en parfait imbécile qu'il était, se coucha, lui offrit son ventre et lui lécha la main. La fille tomba sous son charme et s'extasia, trouvant qu'il était un chien magnifique. Au bout d'un moment, elle leva les yeux vers Doreen et lui demanda :

— Est-ce que les deux autres sont avec vous ?

Doreen secoua la tête.

— Non, pas ici. Ils sont tous les deux à la maison.

— Ouah, il faut qu'on se revoie.

Doreen comprit à la mine de Sarah qu'elle n'avait pas la moindre idée de ce dont sa fille parlait.

Cette dernière se redressa et dit :

— Tu te souviens, je t'ai parlé de l'affaire du petit garçon, Pauly Shore, qui a été emporté par la rivière avec l'homme à tout faire, Henry Huberts.

La confusion lisible sur le visage de la femme se dissipa.

— Ah, oui, bien sûr !

Elle se tourna vers Doreen.

— C'est vous qui avez découvert où ils étaient, n'est-ce pas ?

Doreen haussa les épaules et répondit :

— Apparemment.

— Et c'est elle qui a découvert les pauvres femmes enterrées sur la propriété de ce mec bizarre et tout un tas d'autres affaires. Vous êtes vraiment célèbre.

Doreen regarda la fille avec horreur.

— J'espère que non, dit-elle. C'est la dernière chose que

je désire.

La jeune femme sourit et avança :

— C'est pas mal, la célébrité. Elle vous rendra riche.

— Eh bien, je ne suis pas riche, abrégea Doreen. Et, pour l'instant, j'aimerais juste que les sœurs Burns obtiennent justice.

— Et le vieux ? interrogea la jeune fille. A-t-il été assassiné ?

— Pour le moment, nous n'en savons rien, répondit Doreen.

Elle se tourna vers la mère, qui regardait sa fille avec fascination. Doreen pivota, mais elle garda les deux femmes dans son champ de vision, tout en s'adressant à la fille.

— Votre père a-t-il laissé des dossiers ou des informations sur l'affaire des sœurs ?

Sarah tenta de montrer un visage fermé, mais la fille n'allait pas céder.

— Maman, tu sais bien que oui. Si quelqu'un peut aider, c'est Doreen.

— Je ne sais pas, avança Sarah. Je ne pense pas que ton père apprécierait que je remette ses dossiers à une parfaite inconnue.

— Ce n'est pas une inconnue, dit la fille. Elle est célèbre. Elle va arranger ça.

— Eh bien, je n'irais pas aussi loin, commença Doreen avec prudence. Je vais me renseigner pour voir ce qui se passe et je ne peux pas promettre de résoudre quoi que ce soit, mais j'ai besoin d'informations pour savoir comment aider les sœurs.

— Allez, maman, s'il te plaît, s'il te plaît, supplia la fille. Ce serait tellement cool. Je pourrais le dire à tous mes amis.

— Il ne vaudrait mieux pas jusqu'à ce que je découvre le

fin mot de l'histoire, dit Doreen doucement. Ça sèmerait la zizanie si vous racontiez partout que je m'occupe de cette histoire.

— Bien sûr, bien sûr, j'attendrai, dit-elle, et elle éclata de rire. Maman, allez ! Tu t'accroches à cette satanée enveloppe depuis toujours.

— Évidemment, s'offusqua Sarah. Je ne savais pas quoi en faire.

— Qu'est-ce qu'il y a dedans ?

— Les notes de mon mari sur l'affaire. Comme je l'ai dit, ça l'a vraiment perturbé.

— Si vous avez la moindre information sur l'affaire Burns, dit Doreen, cela pourrait vraiment me servir.

La fille rit à nouveau.

— Allez, maman.

— D'accord, dit-elle, mais je ne l'ai pas.

— Comment ça, vous ne l'avez pas ? s'enquit Doreen.

— Je ne l'ai pas ici, précisa-t-elle. Elle est à la maison.

— C'est vrai, dit la fille. Je vais courir à la maison la chercher.

Sarah observa avec impuissance sa fille s'élancer vers la porte d'entrée et disparaître.

— Elle m'épuise mais me rend si heureuse en même temps. Nous nous étions résignés à ne pas avoir d'enfant, mais elle est arrivée tardivement. En même temps, j'ai épousé un homme qui avait douze ans de plus que moi.

Elle secoua la tête comme si elle était déconcertée par la tournure que prenait la vie et sourit à Doreen.

— Elle n'en a que pour un instant.

— Vous vivez si près ? demanda Doreen.

— Parfois, c'est trop près, dit Sarah avec tristesse. Ça a été une décennie très difficile sans lui. Il était très aimé, et c'était un père formidable.

— Je peux vous assurer, commença Doreen, que je fais ça pour les bonnes raisons. Ces deux femmes se sont fait rouler. Et ce jeune homme qui a tout raflé refuse toujours de s'assurer que ses sœurs vont bien, mais il roule sur l'or sans en partager un kopek.

— Il n'est pas le seul, dit Sarah. Tant de gens sont égoïstes !

— Pas tous, malgré tout, dit Doreen. Alors espérons que celui-ci, lorsqu'il aura reçu la preuve des intentions de son père, fera quelque chose pour les aider.

— Nous verrons, dit Sarah. Je vous donnerai les informations. Mais je veux savoir si vous trouvez quelque chose ou si quelque chose ressort de tout ça.

— Je vous le promets, dit Doreen.

Chapitre 24

Lundi en fin de matinée...

AVEC L'ENVELOPPE 9 x 12 en main, Doreen retourna à son véhicule. Elle installa Mugs à l'intérieur et roula directement jusque chez elle. Un tas d'autres tâches l'attendait, mais elle ne désirait juste rentrer chez elle et lire le contenu de l'enveloppe. C'est donc ce qu'elle fit. Elle avait promis à Sarah et à sa fille de les tenir au courant du résultat, et elle allait tenir cette promesse. Elle voulait vraiment, désespérément savoir si elle pouvait faire quelque chose pour aider ces sœurs.

Et, bien sûr, elle ne pouvait pas oublier que le pic à glace avait du sang dessus, ni que Fred et Frank étaient plus que suspects concernant ce qui était arrivé à leurs parents et à leur petite sœur. Doreen aurait aimé trouver Henrietta vivante et en bonne santé, mais elle doutait fortement que ce soit possible. Pourtant, elle avait déjà réalisé quelques petits miracles. Peut-être pourrait-elle en réaliser un de plus.

De retour à la maison, elle sortit Mugs et rentra chez elle. Elle se fit une tasse de thé, cette fois, se dirigea vers sa petite table sur la véranda (à côté de la minuscule terrasse sans intérêt qu'elle avait hâte de transformer en une vraie terrasse) et s'assit avec les notes de l'avocat. Pour une enveloppe, c'était assez conséquent.

Elle sortit les documents pour découvrir qu'il s'agissait de copies de tout, avec un Post-it à l'attention de Doreen.

— Futée, la gamine, murmura Doreen en le lisant.

« J'ai gardé les originaux. Vous pourrez venir les chercher plus tard si vous en avez besoin pour un procès. »

Elle les parcourut et trouva le testament qui donnait une moitié aux filles et l'autre au fils. Elle fronça les sourcils.

— C'est un fainéant et il va avoir la moitié de plusieurs *millions de dollars*. C'est incroyablement cupide de ne pas savoir se contenter de la moitié.

En lisant la liste des avoirs, ses sourcils se haussèrent.

— Ça pourrait être le portefeuille de mon ex-mari, murmura-t-elle. Il y a beaucoup d'argent en jeu.

Et, pour cette simple raison, le fils perdit encore un point.

— Tu parles d'un homme avide et égoïste, marmonna-t-elle.

Puis elle trouva des notes d'un détective privé. Ses sourcils se haussèrent encore. En survolant les notes, elle vit que le détective se faisait un devoir d'examiner les antécédents récents du fils, mais indiquait qu'il n'y avait aucune preuve qu'il ait eu quoi que ce soit à voir avec la mort du père.

Doreen s'appuya contre le dossier et se mit à réfléchir. Les deux seules personnes qui pouvaient avoir connaissance de ces documents étaient le nouvel avocat et le fils. Quelqu'un avait bien dû rédiger ce nouveau testament (le nouvel avocat évidemment) et quelqu'un avait dû le faire authentifier. Le déposer au tribunal, par exemple. Le nouvel avocat avait pu le faire aussi.

Elle ne comprenait pas tout le processus, mais dès qu'un

nouveau testament était déclaré valable, l'ancien cessait d'exister. Elle avait ici *un* testament datant d'une bonne dizaine d'années. Quand le supposé nouveau testament avait-il été signé et daté ? Peut-être que celui-là supplantait celui-ci. Et qui l'avait signé ? Ils auraient eu besoin des témoins. Pouvait-elle trouver l'identité de ces personnes ? Pas sans une copie du nouveau testament.

ELLE NE POUVAIT pas envoyer de SMS aux sœurs à cause de leurs étranges conditions de vie. Cela aussi dérangeait Doreen. Elle se demandait si Mack pouvait trouver qui étaient les témoins du nouveau testament. Ou est-ce qu'il aurait besoin d'un mandat pour entrer dans le bureau de l'avocat ? Les testaments avaient dû être rédigés en présence de témoins, non ? Elle envoya un message à Mack, pour lui demander. Il répondit par un point d'interrogation. Elle grogna et répondit : **« Pouvez-vous voir qui sont les témoins sur le *nouveau* testament de Burns ? »** Elle décida de mettre « nouveau » en italique, bien sûr.

— **Vous pouvez demander.**

— **Je peux ?**

— **Oui**, écrivit-il, **et vous aurez la même réponse que moi, c'est-à-dire que ça ne nous regarde pas.**

— **À moins qu'il y ait quelque chose de louche ?**

— **C'est ça. Vous pensez vraiment qu'il y a quelque chose ?**

— **Oui, l'ancien avocat a même engagé un détective privé pour enquêter sur le fils.**

À ce moment-là, son téléphone sonna. Mack demanda :

— Comment vous savez ça ?

Elle expliqua son escapade du matin et précisa qu'on lui avait remis une enveloppe avec les notes de l'avocat. Et puis elle se reprit.

— Ce sont des photocopies, précisa-t-elle.

Il grogna.

— Envoyez-les-moi.

— J'ai juste…

Elle fixa son téléphone en l'entendant raccrocher. Elle gronda :

— Bien sûr, pas de problème, ça ne me dérange pas de vous aider.

Mais elle se leva quand même, prit la pile de documents et se dirigea vers son scanner. Ce n'était pas une mauvaise idée d'avoir une copie numérique, étant donné toute la paperasse qui l'occupait ces temps-ci. Une fois les documents numérisés, elle les envoya par e-mail à Mack, puis à elle-même, afin de les sauvegarder dans un dossier de son ordinateur portable. Elle avait collecté une énorme quantité d'informations sur les habitants de Kelowna. Même elle commençait à s'y perdre. Elle retourna aux archives que Bridgeman Solomon lui avait confiées et chercha dans ses boîtes un dossier sur Ed Burns. Solomon avait rassemblé quelques éléments, rien de bien méchant, sauf que certaines pratiques commerciales d'Ed Burns étaient douteuses.

— Et certaines pratiques paternelles aussi, apparemment, murmura-t-elle.

Elle ne pouvait pas mener ses recherches sur Internet seulement. Parfois, elle devait les mener parmi les vivants. Elle retourna à la paperasse, jeta un coup d'œil au nom du détective privé, chercha les informations à partir de son nom et de son bureau, et décrocha son téléphone.

Le détective répondit lui-même :

— Agence Corey Junior, comment puis-je vous aider ?

— Je fais des recherches sur le testament d'Ed Burns, dit

clairement Doreen. J'ai cru comprendre que vous avez été engagé par son avocat pour enquêter sur le fils de Burns, Jude.

Il y eut une hésitation à l'autre bout du fil :

— À moins qu'on ne vous paie pour garder le silence maintenant que Ranford est mort ?

Corey renâcla à cette insinuation.

— J'aimerais bien, dit-il, mais comment savez-vous que j'ai été engagé par l'avocat ? Et que savez-vous de Jude Burns ?

— J'ai parlé avec Sarah ce matin, et sa fille et elle m'ont donné des copies des notes de Ranford. Et je ne sais rien de Jude. C'est pourquoi je vous appelle.

— Et vous, qui êtes-vous ?

Là, elle hésita.

— Je m'appelle Doreen.

— *Doreen*, répéta-t-il avec méfiance. Doreen qui ?

— Doreen Montgomery, mais je doute que vous me connaissiez.

Il se mit à rire.

— Vous plaisantez ? Je pense que tout le monde en ville sait qui vous êtes, maintenant.

Elle fronça les sourcils devant le téléphone.

— On parle de moi en bien, j'espère.

Mais elle savait que ce n'était pas le cas.

— Si je pouvais avoir la publicité que vous avez réussi à vous faire, dit-il, je ferais de très bonnes affaires. Je veux dire, je me débrouille bien, mais la ville est loin de savoir qui je suis comme elle sait qui vous êtes.

— Je n'ai pas recherché la notoriété, dit-elle d'un air sombre. Elle m'a trouvée toute seule.

À cette remarque, il éclata à nouveau de rire.

— Je ne suis pas contrarié parce que, si vous pouvez faire quelque chose pour réparer cette injustice, je serais fou de joie. J'ai creusé et creusé, mais ce mec est une vraie anguille. Il n'a pas travaillé un seul jour de sa vie. Les femmes ont subvenu à ses besoins d'adulte jusqu'à ce que son cher vieux père casse sa pipe et qu'il hérite de tout. Il va tout faire couler en un rien de temps et il retournera chercher une femme riche pour l'entretenir à nouveau.

— Il y a plusieurs millions en jeu ici. Il ne peut pas être si mauvais.

— Le patrimoine pourrait lui survivre, admit le détective privé, mais je ne compterais pas dessus. Je ne pense pas qu'il ait le sens des affaires. Les sœurs, d'un autre côté, sont des personnes solides. Elles ont travaillé dur et elles ont été vraiment bonnes pour progresser et faire ce qu'elles avaient à faire.

— Exact, dit-elle. Je leur ai parlé, moi aussi. Mais je ne suis pas sûre que vous compreniez la gravité de leur situation. Ce qui leur a été fait est honteux.

Il hocha la tête.

— J'ai quelques notes supplémentaires pour vous, dit-il. Je n'ai pas tout remis. Ce dont dispose Sarah, ce sont juste des brouillons. Mais vous devrez venir à mon bureau.

— Bien, accepta Doreen. Je serai à votre bureau dans quinze minutes.

Et elle raccrocha. Elle laissa les deux animaux à la maison, n'emmenant que Mugs, et se précipita vers sa voiture pour se rendre au bureau du détective. Il se trouvait aussi dans le quartier de Pandosy. Un des petits bureaux dans une rue latérale.

Quand elle pénétra dans le bureau, elle vit un homme d'une quarantaine d'années, un peu loufoque, avec une tignasse qui descendait largement en dessous des oreilles et une casquette de base-ball tournée de côté sur la tête.

— Je suis Doreen, annonça-t-elle.

Il la regarda avec surprise, puis son visage se fendit d'un grand sourire qui ne fit que s'élargir lorsqu'il aperçut Mugs à ses pieds. Il lui serra la main et se présenta :

— Je suis Corey. Ravi de vous rencontrer.

— Et maintenant que les présentations sont faites…

Il se dirigea vers son armoire de rangement, sortit un dossier et déclara :

— J'ai déjà été payé. Je ne veux pas d'argent pour ça. Si je peux faire quoi que ce soit pour aider à coincer ce petit avorton, je serai heureux de le faire.

Doreen était ravie de son attitude.

— Ce type se fait des amis partout, n'est-ce pas ?

— Absolument, répondit Corey avec un grand sourire radieux. Il saisit ses dossiers et continua : Laissez-moi y jeter un coup d'œil rapide. Si c'est utile, je vous le scannerai.

— Merci, dit-elle. Je vais commencer à lire et compléter mes notes. J'aimerais avoir une chance d'attraper ce type. Avez-vous réussi à obtenir une copie du certificat de décès ?

Il répondit :

— J'ai obtenu le certificat lui-même. J'ai parlé au médecin légiste. Il n'y avait rien d'étrange dans la crise cardiaque de Ranford.

— Des décès inexpliqués dans les autres relations de Jude ? demanda-t-elle, regardant Corey faire passer des documents dans le scanner.

À ce moment-là, il s'arrêta, se tourna vers elle et la dévisagea.

— Vous avez vraiment l'esprit mal tourné, n'est-ce pas ?

Elle sourit.

— C'est un oui ou un non ?

— C'est un oui, dit-il, et j'ai essayé de le coincer là-dessus aussi, mais je n'y suis jamais parvenu.

— Le coincer pour quoi ?

— Pour son ex-petite amie. Elle était plus âgée et avait déjà un problème cardiaque, et elle a eu une crise cardiaque qui l'a tuée.

— Oh, intéressant. Je n'aime pas ça.

— Pourquoi ça ?

— Ça fait trois crises cardiaques, *bang, bang, bang.* Burns, l'avocat de Burns et maintenant la petite amie de Jude. Beaucoup trop facile. A-t-il hérité de quelque chose de sa petite amie ?

— Elle était censée le coucher sur son testament, mais je ne sais pas si elle ne l'a jamais rédigé ou si elle lui a dit ça juste pour le garder dans les parages, mais il n'a jamais rien reçu d'elle.

Elle ricana.

— Bien, gloussa-t-elle. Cependant, est-ce que la petite amie est morte en premier ? Avant le père de Jude ?

— Oui, répondit Corey, un froncement de sourcils assombrissant son visage.

— Parce que, selon le moment où, par rapport à son père, elle est décédée, je soupçonne que son père est mort parce qu'elle n'a rien laissé à Jude. Comme il n'avait plus rien, il a trouvé un autre moyen d'obtenir ce dont il avait besoin.

Corey regarda par la fenêtre en faisant passer des documents dans le scanner.

— Ce qui veut dire que, si elle lui avait laissé de quoi vivre confortablement, il n'aurait peut-être pas tenté de tuer son propre père ?

— C'est ce que je me demande, car elle est morte d'une crise cardiaque, son père est mort d'une crise cardiaque et l'avocat de son père est mort d'une crise cardiaque. Dans cet ordre. N'y a-t-il pas trop de crises cardiaques liées ?

— Oui, admit-il. Mais ce n'est pas comme si nous avions des preuves.

— Non, dit-elle. Nous n'en avons pas, mais s'il y en a, vous pouvez être sûr que je ferai mon maximum pour les trouver.

Il lui adresse un grand sourire.

— J'aime votre attitude, et je suppose qu'en raison de votre célébrité les gens ont tendance à vous donner des renseignements auxquels je n'ai peut-être pas accès.

— Je n'en sais rien, mais en tout cas les gens ont été très utiles.

Elle indiqua ses fichiers d'un mouvement de tête.

— Voici un exemple concret.

— Il y avait un journaliste sur l'affaire d'Ed pendant un moment.

— Bridgeman Solomon ! s'exclama Doreen triomphalement.

Corey la regarda avec étonnement.

— Pour quelqu'un qui est arrivé en ville il y a quelques mois, vous semblez en savoir beaucoup.

— Bridgeman est un ami de ma grand-mère. Il est en soins palliatifs.

— Oh, dit-il. C'est dommage. Ce type est génial. C'est une icône en ville.

— C'est ce que j'ai cru comprendre.

— J'imagine qu'il ne vous a pas donné d'indications sur ce cas, n'est-ce pas ?

Doreen acquiesça.

— Mais j'ai une copie de ses dossiers.

Il arrêta d'alimenter le scanner et demanda :

— Rien d'intéressant ?

Elle secoua la tête.

— Rien de concret, rien que je puisse apporter à la police, rien qui puisse obtenir des mandats ou des injonctions. Rien.

— Mince.

Il lui lança un regard de travers et un petit sourire narquois.

— J'ai entendu dire que vous aviez vos entrées à la police aussi ?

Elle lui retourna un regard impassible.

— Vous voulez dire, à part le fait que je les énerve et que je leur fais faire des heures supplémentaires ?

Il partit d'un petit rire.

— J'imagine qu'ils font beaucoup d'heures supplémentaires. Vous avez mis en lumière une tonne d'affaires.

— Et résolu une grande partie d'entre elles, précisa-t-elle. Je pense que j'ai trouvé des preuves sur six ou sept affaires non résolues. Peut-être plus. Je ne sais pas.

— Vous devriez en garder une trace, commenta-t-il. Faites-vous un petit dossier et cochez celles que vous avez résolues. Au moins, quand vous passerez une mauvaise journée, vous pourrez les ressortir et voir que vous faites quelque chose de votre vie.

Son ton l'incita à le regarder de plus près. Il avait une quarantaine d'années. Il pouvait même être dans la cinquantaine bien conservée. Qu'en savait-elle ? Mais sa voix renfermait une note de tristesse.

— J'ai déjà traversé certains des moments les plus déprimants de ma vie, dit-elle, alors ce n'est pas une mauvaise idée. Je pourrais peut-être faire des petites fiches de repérage avec des notes sur la façon dont les gens ont réagi et les remerciements que j'ai reçus.

— J'aime cette idée aussi. C'est rare d'obtenir des remerciements, et, quand on en reçoit, on devrait s'en souvenir.

— Exact.

— Vous n'envisagez pas de vous lancer dans le métier de façon permanente, n'est-ce pas ?

Elle fut soulagée de n'entendre aucune nervosité dans sa voix, indiquant qu'il s'inquiétait d'une éventuelle concurrence. Il y avait quelque chose là-dessous, mais elle ne savait pas vraiment quoi. Elle secoua la tête.

— Non. Je suis juste contente d'avoir un hobby.

Il hocha la tête.

— Eh bien, si je peux vous aider dans cette affaire, pas de soucis.

— Merci. C'est très gentil, dit-elle. Je le fais pour les sœurs avant tout.

— Bien, dit-il. Il sourit, enfourna la liasse scannée dans une grande enveloppe, et la lui tendit. Rappelez-vous où vous avez eu vos infos. Si jamais vous avez besoin d'un détective privé…

Et il laissa sa phrase en suspens.

Elle réalisa que sa société ne devait pas bien se porter. Kelowna n'était pas une grande ville, et qui avait vraiment besoin d'un détective privé ici ? Et cependant, alors qu'elle pensait aux meurtriers, aux voleurs et autres qu'elle avait rencontrés, elle s'aperçut qu'il y avait vraiment un besoin.

Elle sourit, le remercia et déclara :

— Et si je peux vous aider pour d'autres affaires, je serai plus qu'heureuse de le faire.

Il sourit à cette proposition.

— Une alliance contre nature, gloussa-t-il.

— Je pense que Mack qualifierait ainsi ce qu'il y a entre lui et moi, dit-elle joyeusement. Ce qui est bien, c'est que comme je ne suis pas contrainte par les procédures de la police, je peux faire ce que je veux.

— Et c'est énorme, dit le détective privé avec un sourire. Il la raccompagna jusqu'à la porte : Et si vous avez trop de boulot, envoyez-les-moi.

— Avec plaisir.

Doreen se retourna et demanda :

— Vous avez des cartes de visite ?

Il se précipita vers son bureau, en sortit un bon paquet de cartes de trois centimètres d'épaisseur et les lui tendit.

Elle sourit.

— On ne sait jamais, maintenant que les gens viennent me trouver. J'essaie de savoir ce que je vais faire de ma vie, précisa-t-elle. Je ne suis pas sûre de vouloir m'occuper des problèmes dans la vie des autres.

— Je vous comprends. Dans ce métier, on voit souvent les mauvais côtés des gens.

— Et c'est franchement déprimant.

Ils échangèrent un regard entendu, puis elle poussa Mugs hors du bureau.

Sur le seuil, il s'écria :

— Les animaux vous aident-ils vraiment dans vos enquêtes ?

Elle leva les yeux, sourit et dit :

— Non seulement ils m'aident, mais ils m'ont sauvé la vie plusieurs fois déjà.

Les sourcils de Corey se haussèrent alors, et elle hocha la tête.

— Vous n'avez pas idée. J'ai été attaquée plusieurs fois,

généralement par des gens qui essayaient d'éviter la prison pour leurs crimes, et mes animaux m'ont sauvée chaque fois.

Corey baissa les yeux sur Mugs et dit :

— Il n'a pas l'air féroce pourtant.

Elle répondit d'un ton sec :

— Vous savez que c'est un chien de race de concours ?

Cela le fit rire.

— Mais je parie qu'il préfère creuser dans le jardin.

— Pas seulement lui, dit-elle, moi aussi.

— Êtes-vous en train de dire que vous étiez aussi une chienne de concours ?

Son sourire était contagieux, donc elle ne prit pas ombrage de l'insulte.

— Je l'étais, dit-elle, quand j'étais mariée. Mais maintenant, comme le chien, je préfère de loin le jardin.

Et ils éclatèrent de rire tous les deux. Elle tourna les talons et ramena Mugs dans son véhicule.

— C'était une visite très intéressante.

Chapitre 25

Lundi en fin de matinée...

DE RETOUR CHEZ elle, Doreen tria et scanna les informations elle-même.

— J'aurais dû lui demander de m'envoyer une copie numérique, mais peu importe.

Elle fit suivre le tout à Mack aussi.

Quand il l'appela un peu plus tard, ce dernier lui demanda :

— Qu'est-ce que vous êtes en train de faire ?

— J'ai rendu visite au détective privé que l'avocat Ranford avait engagé pour enquêter sur Jude Burns.

Silence.

— Qu'est-ce qu'il avait à dire ?

— À peu près la même chose que tout le monde, qu'il ferait tout ce qu'il peut pour coincer ce gars.

Mack grogna en entendant cela.

— J'adore les citoyens serviables, maugréa-t-il.

— J'ai eu l'impression que ses affaires ne marchaient pas si bien que ça, que certains cas étaient plutôt déprimants, qu'il jetait un regard nouveau sur sa vie et qu'il n'y voyait peut-être rien d'enthousiasmant.

Doreen devina un froncement de sourcils à la voix de Mack quand il demanda :

— Alors, qui est ce type ?

— Le propriétaire de l'agence Corey Junior, dit-elle. Il s'appelle Corey, d'après ses cartes de visite.

Elle en sortit une de sa poche.

— J'ai entendu parler de lui, avança Mack, mais je ne l'ai jamais rencontré.

— Eh bien, il en savait beaucoup sur moi, dit-elle, peut-être un peu trop.

— Que voulez-vous dire par là ?

— Juste qu'il connaissait mon nom et les affaires sur lesquelles j'avais travaillé. Et il savait aussi que je vous connaissais – il a appelé ça mes « entrées » dans la police. Bien sûr, je lui ai dit que c'était plutôt une alliance contre nature.

À ces mots, Mack éclata de rire.

— C'est le problème quand on résout toutes ces affaires, dit-il, vous êtes devenue célèbre.

— Tristement célèbre, grinça-t-elle. Je vous en prie, la célébrité c'est pour la jet-set d'Hollywood. Pas pour moi.

— C'est de là que vous venez, argumenta-t-il très sérieusement.

— La robe à paillettes ne correspond pas à l'anticonformiste qui se cache à l'intérieur, cita-t-elle. Je sais que j'ai mis du temps à m'en rendre compte, mais je m'y fais lentement.

— Fascinant, répondit-il. Vous êtes vraiment une femme très intéressante.

— Je suis juste moi, dit-elle simplement. Et pour la première fois, je découvre qui je suis vraiment.

— Une femme généreuse, au grand cœur, travailleuse et

en phase de transition. Ne vous attendez pas à devenir qui que ce soit d'autre pour le moment. Que diriez-vous d'être simplement vous-même pour le moment ?

Elle rit.

— Vous savez quoi ? C'est une très bonne chose. Je vous ai envoyé une copie du dossier du détective privé.

— Je vois ça, dit-il. Donc, maintenant je me retrouve avec plein de mails à propos d'une affaire sur laquelle nous n'avons pas de dossier.

— Il y a aussi une copie du certificat de décès, ajouta-t-elle.

— C'est vrai. Ed Burns est mort d'une crise cardiaque.

— Oui, dit-elle, mais saviez-vous que la précédente petite amie de Jude est aussi morte d'une crise cardiaque ?

Silence.

Elle eut un sourire triomphant.

— Je sais que ça n'a jamais été une affaire pour vous, vous n'avez donc jamais enquêté. Pourquoi l'auriez-vous fait ? On ne vous l'a pas signalé. Mais maintenant, je vous le signale.

— Merci, dit-il d'un ton sec. Comme si je n'avais pas déjà un million de dossiers que vous m'avez signalés.

— De rien, dit-elle joyeusement. Trois crises cardiaques me rendent suspicieuse.

— Peut-être que Jude aime sortir avec des personnes âgées, dit-il à voix basse.

— De plus, en tant que jardinière, je sais que la digitale de nos jardins peut provoquer une crise cardiaque ou aider à soulager les maux de cœur. Je dis ça comme ça…

— Rappelez-vous ce que je dis toujours à propos des hypothèses.

— Rappelez-vous ce qu'on appelle les « preuves » et les

« témoignages », rétorqua-t-elle. Parce que si vous ne lisez pas le dossier du détective, vous ne pourrez pas savoir s'il y a d'autres preuves ou pas.

Il gémit.

— Très bien, mais je doute que je trouverai quelque chose.

Et il raccrocha aussi sec.

Elle gloussa, puis se rendit compte qu'elle ne lui avait pas posé de questions sur l'expertise du pic à glace. Elle reprit son téléphone et lui envoya un texto. **« Qu'en est-il du pic à glace ? »**

Il répondit : « **Quoi ?**

— Du sang humain ?

— On l'a déjà dit.

— Des correspondances ?

— Pas encore. »

Elle gémit.

— Pourquoi la science est-elle si lente ?

Mais, bien sûr, il n'y eut pas de réponse. Le problème, c'était le temps, l'énergie, l'effort, l'argent, et probablement une myriade d'autres raisons. Comme le tas d'autres affaires sur le bureau de Mack. Elle décida qu'il était temps de manger. Elle avait dépensé assez d'énergie et il lui fallait subvenir à ses besoins vitaux.

C'était lundi, presque l'après-midi maintenant, et elle ne se souvenait même plus de ce qu'ils avaient prévu pour leur prochain cours de cuisine. Techniquement, ils avaient manqué le dernier, qui devait avoir lieu la veille, à cause des horaires de travail infernaux de Mack. Il lui semblait qu'ils avaient décidé de reporter au week-end suivant, mais qu'est-ce qu'ils allaient manger ? Elle fronça les sourcils en se préparant un sandwich. Tout en l'examinant, elle murmura :

— C'est une bonne chose que je t'aime toujours.

À ce moment-là, Thaddeus se leva et essaya de voler un morceau de laitue dans son sandwich. Goliath sauta sur la chaise à côté de la sienne, puis se mit sur ses pattes arrière, les pattes avant sur la table. Son museau était presque collé à son fromage. Doreen déplaça son assiette et se plaignit :

— Oh, non, certainement pas. Ce sandwich est à moi.

Elle se dirigea vers l'armoire, son assiette dans les mains, et en sortit quelques friandises pour animaux, qu'elle posa devant eux. Ils les engloutirent immédiatement et, tout aussi rapidement, ils se remirent à contempler son sandwich.

Elle secoua la tête et essaya de marmonner avec la bouche pleine, mais ils l'ignorèrent, fixant de leur regard expressif son sandwich, puis le levant vers elle, puis le reportant de nouveau sur le sandwich. Elle leva les yeux au ciel et, de sa dernière bouchée, elle sépara soigneusement un morceau de fromage, un de laitue et un petit bout de jambon (un morceau pour chacune de ses bestioles), puis elle enfonça la toute dernière bouchée de pain dans sa bouche.

Les morceaux disparurent.

Elle sourit.

— De rien, répondit-elle.

Elle se leva et rangea la nourriture, mais elle était agitée. Il y avait tant de choses qu'elle voulait voir, faire et résoudre ! Elle pensait qu'une autre confrontation avec cet idiot de fils serait nécessaire, mais elle ne voulait pas avoir d'ennuis avec la police.

Et, si Jude commençait à se sentir menacé, il pouvait tout à fait dire qu'elle lui causait des problèmes et obtenir une injonction contre elle. Ce ne serait pas juste, mais elle ne l'imaginait pas agir autrement, parce qu'il était réellement un tyran odieux et autoritaire. Elle avait cherché l'adresse de la grande maison d'Ed Burns et l'avait trouvée assez facilement : c'était une énorme vieille maison bien connue sur Abbott Street. Cette rue à elle seule signifiait que les taxes étaient trois fois plus élevées que celles de Doreen, mais la valeur du bien lui-même était facilement dix fois supérieure à celle de la propriété de la jeune femme.

C'était le moment idéal pour emmener les animaux faire une promenade. La maison des Burns était à dix bonnes minutes de route, mais ce n'était pas grave. Elle avait prévu de s'y rendre en voiture, puis de se promener dans le quartier. Peu de voitures circulaient dans les rues en ce lundi après-midi, et c'était une belle avenue pour se promener. Elle aimait les grands arbres qui surplombaient les trottoirs des deux côtés, et la rue débouchait sur une passerelle sous le pont principal menant au centre-ville.

Une fois ses trois animaux dans le véhicule, elle monta à bord, prit son carnet, juste au cas où elle aurait des observations à noter, ainsi que son application pour enregistrer les conversations sur son téléphone. C'était une journée magnifique : ni trop chaude, ni trop froide, autour de 27 degrés, avec du soleil, un ciel bleu et suffisamment de nuages pour atténuer de quelques degrés la chaleur de l'astre qui cognait dans son dos.

Avec Mugs en laisse, Goliath en liberté et Thaddeus sur son épaule, elle se dirigea vers l'adresse qu'elle avait sur son téléphone. Ce ne devait pas être trop loin.

Elle avança sur le trottoir, souriant aux autres passants qui se promenaient avec des animaux, la plupart remarquant son étrange trio. Il y avait beaucoup de gens à vélo ou en rollers qui prenaient du bon temps. Il y avait étonnamment beaucoup de piétons pour un lundi. Elle pensait que les gens seraient au travail. C'était peut-être ce qui faisait la différence ici, dans ce quartier résidentiel. Ils étaient peut-être à la retraite ou travaillaient de chez eux. La circulation automobile n'était pas terriblement dense, car la rue serpentait plus qu'elle ne filait en ligne droite.

Les maisons étaient fascinantes. Certaines avaient d'immenses jardins. Elle s'arrêta devant l'une d'entre elles, émerveillée. Une femme était penchée au milieu d'un énorme buisson d'échinacées. Elle leva la tête et sourit, et Doreen s'exclama :

— Ouah, il est magnifique.

Une bouffée de plaisir colora le visage de l'autre femme, mais Doreen le pensait vraiment. Elle appréciait le choix et l'éclat des couleurs.

— C'est vraiment magnifique.

La femme sourit et dit :

— Merci beaucoup. Je dois vous dire, il a été choisi pour faire partie des visites de jardins.

— Ça ne m'étonne pas, répondit Doreen. Il est stupéfiant.

Après avoir papoté un moment, elle continua son chemin en adressant un grand sourire à ses bestioles.

— Vous avez été si gentils là-bas, vous m'avez laissée parler sans faire d'histoires. Merci, les gars.

L'endroit intéressant suivant, environ trois maisons plus bas, avait une pelouse avant moussue, mais elle était agencée de telle manière que la mousse vert citron et la mousse vert foncé dessinaient plus ou moins un patchwork autour d'un chemin dallé. C'était fascinant : aucun entretien n'était nécessaire et cela fit réfléchir sérieusement Doreen. Elle l'examina pendant un long moment et secoua la tête.

— Je n'avais jamais ne serait-ce qu'envisagé quelque chose de ce genre.

Un couple qui marchait derrière elle sourit et dit :

— N'est-ce pas sublime ? Nous adorons nous promener dans cette rue pour voir tant de beaux jardins.

— Je n'aurais jamais pensé voir quelque chose comme ça, enchaîna Doreen. Elle indiqua la mousse : Et ça ne demande aucun entretien.

— Exactement, dit le mari. Nous pensons transformer notre pelouse de devant de manière similaire.

— Je suppose qu'une entreprise locale peut se procurer ce genre de mousses, mais je n'ose pas imaginer au bout de combien de temps elles s'entrecroiseraient assez pour dessiner ce motif.

— Je crois que cela a pris deux ou trois ans, répondit la femme. Nous passons devant depuis au moins cinq ans, et je me souviens qu'avant c'était une pelouse verte et herbeuse, mais il fallait toujours irriguer et tondre. Puis ils ont tout enlevé, nettoyé le sol, mis de la terre végétale et ont planté toutes les mousses. Au début, ce n'était pas très joli. Des taches brunes apparaissaient par-ci par-là, dit-elle en souriant. Mais maintenant, c'est tout simplement magnifique.

Doreen était stupéfaite.

— Vous pensez que ça les dérangerait que je prenne une photo ?

— Pas ici, dit-elle en riant. Les gens viennent tout le temps pour prendre des photos de ces propriétés.

— Je ne savais même pas que ce quartier existait, dit Doreen en regardant autour d'elle.

— Si vous n'êtes pas multimillionnaire, vous ne devez pas vivre ici, alors il faut le trouver par un autre moyen.

— Je ne dispose pas de ce niveau de richesse, dit Doreen avec un sourire, mais je pourrais certainement faire quelque chose comme ça chez moi.

— Si vous avez une pelouse qui vous coûte cher en eau et que vous voulez quelque chose qui ne demande pas d'entretien, c'est une excellente idée.

Ils firent une rapide caresse à chacun de ses animaux et leur souhaitèrent un joyeux « bonne journée », puis partirent.

Doreen sortit son téléphone et prit plusieurs photos de la pelouse, puis elle retourna vers la femme dans son jardin d'échinacées et s'enquit :

— Cela vous dérange si je prends quelques photos de votre magnifique jardin ?

La femme était rayonnante.

— Bien sûr que non. Allez-y. Je travaille sur ce jardin depuis plus de vingt ans.

— Et ça se voit, dit Doreen avec joie. Certaines de ces plantes doivent être au moins aussi vieilles.

— Beaucoup d'entre elles, oui, dit-elle.

Doreen sourit en voyant d'énormes roses trémières courir le long du mur de la maison qui donnait sur celui du voisin.

— Ça fait longtemps que je n'ai pas vu de roses trémières.

— C'est ma grand-mère qui les a plantées, précisa-t-elle. Mais elles poussent n'importe comment avec le temps.

— Ça ne me dérange pas, dit Doreen. Cela ajoute une touche naturelle à un jardin, pour qu'il n'ait pas l'air trop taillé au cordeau.

— Je suis d'accord. Certaines personnes placent leurs dalles à angle droit les unes par rapport aux autres et coupent leur herbe exactement un centimètre au-dessus, dit-elle en secouant la tête. Pas moi. J'aime mon jardin. Je ne veux pas devenir extrémiste.

— Très juste, approuva Doreen, et, pour la deuxième fois, elle lui fit un signe de la main et continua sa route.

Chapitre 26

DOREEN ET SA troupe n'avaient toujours pas atteint la propriété qu'elle cherchait. Plusieurs maisons plus tard, elle en trouva une avec un imposant un mur de briques et un portail en acier massif. Bien sûr, c'était la maison des Burns qu'elle cherchait. Elle s'arrêta devant et son trio se posta juste à ses pieds, tandis qu'elle fixait les vieilles briques qui donnaient à la maison une allure de domaine anglais.

Elle *adorait*.

Il y avait un interphone sur le côté des gigantesques grilles en fer forgé.

— Le nec plus ultra, n'est-ce pas ?

Elle se demandait si les sœurs avaient vécu là jusqu'à la mort de leur père, comme elle le pensait. Il semblait également y avoir une maison secondaire sur la propriété et il n'y avait aucune raison pour que Jude ne laisse pas cet endroit à ses sœurs. Elle secoua la tête et étudia la grande bâtisse imposante en face d'elle. La demeure était vraiment grandiose. Mais elle était aussi ancienne, avec du lierre qui rampait partout, ce qui lui donnait un air un peu effrayant. Il suffirait d'éclaircir les fenêtres pour y voir plus clair.

Guidant ses animaux avec elle, elle marcha jusqu'à la limite de la propriété, où de grands cèdres étaient alignés, donnant à la cour et à la maison une intimité totale. Le vieil homme était un peu solitaire et avait gardé ses distances avec le monde. Et avait probablement fait de même avec ses filles.

Évidemment, les vergers ne se trouvaient pas sur cette propriété. Ils étaient plus au sud, dans le quartier d'East Kelowna. Et d'après tout ce qu'elle avait vu sur les vergers en général, ils possédaient généralement une maison de gardiennage. Alors pourquoi les filles n'avaient-elles pas pu avoir ça ?

Alors qu'elle et son trio se tenaient sur le côté, admirant le domaine, les portes s'ouvrirent et une Porsche sportive sortit de l'allée. C'était lui, Jude Burns.

Les portes se refermèrent automatiquement. Doreen chronométra le temps que cela prenait dans sa tête, essayant de savoir si elle devait entrer et jeter un coup d'œil. Mais ce serait une violation de propriété et un panneau d'interdiction d'entrée se trouvait juste sous son nez. Elle continua à marcher jusqu'au coin de la rue et vit que ces grandes propriétés avaient des allées sur les côtés. Ravie, elle en emprunta une pour arriver derrière la demeure qui l'intéressait. Les poubelles se trouvaient à l'extérieur et Mack lui avait déjà appris que tout ce qui s'y trouvait était libre d'accès. Ce n'était pas son passe-temps favori, mais sa curiosité la poussa à se diriger vers la poubelle de recyclage.

Des boîtes à pizza, encore des boîtes à pizza, toujours des boîtes à pizza. Elle se pétrifia.

— Sérieux ? Tu ne sais même pas te préparer un repas dans la cuisine de luxe que tu dois avoir dans cette propriété de luxe ?

Puis elle se redressa.

— Au moins te faire un sandwich ?

Parce que, bien sûr, elle ne faisait pas la cuisine non plus. Mais elle n'avait pas cette magnifique maison et sa magnifique cuisine assortie. Jude aurait tout de même pu engager un cuisinier.

Parmi les boîtes de pizza, il y avait aussi une pile de papiers, coincée sur le côté. Après avoir pris une photo avec son téléphone, elle les attrapa, les sortit de la poubelle, les glissa sous son bras et continua à marcher, en appelant ses animaux pour qu'ils la suivent. Elle fit le tour jusqu'à l'avant pour revenir à l'endroit où se trouvait sa voiture. Mugs et Thaddeus semblaient tout à fait satisfaits de rester aux côtés de Doreen. Goliath, en revanche, chassait tous les oiseaux et écureuils qui lui tombaient sous la patte. Elle grogna et, pour la énième fois, appela Goliath :

— Viens, mon grand. Allons-y.

Il la regarda fixement. Elle haussa les épaules et continua :

— Nous devons rentrer à la maison.

Cela faisait environ quinze minutes que le véhicule de Jude était parti et, au moment où elle installait Mugs sur le siège avant et Goliath à l'arrière, la Porsche revint.

La voiture la dépassa, s'arrêta et la vitre côté conducteur s'abaissa. Elle avait déjà mis son sac à main et les papiers à l'intérieur quand Jude demanda :

— Que faites-vous ici ?

Elle le regarda avec étonnement.

— Comment ça ?

— Vous ne vivez pas ici.

— Non, je n'habite pas ici, dit-elle, mais j'aime me promener ici. C'est magnifique.

Il renifla.

— Une paresseuse, une bonne à rien et une racaille,

énuméra-t-il, c'est tout ce que vous êtes.

— Un meurtrier, un tricheur et un menteur, c'est tout ce que vous êtes, contra-t-elle joyeusement, lui renvoyant les insultes.

Il lui lança un regard noir.

— Vous n'avez pas le droit de me diffamer ainsi. Je vais lancer mes avocats à vos trousses.

— Ah oui ? Les mêmes qui ont forgé un faux testament pour vous ?

À ce moment-là, son regard s'assombrit dangereusement et son visage blêmit.

Elle sourit et hocha la tête.

— Oh oui, on sait, continua-t-elle. Attendez-vous à ce que les forces de l'ordre vous rendent visite d'un jour à l'autre.

— Vous bluffez, susurra-t-il en la regardant fixement.

— Ah oui, et qu'en est-il de votre ex-petite amie ? Vous l'avez tuée aussi, en espérant toucher l'héritage ? Dommage que vous n'ayez pas eu l'occasion de changer son testament pour hériter d'elle aussi, hein ?

Il appuya sur l'accélérateur et fonça sur sa propriété. Elle n'aurait pas dû le laisser l'atteindre, mais voir cette expression suffisante et hautaine sur son visage suffisait à faire bouillir son sang. Elle savait qu'elle devrait tout avouer à Mack, mais pas maintenant. D'ailleurs, il n'avait pas besoin de le savoir si ce n'était pas important. Et en ce qui la concernait, ce type n'était pas important.

Elle sauta dans sa voiture et rentra chez elle. Le temps qu'elle y arrive, Mack et sa camionnette étaient déjà tous les deux dans son allée. Il était appuyé contre le flanc de son véhicule, les bras croisés sur sa poitrine, et la fusillait du regard.

Elle gémit.

— Qu'est-ce que j'ai encore fait ?

— Apparemment vous avez menacé notre petit héritier ?

— Il m'a dit en gros que je n'avais pas le droit de me promener dans les rues là-bas parce que j'étais… Il a dit que j'étais une bonne à rien de racaille paresseuse ou quelque chose comme ça.

À ces mots, les sourcils de Mack se haussèrent.

— Sérieusement ?

Elle hocha la tête, puis se souvint qu'elle avait son téléphone. Elle le sortit et appuya sur « replay » et la conversation fut lancée. Elle devenait douée pour l'allumer sans que personne ne le remarque. C'était une bonne chose, cette fois-ci.

Il la dévisagea.

— Vous ne pouvez pas arrêter de vous mêler de tout, n'est-ce pas ?

— Peut-être, mais il a tué trois personnes, grinça-t-elle, bien qu'elle se soit rapprochée de Mack en baissant la voix. Ça n'entre pas en jeu, ça ?

— Tout d'abord, vous ne savez pas s'il a tué quelqu'un. On en revient aux hypothèses contre les preuves.

— Peut-être pas encore, rétorqua-t-elle, mais s'il l'avait fait ?

— Si c'est le cas, rétorqua Mack, il risque fort d'être prêt à tout pour ne pas se faire prendre, parce qu'il a beaucoup à perdre. Et, s'il a déjà tué trois fois, il se fichera pas mal de tuer une quatrième fois.

— Ce n'est pas une crise cardiaque qui me tuera, dit-elle encore d'un ton sec.

— Et c'est pourquoi je suis ici, continua Mack, en regardant autour de lui pour vérifier qu'aucun voisin curieux ne laissait traîner l'oreille. J'ai parlé au capitaine du certificat de décès d'Ed et j'ai fini par aller voir le légiste. Il maintient son rapport, mais, comme il a été transféré dans une autre région, une autre autopsie a été réalisée et l'affaire est partie dans le district de Kamloops, donc, selon notre légiste, cela n'a jamais été porté à notre attention.

— Et pourquoi ça ? murmura Doreen comme Mack avait baissé la voix.

— Le légiste n'est pas du tout satisfait par la cause de la mort. Il a dit qu'Ed était bien mort d'une crise cardiaque, mais qu'il n'y avait aucune raison à cela. Il n'avait pas de maladie cardiaque. Son taux de cholestérol n'était pas particulièrement élevé. Ed Burns avait un dossier médical très propre, presque suspicieusement propre.

— Qu'est-ce que vous entendez par « suspicieusement propre » ?

Mack haussa les épaules.

— Il n'y avait rien d'anormal. Il aurait dû vivre beaucoup plus longtemps. Mais tel n'a pas été le cas.

— Et des crises cardiaques soudaines comme celle-là ne peuvent-elles pas survenir naturellement, sans problème médical ?

— Bien sûr, elles peuvent être causées par un stress extrême ou par toutes sortes de causes. Mais le second légiste a fait une analyse de drogues et n'a rien trouvé.

— Donc Jude a trouvé l'arme du crime parfaite.

— Comme le premier légiste a émis des soupçons sur ses conclusions et a refusé d'indiquer « crise cardiaque » comme cause de la mort, Jude Burns a demandé et payé une autre autopsie, où le médecin a écrit que le décès était dû à une crise cardiaque sans s'attarder sur la cause.

— L'argent permet de faire dire aux gens toutes sortes de

choses.

— J'ai téléphoné au second légiste et il m'a appris que Jude Burns insistait pour que le rapport indique qu'une crise cardiaque avait causé la mort d'Ed, et que le fils ne voulait pas embêter ses sœurs à résoudre un problème sans solution. Le deuxième légiste a dit qu'il était évident que c'était une crise cardiaque, donc c'est tout ce qu'il a mis : crise cardiaque.

— Et le légiste d'ici ?

— Il a déclaré qu'il n'était pas du tout surpris puisque Ed avait eu une crise cardiaque. Notre légiste espérait juste que quelqu'un regarderait de plus près pour savoir pourquoi, car il n'avait pas de réponse.

— Intéressant. Comment trouver cette réponse ?

— On ne peut pas, répondit Mack. Si Ed a reçu quelque chose, c'était intraçable.

— J'aimerais tellement que Jude soit responsable. Mais laissez-moi aborder ça sous un autre angle. Je vais me faire l'avocat du diable pendant un moment. Est-il possible qu'un médicament intraçable ait provoqué l'infarctus ?

— Oui.

— Mais un stress soudain aurait pu le provoquer aussi, non ?

— Oui.

— Sans compter que des gens tombent raides morts sans raison tout le temps.

Mack hocha lentement la tête.

— J'ai évoqué tout cela avec notre légiste, et il a dit : « Absolument. » Et il a nommé quelques trucs que je n'ai pas eu l'occasion de rechercher.

— Donc il est possible qu'Ed ait eu une crise cardiaque et qu'elle ait été provoquée par quelque chose qu'on lui a administré.

— C'est possible.

— Avez-vous enquêté sur la mort de l'avocat ?

Mack la fusilla du regard.

— Je sais, s'excusa-t-elle, en levant les mains, paumes vers le haut. Vous savez faire votre travail.

— Je sais faire mon travail, appuya-t-il, et j'ai parlé à la légiste qui a enquêté sur la mort de l'avocat. Elle a dit que c'était une crise cardiaque, sans équivoque.

— Ranford avait-il des antécédents de problèmes cardiaques ?

Il secoua la tête.

— Non.

— C'est ce que Sarah a dit.

— Sarah ?

— Oui, répondit-elle. La femme de l'avocat Ranford. Il avait quelques problèmes de santé, mais rien à voir avec le cœur. Apparemment, il était plutôt en bonne santé.

— Donc vous pensez que l'avocat, n'acceptant pas ce nouveau testament comme valide, devait mourir ?

— Si vous avez un nouveau testament et que l'avocat ne veut pas vous écouter, vous devez prendre un nouvel avocat, asséna Doreen. Et si l'ancien avocat trouve quelque chose de suspect, alors, bien sûr, il tirera la sonnette d'alarme, n'est-ce pas ?

— Oui, dit Mack. Nous nous sommes renseignés sur la petite amie.

Doreen lui adressa un large sourire.

— J'aime quand vous êtes aussi minutieux.

Il leva les yeux d'exaspération.

— Vous aimez obtenir des informations, surtout.

— Oui, concéda-t-elle. Alors, qu'en est-il de la petite

amie ?

— Crise cardiaque, répondit-il. Et, oui, elle avait un souffle au cœur, mais c'est tout.

Elle se figea et demanda avec une feinte innocence :

— Quoi ? Un souffle ?

Il acquiesça.

— Je vais devoir revérifier avec Corey, dit-elle lentement, parce que son rapport indiquait qu'elle avait des antécédents cardiaques.

— Je me demande ce qui lui a donné cette impression ?

— D'accord, dit-elle. Venez. Je veux jeter un coup d'œil au dossier et confirmer ça.

Ils pénétrèrent dans la maison, les animaux plus qu'heureux d'être à l'intérieur au lieu d'être couchés dehors. Mack regarda la ménagerie et dit :

— Vous les avez tous emmenés avec vous ?

Elle hocha la tête.

— Il y a de très beaux jardins là-bas, Mack. J'ai pris un tas de photos, mais waouh. Sérieusement. Waouh.

— Je sais, dit-il, ce quartier est assez connu pour ça. C'est un quartier très huppé et les habitants ont de l'argent pour payer des jardiniers, des paysagistes et des équipes d'entretien.

— Évidemment, dit-elle, et certains jardins sont époustouflants.

Il se contenta de sourire.

Doreen ramassa l'enveloppe que lui avait remise l'enquêteur, en sortit le contenu et relut ses notes.

— Il dit qu'elle avait des antécédents de problèmes cardiaques.

— Bien sûr, mais un souffle au cœur seulement, rien d'autre.

Elle continua à lire.

— Depuis la naissance.

Il hocha la tête.

— Elle avait un trou dans le cœur quand elle est née. Mais ce n'était pas un problème.

Elle tapota des doigts sur la table, puis sortit la carte de l'enquêteur et l'appela.

— Corey, c'est Doreen.

— Salut, Doreen, la salua-t-il. Déjà des questions déjà ?

— Elle avait des antécédents, donc la crise cardiaque n'était pas inattendue, si ?

— Hou là, de qui on parle ?

— Oh, pardon, s'excusa-t-elle. De l'ex petite amie.

— D'accord, dit-il.

— D'où tenez-vous cette information ?

— Du rapport d'autopsie, pour commencer. Et de sa sœur, je crois.

Doreen feuilleta les documents et vit l'annotation qui s'y trouvait.

— Oui, la sœur. Qui a hérité ?

— La sœur, justement, répondit-il, puis il s'interrompit et poursuivit : Vous pensez que ce n'était pas une crise cardiaque ?

— Oh si, c'était bien une crise cardiaque, dit-elle. J'en suis sûre. J'essayais juste de comprendre pourquoi le légiste ne pensait pas que c'était inattendu.

— À cause des problèmes cardiaques dont tout le monde parlait.

— C'était juste un souffle au cœur, expliqua-t-elle. Dans mes diverses recherches (oui, d'études scientifiques validées), j'ai lu qu'avec un souffle au cœur personne n'avait à craindre d'être emporté par une crise cardiaque. Elle était plutôt jeune.

— Quarante-deux ans, indiqua-t-il, mais malheureusement, beaucoup de gens ont des crises cardiaques de plus en
plus tôt.

— C'est tout à fait vrai, conclut-elle. Quoi qu'il en soit,
merci.

Avant qu'il puisse demander autre chose, elle raccrocha.

Chapitre 27

MACK FEUILLETAIT DEJA le dossier quand Doreen posa le téléphone.

— Alors maintenant, vous pensez que Jude pourrait avoir quelque chose à voir avec la crise cardiaque de la petite amie ?

— Eh bien, la sœur de la petite amie est apparemment celle qui a convaincu Corey que sa sœur avait un problème cardiaque, et, bien sûr, le rapport d'autopsie a confirmé qu'elle était bien morte d'une crise cardiaque. Mais j'aimerais voir la relation de cause à effet ici. Qu'est-ce qui a provoqué sa crise cardiaque ? demanda Doreen. Je me demande aussi si Jude a vraiment cru que sa petite amie avait changé son testament pour l'inclure. Peut-être que cette dernière voulait que sa sœur et Jude partagent son héritage. Et nous savons tous que Jude n'aime pas partager. Donc, avant qu'elle ait pu le changer, il l'a tuée, pour découvrir que c'est la sœur qui héritait de tout.

— Alors, maintenant, qu'allez-vous faire ? demanda-t-il, en croisant à nouveau les bras sur son torse.

— Je n'oublie pas Jude, dit-elle, mais je pensais passer un

coup de fil à la sœur.

— Intéressant, dit-il.

— Pourquoi ?

— C'est ce que je ferais aussi.

— Bien, dit-elle. Je dois juste trouver ses coordonnées.
Elle regarda les notes de Corey et sourit.

— J'aime les gens minutieux, répéta-t-elle.

—Ce Corey est donc un gars minutieux, lui aussi ?

— Très minutieux, dit-elle, parce que voici le numéro de la sœur.

Elle composa le numéro, réalisa que c'était un appel longue distance et dut le recomposer.

— Évidemment, ça va me coûter cher, grommela-t-elle, mais elle ne raccrocha pas pour autant. Un jour, elle pourrait s'offrir un meilleur forfait téléphonique. Mais pour le moment, elle se contentait du moins cher qu'elle ait trouvé.

— Votre argent arrive, l'apaisa-t-il.

— Oui, mais pas assez vite.

— Allô ? dit une voix à l'autre bout du fil.

— Bonjour, mon nom est Doreen Montgomery et j'appelle de Kelowna. C'est au sujet de votre ex-petit ami, Jude Burns, dit-elle.

— Non, dit la sœur avec un ton sec. C'était l'ex-petit ami de ma sœur. Mon Dieu, qui a pu vous raconter une telle chose ?

— Oups, s'exclama Doreen, vous avez raison ! Je suis désolée. J'ai mes notes sous les yeux, mais je me suis embrouillée.

Elle leva les yeux à l'attention de Mack.

— Je voulais savoir ce que vous pouviez me dire sur lui ?

— C'est un fumier et un gigolo qui cherche n'importe quelle occasion de monter en grade.

— Ouah ! O.K., c'est assez direct, dit Doreen. Alors, il est digne de confiance ou pas selon vous ?

— Jamais de la vie. Ma sœur cherchait à rompre avec lui. Elle avait peur de lui.

Doreen avait mis le haut-parleur et elle continua :

— Vous savez pourquoi ?

— Les derniers mois avant sa mort, elle disait qu'elle avait l'impression qu'il l'observait tout le temps.

— Mais n'est-ce pas normal dans une relation ?

— Non, dit-elle, pas comme ça, d'une manière effrayante. C'est difficile à expliquer. Mais elle était devenue très nerveuse. En plus, elle lui avait dit qu'elle changeait son testament pour l'inclure, et après ça, leur relation aurait changé.

— L'a-t-elle fait ?

— Non. Je l'ai convaincue de ne pas le faire, dit la sœur. Et je ne savais pas qu'elle me léguerait tout, mais c'est logique parce qu'il n'y avait que nous deux, et elle était la bénéficiaire de mon testament aussi.

— Que pensiez-vous du fait qu'elle veuille lui laisser quelque chose dans son testament ?

— Il n'était qu'une passade, dit-elle avec sarcasme. Pourquoi a-t-il cru qu'il était si spécial, je ne sais pas.

— Y avait-il quelque chose de suspect dans la mort de votre sœur ? demanda-t-elle.

— J'y ai pensé pendant longtemps, répondit-elle, mais honnêtement, la réponse est non. Je ne crois pas.

— D'accord, dit Doreen. Je me demandais juste.

— J'adorerais penser que ce petit morveux a quelque chose à y voir, mais je ne pense pas qu'il l'ait tuée.

— Il n'était pas là ? Il n'était pas là quand elle est morte ?

— Non, pas vraiment. Il était là la veille et le soir même.

Mais j'étais avec elle le lendemain matin, ou plutôt je l'ai trouvée le lendemain matin. Il était déjà parti faire ses affaires.

— Donc il aurait pu être là pendant la nuit ?

— Elle était encore en vie quand je l'ai trouvée, expliqua-t-elle. On l'a emmenée d'urgence à l'hôpital et elle est morte peu de temps après.

— Et son petit ami ?

— Eh bien, les caméras de sécurité l'ont montré quittant la maison vers minuit.

— Donc vous pensez que la crise cardiaque a été provoquée par une dispute ? Peut-être qu'elle a rompu avec lui ?

— C'est exactement ce que je pensais, dit la sœur. À l'époque, vous savez, je n'avais pas vraiment de raison de penser autrement. Elle était accrochée à lui, mais, comme beaucoup de ses relations, c'était unilatéral.

— Je suis désolée, dit Doreen.

— Moi aussi. Y a-t-il autre chose que vous vouliez savoir ?

— Je voulais juste me renseigner sur lui, dit-elle. Saviez-vous que son père est mort en lui laissant une immense fortune ?

La femme hoqueta et dit :

— C'est typique d'un homme comme lui de s'en tirer ainsi. C'est un coureur de jupons. Toutes les femmes de cette planète devraient rester loin de lui.

— Eh bien, ce coureur de jupons vient de toucher le gros lot, acquiesça Doreen. Donc il est possible qu'il n'ait plus besoin de s'en prendre aux femmes, maintenant.

— Ce genre de mec ne change jamais, asséna la sœur. Un léopard ne perd pas ses taches et ce petit gigolo ne changera jamais non plus. Il ne s'intéresse qu'à une seule personne, à lui-même. Maintenant, si cela ne vous dérange pas, je vais raccrocher et aller vomir, dit-elle d'un ton caustique. Et elle raccrocha avec un *clic* audible.

Chapitre 28

Lundi après-midi...

D OREEN ECHANGEA UN regard avec Mack.

— Ouah, dit-elle, c'était intéressant.

Il secoua la tête.

— Vous tentez le diable.

— Le diable est déjà là, se justifia-t-elle doucement, mais je ne sais pas ce qu'il faudra pour prouver qu'un testament est faux.

— Je ne sais pas non plus, dit-il, le regard dans le vide. Je vais devoir en parler au capitaine.

— Ce qui veut dire ?

— Ce qui veut dire qu'il faut une bonne raison pour poursuivre dans cette voie, dit-il calmement. Les ressources de la police ne doivent pas être utilisées à tort et à travers.

— Et, sans aucune preuve que Jude a fait quelque chose de mal, nous sommes dans une impasse ?

— Exactement, approuva-t-il. Ce n'est pas parce que vous voulez qu'il soit un meurtrier qu'il l'est.

— J'ai probablement joué avec le feu ce matin, dit-elle d'un air de défi.

— Espérons juste qu'il ne dépose pas une plainte officielle auprès de la police.

— Comment avez-vous su que j'étais là ?

— Il a appelé pour demander quels étaient ses droits.

— Et ?

— Il a reçu la même réponse que tout le monde : vous ne l'avez pas attaqué, vous l'avez juste accusé de quelque chose. Vous devez prendre garde.

— Je ne l'ai pas vraiment *accusé* de quoi que ce soit, dit-elle.

— Jude a des avocats qui pourraient vous rendre la vie difficile.

Elle grogna en y pensant et hocha la tête.

— Très bien, céda-t-elle, puis elle sourit, se souvenant de la pile de papiers encore sous son bras. Vous avez bien dit qu'on pouvait récupérer tout ce qui se trouvait dans une poubelle ?

— Si vous voulez dire par là que ce n'est pas une violation de la vie privée et que vous n'avez pas besoin d'un mandat pour ça, corrigea-t-il, alors, oui.

Elle laissa tomber la pile de papiers sur la table et déclara :

— Eh bien, ça provient de sa poubelle de recyclage.

Elle pouvait sentir sur elle le regard furieux de Mack depuis l'autre côté de la cuisine. Elle se retourna et le regarda.

— Hé, j'ai respecté le panneau « Défense d'entrer », alors même que je mourais d'envie de me précipiter à l'intérieur et de jeter un coup d'œil. Que pouvais-je faire de légal ?

— Très bien, grogna-t-il. Qu'est-ce que c'est ?

— Si ça se trouve, c'est juste des prospectus de pizzerias, parce que c'est la seule chose qu'il y a dans son bac de recyclage. Un million de boîtes à pizza.

— Vraiment ? Avec tout cet argent ?

— Oui ! C'est ce que je me suis dit aussi. Il pourrait avoir un chef à domicile, mais bon.

Là-dessus, Doreen ramassa la pile, la divisa en deux et en tendit la moitié au policier.

— Jetez un coup d'œil pour voir s'il y a quelque chose.

Ils parcoururent les papiers et trouvèrent des reçus et des factures.

Elle siffla en voyant le montant de la facture d'électricité.

— Sérieusement ? Les gens paient autant pour l'éclairage ?

— Pour les grandes maisons comme ça, oui, expliqua-t-il.

Elle avait un tas d'autres factures.

— J'ai sa facture de téléphone.

Mack leva les yeux à ce commentaire.

— Est-ce qu'il y a une liste des appels passés ?

Elle hocha la tête et tendit les deux premières pages.

— Pourquoi est-ce qu'il imprime tout ça ?

— Peut-être qu'il préfère les factures papier aux factures numériques.

Il les feuilleta et fronça les sourcils.

— Celles-ci sont anciennes.

— Celles-ci sont plus récentes, dit-elle. Enfin, elles datent de l'année dernière.

— Quel numéro venez-vous d'appeler ? Pour la sœur ?

Elle le lui lut.

Il hocha la tête.

— Il a passé beaucoup d'appels avec cet indicatif régional, mais pas au même numéro.

— Probablement à quelqu'un d'autre, donc.

— Peut-être.

Il sortit son téléphone et composa l'un des numéros.

— C'est moi qui m'y colle, cette fois.

Doreen le regarda avec plaisir. Elle aimait quand il prenait l'initiative. Souvent, c'était décisif pour l'affaire.

— Oui, dit-il, Jude Burns m'a recommandé de vous appeler. J'ai cru comprendre que vous pourriez m'aider à résoudre un problème.

La mâchoire de Doreen se décrocha, elle s'adossa à sa chaise et regarda le pro à l'œuvre.

— Oui, je comprends qu'il y a un prix à payer, dit-il. Peut-on se rencontrer ?

Il échangea un regard avec Doreen. Mais elle ne comprit pas son expression.

— Non, je ne suis pas dans la même province, dit-il. C'est un nouveau problème.

Doreen avait *tellement* envie d'entendre ce que le type disait à l'autre bout du fil.

— Bon, bien sûr, vous ne travaillez que sur recommandation.

Ses sourcils se haussèrent, alors qu'il écoutait plus attentivement.

— Je voudrais savoir quel est le tarif.

Il acquiesça à ce que répondait son interlocuteur.

— Pour le même souci que Jude, oui.

Doreen retint son souffle.

— C'est difficile à dire. Pour l'instant, il y a un problème cardiaque.

Mack regarda Doreen, les yeux écarquillés.

— D'accord, donc c'est dix mille s'il y a déjà un problème cardiaque. Mais ce sera quoi, deux à trois fois plus s'il n'y a pas de problème cardiaque ? Il hocha la tête : Bien. O.K., je vois ça. Et je suppose que vous n'avez pas de site web ni d'e-mail ou quelque chose comme ça ?

Son regard était rivé à celui de Doreen.

— Bien sûr que non. Juste un numéro de téléphone.

Après un autre silence, il répondit :

— D'accord, je vous recontacterai.

Il raccrocha.

— Doux Jésus.

— Vous venez de contacter un tueur à gages ?

Il leva les yeux vers elle et dit :

— Oui. Non seulement ça, mais en gros, j'ai dit que Jude m'avait envoyé vers lui. Et il ne travaille que par bouche-à-oreille. Et obtenir le même marché que Jude, c'était littéralement faire déclarer une personne morte de crise cardiaque si elle avait déjà un problème cardiaque.

— Pour dix mille dollars ?

— Dix mille dollars avec un problème cardiaque, trois fois plus sinon.

— Que fait-il dans ce cas-là ?

— Disons que c'est beaucoup plus compliqué, répondit Mack.

— Mais… dit-elle en le fixant. J'ai l'impression que vous avez un tueur en liberté qui demande des honoraires et que Jude l'a peut-être payé.

— D'après ce que je viens d'entendre, dit-il, Jude l'a certainement payé. Je ne sais pas si c'était pour son ex-petite amie, son père ou l'avocat.

— Eh bien, si vous voulez mon avis sur la question, dit-elle avec force, c'est pour les trois.

Mack la dévisagea et hocha la tête.

— J'ai bien peur que vous ayez raison. Je dois parler au capitaine.

Et, sur ce, il prit la tangente.

Chapitre 29

Mardi matin…

DOREEN ATTENDIT TOUTE la soirée que Mack lui donne des nouvelles, mais rien. Mardi matin, elle se réveilla un peu groggy. Sûrement le manque d'humanité d'une personne qui passe un coup de fil afin d'ordonner la mort de quelqu'un pour dix mille dollars. Du moins, tel devait en être l'effet sur quelqu'un de bien. De plus, Mack et elle avaient maintenant ce numéro de téléphone et avaient contacté la personne à qui il était attribué.

Mais c'était elle qui avait pris les documents dans la poubelle de recyclage. Elle craignait également de devoir aller au tribunal pour une grande partie de cette affaire, ce qui n'était absolument pas dans ses intentions. Une pièce remplie d'avocats ne la mettait pas dans de bonnes dispositions. Elle fronça les sourcils en pensant à tous les problèmes à venir, puis haussa les épaules.

— Advienne que pourra.

Pour s'occuper l'esprit autrement, elle choisit de faire du jardinage dans l'arrière-cour. Rien de tel que d'arracher des mauvaises herbes par une douce journée ensoleillée pour rendre heureux. Et rester sain d'esprit.

Elle baissa les yeux vers les animaux vautrés dans l'herbe autour d'elle. Elle remontait toujours du ruisseau vers la maison, enlevant les mauvaises herbes, nettoyant les parterres. Les bacs à compost étaient plus que remplis, alors elle fit un gros tas à part en attendant que les bacs à compost soient ramassés et vidés. Puis elle les remplirait à nouveau. Elle ne pouvait pas en faire plus en une semaine parce qu'elle les remplissait trop vite.

Elle pouvait demander à Mack d'aller à la déchetterie ou payer quelqu'un pour venir les chercher, mais ce n'était ce à quoi elle voulait consacrer son argent. L'argent ne poussait pas sur ses arbres. En fait, il ne poussait nulle part chez elle.

Quand elle eut besoin de faire une pause dans son jardinage, elle se prépara un énorme pichet d'eau citronnée et s'assit dehors pour la boire. Elle ne pouvait s'empêcher d'examiner la zone de sa future terrasse, se demandant si l'un des collègues de Mack lui avait répondu pour les matériaux de construction éventuellement à disposition. Elle devait aussi faire le ménage. Ce n'était pas parce que sa maison était pratiquement vide que la poussière ne s'accumulait pas.

Déterminée à accomplir au moins une autre tâche ce jour-là (et cela l'empêcherait de trop s'inquiéter), elle mit en marche l'aspirateur et le passa dans le salon, puis nettoya l'intérieur des grandes fenêtres de la pièce. Alors qu'elle se tenait devant, observant la circulation en semaine, un véhicule s'engagea lentement dans l'impasse et en fit le tour. La Porsche de Jude. Elle le regarda passer, les mains sur les hanches, se demandant s'il savait qu'elle vivait ici. Quand il se gara juste devant sa maison pour rester assis là, elle se dit qu'il devait le savoir. Elle prit son téléphone, sortit sur le porche et prit une photo de lui. Immédiatement, le moteur de la Porsche rugit et il détala.

Elle sourit.

— C'est ça, fuis, petit lâche.

Elle retourna faire ses vitres.

Alors qu'elle avait presque terminé, un autre véhicule s'arrêta, une vieille camionnette toute cabossée, et recula dans son allée. Elle fronça les sourcils, sortit sous le porche et crut reconnaître le type. Bien sûr, c'était le vieil Arnold, le flic grisonnant qu'elle avait rencontré dès son premier jour ici. Elle lui sourit.

— Hé, quoi de neuf ?

Il marmonna un « Hmmph ». Il se dirigea vers l'arrière de sa camionnette et en abaissa le hayon, lui permettant de voir tout un tas de poutres.

— Oh, dit-elle avec plaisir, c'est pour ma terrasse ?

— Je suppose, dit-il. Elles sont dans mon jardin depuis au moins six mois. Ça ne sert à rien de les laisser là plus longtemps.

Elle se repassa ces six mois et réalisa que c'était avant Noël.

— Que construisiez-vous ?

— Nous avons fait une nouvelle rambarde et élargi une petite terrasse. Je n'ai pas besoin de ces trois-là. Mack a dit que vous en auriez besoin.

Il en souleva une sur son épaule et demanda :

— Où voulez-vous que je les mette ?

Elle courut vers le côté de la maison en disant :

— Par ici, s'il vous plaît. Par ici.

Il fit trois voyages et elle vit que les poutres étaient de la même longueur que les autres. Elle tapa dans ses mains.

— Merci, remercia-t-elle. C'est vraiment gentil.

Il la regarda, se gratta la tête et dit :

— Il vous en faudra encore beaucoup plus.

— Je sais, mais chaque centime que je n'ai pas à dépenser pour une poutre dont on n'a pas besoin peut m'aider à payer une autre facture, admit-elle.

— Je vais me renseigner, dit-il. Je ne sais pas si vous avez besoin de planches de cinq par dix. J'en ai quelques-unes qui traînent dont je ne veux pas non plus.

Elle se souvint que les planches de cinq par dix étaient aussi sur sa liste de matériaux.

— Attendez une seconde. Laissez-moi prendre ma liste.

Elle se précipita dans la maison, prit son schéma et sa liste, et ressortit avec les deux.

Arnold jeta un coup d'œil.

— Oh ouah, ça serait pas mal. Ça vous donnerait beaucoup plus d'espace dans le jardin, n'est-ce pas ?

Doreen hocha la tête.

— J'aimerais pouvoir profiter d'une vraie terrasse. Nous cherchons…

Et elle énuméra la liste de ce dont elle avait besoin.

— J'ai les douze planches de cinq par dix, dit Arnold en tapotant l'une des lignes. Je vous les apporterai d'ici un jour ou deux.

Elle inscrivit le nom d'Arnold à côté de cette entrée.

— Ce serait génial, dit-elle, rayonnante.

— J'en ai peut-être aussi en plus. C'est toujours bien d'en avoir de rechange, au cas où elles se cassent.

Elle ne savait pas le nombre exact, mais sans aucun doute quelques pièces de rechange lui seraient utiles.

— Merci beaucoup.

Il sauta dans sa vieille camionnette, klaxonna et disparut. Elle était folle de joie. Elle fit le tour de sa maison pour admirer une fois de plus la grosse pile de poutres. Elle ne savait toujours pas comment elles étaient censées s'assembler et rester en place, mais elle était heureuse de ce qu'elle avait jusqu'à présent. Elle envoya à Mack un message et une photo, en disant : **« La pile grossit. »**

Puis elle lui envoya l'autre photo.

Il l'appela.

— C'était d'Arnold ?

— Oui, dit-elle en riant. Et devinez qui est venu nous rendre visite juste avant lui ?

— J'ai vu ça aussi. Qu'est-ce qu'il voulait ?

— Il est resté dans sa Porsche. Je suis sortie pour le prendre en photo, mais il est parti.

— Prévenez-moi s'il revient, s'alarma Mack.

— Pourquoi ? demanda-t-elle.

— Parce qu'il est possible que son tueur à gages l'ait appelé pour confirmer qu'il nous avait recommandés.

— Mais comment saurait-il que c'est moi ?

— Il ne le saurait pas, dit Mack, sauf s'il vous a vue dans son jardin.

— Je ne pense pas, dit Doreen. Il savait que j'étais dans le quartier, mais il ne pouvait pas savoir que j'étais dans sa ruelle. C'est impossible à voir de la maison. D'ailleurs, il est parti en voiture et n'est revenu qu'au moment où je partais avec les papiers pris dans sa poubelle.

— Peut-être, mais il a pu se rendre compte de ce qu'il avait jeté, décider de le récupérer, voir qu'il n'y avait plus rien, et penser que c'était vous, car qui d'autre aurait pu le prendre ?

— Et en attendant, je m'assurerai de ne rien manger ou boire de ce qu'il me propose au cas où cela provoquerait une crise cardiaque, dit Doreen en plaisantant.

Cependant, elle allait prendre l'avertissement de Mack au sérieux. Elle verrouilla la porte d'entrée et enclencha l'alarme.

— Je ne plaisante pas, la prévint-il.

— Non, dit-elle, la fatigue la saisissant par surprise. Je ne prends pas ça à la légère.

— Bien, dit-il. On s'y met de notre côté.

— Bien, répéta-t-elle. Mettez-vous-y un peu plus vite.

À peine avait-elle raccroché que son téléphone sonna à nouveau.

— Allô, dit-elle en retournant dans la cuisine.

— Saleté, j'aurai ta peau ! lui hurla l'homme en colère au bout du fil.

— Oh, salut, Jude. Comment allez-vous ? le salua Doreen d'un ton blasé. Vous n'avez rien de mieux à faire que de vous en prendre à une autre femme ? C'est quoi votre problème ? Vos petites copines ne vous parlent plus ? Oh, oui, c'est vrai, elles sont mortes.

Elle lui raccrocha au nez.

— Ce n'est probablement pas une bonne idée d'attiser les flammes, dit-elle à Mugs.

Il était assis par terre, à ses pieds, et la regardait d'un air de chien battu. Elle s'accroupit devant lui et il aboya.

— Je sais. Je ferai attention.

Il secoua la tête, ses grandes oreilles s'agitant de part et d'autre. Elle le gratouilla.

— Allons faire un tour ! s'exclama-t-elle. Dans un endroit qui nous remontera le moral.

Mugs courut vers sa laisse et la rapporta, la poignée rouge volant dans les airs alors qu'il s'élançait vers elle.

Doreen rit.

— D'accord, mais si on va au ruisseau, tu n'as pas besoin de laisse.

— *Ouaf, ouaf,* aboya-t-il.

Elle trouva Goliath assis devant la porte arrière de la cuisine et Thaddeus sautillant sur la table et battant des ailes.

— Alors, vous voulez tous sortir ?

— Aller chez Nan. Aller chez Nan, répéta Thaddeus.

Elle le regarda avec surprise. C'était une nouvelle phrase.

— Thaddeus, tu es plein de surprises. Tu sais quoi ? Ce n'est pas une mauvaise idée. On ne l'a pas vue aujourd'hui. Pas sûr qu'on l'ait vue hier non plus.

Doreen sortit son téléphone et envoya un SMS à Nan.

« **Partante pour une visite ?**

— **Avec plaisir.**

— **Dans dix minutes ?**

— **Parfait.** »

— O.K., les enfants. On va chez Nan.

Chapitre 30

C'ETAIT LA FIN de l'après-midi, l'heure du dîner approchait, mais si Doreen allait voir Nan un moment, elle pourrait manger à son retour. Les animaux sur les talons, elle marcha jusqu'au ruisseau et s'arrêta, stupéfaite de voir que le niveau avait encore monté. Ce n'était pas dangereux, mais elle s'étonnait juste de voir l'eau couler à un rythme effréné. Le soleil brillait et scintillait, dansant sur la surface en mouvement.

Mugs s'approcha un peu trop près du bord du ruisseau pour elle et, de peur, elle le tira en arrière. Goliath, quant à lui, était de l'autre côté du ruisseau, très loin de la rive. Thaddeus poussa un cri et se dandina vers elle, essayant de sauter sur son épaule. Elle lui tendit la paume et il sauta sur son bras, puis sur son épaule, en sécurité. Apparemment, il n'aimait pas non plus le courant.

— Thaddeus est là, chantonna-t-il. Thaddeus est là.

Doreen frotta doucement sa tête contre la sienne et dit :

— Je suis si heureuse de t'avoir avec moi.

Tous les quatre se dirigèrent vers la maison de Nan. Doreen se demanda combien de temps encore ils pourraient emprunter ce chemin avant que le niveau d'eau ne les oblige à en prendre un autre. Ce serait bien triste. S'il y avait une chose qu'elle adorait, à part Nan et ses animaux, c'était se promener le long de l'eau. Il y avait là quelque chose de libérateur et de spécial.

En se baladant, elle se souvint de sa conversation avec Jude et se demanda jusqu'où cela pouvait aller. Fallait-il en parler à Mack ? Puis elle décida qu'elle devait probablement le faire. Elle prit son téléphone et l'appela.

— Quoi encore ? grogna-t-il dans le téléphone.

— Salut, Mack. Comment allez-vous ? demanda-t-elle d'une voix sarcastique. Vous êtes déjà rentré ?

— Oui, dit-il. Où êtes-vous ?

— Je vais chez Nan.

— Bien. Qu'est-ce qu'il y a ?

— Après notre conversation, il m'a appelée.

Doreen lui relaya l'appel alors qu'elle arrivait au méandre du ruisseau, après les dernières clôtures résidentielles.

— Intéressant, dit Mack. Donc il semble avoir une vendetta contre vous, ce à quoi vous auriez pu vous attendre après l'avoir attaqué publiquement.

— Peu importe. Je voulais juste vous le faire savoir. J'arrive chez Nan, donc je vous rappelle plus tard.

Elle rangea son téléphone dans sa poche et sourit en voyant que Nan l'attendait, une théière à la main. La vieille dame posa la théière et se pencha vers Mugs qui essayait de s'éloigner de Doreen pour aller voir Nan. La vieille femme lâcha la laisse, il courut sur les dalles et sauta dans son petit patio. Nan rit. Fred se tenait de l'autre côté de la pelouse, fusillant Doreen et ses animaux du regard. Cette dernière sourit et lui fit un joli signe de la main.

— J'ai vu le travail de votre frère sur Internet, dit-elle. Il a l'air d'être un type très sympa et fait de beaux travaux de menuiserie.

Puis elle se détourna et s'assit sur le petit patio. Elle adorait la table de café de Nan. C'était parfait pour elles deux ; c'était une petite table, parfois un peu encombrée quand Nan sortait beaucoup de choses, mais elle était confortable.

Nan salua le reste des animaux, et Thaddeus, pour ne pas être en reste, sauta sur la table et s'approcha de Nan.

— Thaddeus est là. Thaddeus est là.

Nan gloussa et caressa doucement l'oiseau.

— Je suis si heureuse de te voir, M. Thaddeus.

Il se mit à bouger la tête de haut en bas et de bas en haut, comme pour dire : « Bien sûr que tu l'es, bien sûr que tu l'es. »

Doreen éclata de rire.

— Je dois l'admettre, les animaux me font tourner en bourrique.

— Ils ne sont pas de tout repos, n'est-ce pas ? dit Nan.

— C'est bien vrai, répondit Doreen. Mais ça en vaut vraiment la peine.

Nan versa le thé et demanda :

— Alors, quel genre d'ennuis as-tu maintenant ?

— Comme d'habitude. Je n'ai pas vraiment de preuves. Je n'ai pas grand-chose, sauf beaucoup de suppositions, alors j'ai provoqué ce méchant petit homme et il a répliqué.

— Oh, vraiment ? À quel point ?

Les yeux de Nan s'éclairèrent.

— Dis-moi, dit-elle. Laisse-moi voir si je peux t'aider.

Doreen lui raconta qu'elle s'était rendue à Abbott Street pour visiter la propriété des Burns et qu'elle s'était laissée distraire une ou deux fois par de beaux jardins, puis elle lui raconta avoir fait les poubelles.

À ce moment-là, Nan la dévisagea.

— Tu as fait les poubelles ?

Doreen secoua la tête.

— Non, non, pas vraiment ses poubelles. Le bac de recyclage. Il n'y avait que des boîtes à pizza, mais j'ai aussi trouvé une pile de papiers. Mack n'est pas content de moi.

— Bien sûr que non, répondit Nan. Alors, qu'est-ce qu'il y avait dans ces papiers ?

Doreen hésita.

Les yeux de Nan se plissèrent.

— Tu ne dois le dire à personne, dit Doreen.

Nan soupira.

— Tu dois promettre, dit Doreen calmement. Pas de paris, pas de bavardage avec les voisins, rien.

Nan leva les mains en signe de reddition.

— D'accord, dit-elle, mais la vie n'a jamais été aussi intéressante avant ton arrivée. Et maintenant, avec tout ce battage, tu refuses de me laisser partager. On dirait Mack. Je pourrais tellement m'amuser avec ces petits potins !

— Ça pourrait me faire tuer, répliqua Doreen, inquiète.

Cela dégrisa immédiatement Nan.

— Bon, dit-elle. Tenons-nous-en à ce qui est important.

À ce moment-là, Doreen expliqua ce que Mack avait fait, en se faisant passer pour quelqu'un d'autre au téléphone.

La mâchoire de Nan se décrocha. Elle baissa la voix et continua dans un murmure rauque :

— Il a parlé au tueur ?

Doreen acquiesça.

— Nous le pensons, oui. Mais maintenant Mack est allé voir le capitaine parce que ce n'est pas lui qui a ramassé les documents. C'est moi. Ils veulent s'assurer qu'ils peuvent l'utiliser comme preuve.

— Je n'avais jamais pensé à ça, dit Nan pensivement. Elle hocha la tête. C'est très, très important.

— Mais ça ne nous aide toujours pas pour Fred et Frank, dit Doreen en baissant la voix et en regardant autour d'elle.

— Je ne sais pas si on peut faire quelque chose, dit Nan. Leurs parents ont disparu.

— Et Henrietta aussi. Tu te souviens ? ajouta Doreen.

— Et Henrietta.

Nan approuva de la tête.

— Tout le monde ici pensait qu'ils étaient retournés dans l'Est.

— Sauf que les parents et Henrietta ont été légalement déclarés morts sept ans après leur *disparition*, donc ils ne sont pas simplement « retournés dans l'Est ». Ils ont pu le faire à l'origine, mais ensuite ils ont disparu et n'ont jamais été retrouvés.

— C'est vrai, dit Nan en hochant la tête sagement.

Doreen gloussa.

— Tu vois ? Au lieu d'avoir un seul mystère Darbunkle, on a maintenant le mystère Burns, ça fait deux mystères en même temps.

— Mais ça ne veut pas vraiment dire que c'est un mystère, rétorqua Nan. Pour ce qu'on en sait, l'un des parents Darbunkle a eu une maladie invalidante et ils ont décidé de s'autodétruire.

— S'autodétruire ? répéta Doreen en réfléchissant à ce terme. Ça a l'air un peu bizarre, non ?

— Appelle ça « euthanasie », si tu préfères. C'est tout aussi bizarre, dit Nan en riant. Elle baissa les yeux sur son thé : Dommage que je n'aie plus de pain aux courgettes.

— J'en ai encore à la maison, dit Doreen, mais pas beaucoup car Mack l'a dévoré.

— J'ai fini par partager un autre pain ici aussi, avoua Nan. Je me suis gardé un morceau et je l'ai fini ce matin.

— Ce n'est pas grave, dit Doreen.

— Tu as besoin de légumes ? On n'arrête pas de recevoir des paniers ici.

Nan se leva et revint quelques minutes plus tard avec d'autres légumes frais. Elles se les partagèrent pour que Doreen en remporte.

— Je vais faire une grosse salade pour le dîner, dit Doreen, et peut-être ajouter une boîte de thon ou autre chose.

— Bonne idée, dit Nan. Je vais discuter avec quelques personnes ici. Je te tiendrai au courant si j'ai des informations sur tes mystères.

— On parle d'Ed Burns ou des parents Darbunkle ?

— Les deux, dit Nan pensivement. On ne sait jamais qui peut savoir quelque chose ici.

— C'est vrai, dit Doreen, mais nous devons rester discrètes.

— Promis.

Dès qu'elles eurent terminé leur thé, Doreen récupéra ses légumes frais, rassembla sa troupe et remonta le long du ruisseau. Elle prit son temps ; le soleil était magnifique. En se rapprochant de sa maison, elle crut voir quelqu'un dans son jardin. Elle se précipita au coin de la rue, mais il n'y avait personne. Instinctivement, elle se dirigea vers l'avant de la maison et vit une Porsche sortir de l'impasse.

— Il devient plus téméraire, dit-elle. Jusqu'où va-t-il s'enhardir ?

À sa porte, elle constata que la serrure était toujours en place. Soulagée d'avoir verrouillé, elle ouvrit la porte, enleva l'alarme et laissa tout le monde rentrer dans la maison. Elle la remit juste après. L'heure du dîner étant passée, elle prépara une grande salade verte avec beaucoup de crudités et une boîte de thon, puis elle s'assit dehors, tout en réfléchissant à ce qui s'était passé jusqu'à présent.

Elle n'arrivait pas à faire les liens dans cette affaire. Le plus important était de savoir qui était ce tueur à gages, et comment Mack et les policiers locaux allaient le poursuivre. Après tout, il semblait vivre dans une autre province, ce n'était pas vraiment le territoire de Mack. Et que feraient les flics de Jude Burns, le fils meurtrier et cupide ? Pendant qu'elle mangeait sa salade, son téléphone sonna. C'était Nan. Doreen la mit sur haut-parleur.

— Coucou, Nan. Je mange une salade en ce moment, avec tous tes légumes frais. Merci encore. Que se passe-t-il ?

— J'ai parlé à Sylvia, dit-elle. C'était la femme de ménage d'Ed Burns.

— Oh, dit Doreen. Je n'avais jamais pensé à cet aspect. Elle est à Rosemoor avec toi ?

— Oui. C'est l'une des plus jeunes résidentes. Je sais qu'elle s'inquiète toujours de ne pas avoir assez d'argent pour s'en sortir. Ed était censé lui laisser de l'argent à elle aussi, mais il ne l'a pas fait.

— Ouah, quel gars sympa…

— Non, tout le monde pensait que tout était réglé, mais ensuite Jude est arrivé avec ce nouveau testament que le nouvel avocat a dit être parfaitement légal, et il a tout repris à tout le monde.

— Exact, c'est ce que j'essaie d'arranger, dit Doreen.

— Elle est sûre qu'il y avait un autre testament parce qu'elle en a été témoin.

— Un autre ?

— Oui, dit Nan, et il est quelque part dans le bureau

d'Ed. Mais, si Jude l'a trouvé, elle pense qu'il l'a détruit.

— Ce testament remplacerait-il celui que Jude a produit ?

— Oui. Mais n'oublie pas que tu ne peux pas entrer légalement dans sa maison ou dans son bureau, dit Nan.

— Non, mais Mack si. Tu pourrais trouver où il serait caché dans le bureau ? Parce que, s'il était juste dans son bureau, Jude s'en est certainement débarrassé. Mais s'il était caché…

— Son bureau avait un tiroir secret, confirma Nan, un peu comme nos meubles. C'était un bureau ancien et il était là-dedans.

— Tu saurais quand il l'a signé ?

— C'était quelques jours avant sa mort. Il était en colère contre son fils. Jude ne voulait revenir que s'il en tirait quelque chose. Et il n'avait pas l'intention d'attendre la mort de son père. Son père était en colère et a appelé son avocat pour qu'il vienne chez lui et rédige un nouveau testament.

— Mais l'avocat n'aurait-il pas eu une copie ?

— Il y a eu une discussion à ce sujet et il était censé en faire quelque chose, mais ensuite, d'après ce que j'ai compris, il est mort.

— L'avocat est décédé, mais il n'est décédé qu'après Ed Burns. Même si c'était peu de temps après.

Après avoir raccroché avec Nan, Doreen envoya un texto à Mack. **« Le crétin était ici dans le jardin. »**

Son téléphone sonna immédiatement.

— Vous êtes sérieuse ?

— J'ai vu quelqu'un en arrivant à l'angle de la maison, au retour de chez Nan, alors je suis allée devant et j'ai vu la Porsche disparaître.

Il y eut un silence au bout du fil, mais Doreen pouvait

entendre la colère de Mack gronder à travers le téléphone.

— Il n'a rien fait, lui rappela-t-elle gentiment.

— Mais il est de plus en plus audacieux, grogna Mack.

— Oui, c'est vrai. Et sinon, ajouta-t-elle, Nan a eu un tuyau intéressant.

Et elle lui raconta pour la femme de ménage.

— Je vais lui parler moi-même ce soir, dit Mack. Si elle confirme, je vais ouvrir une enquête.

— Bien, dit Doreen. Il faut rendre ça officiel. J'aimerais pouvoir aller au bureau d'Ed Burns et jeter un coup d'œil. J'ai beaucoup appris sur les antiquités et leurs tiroirs secrets.

Mack hésita.

— Je peux venir avec vous.

— Non, répondit-il. On ne peut pas faire ça sans mandat et j'ai besoin d'une raison pour en obtenir un.

— Je comprends, insista-t-elle, mais…

— Non, dit-il fermement. Je vais parler avec la femme de ménage et peut-être aussi avec Jude.

— D'accord, dit-elle. J'aimerais qu'il mouille son pantalon. Je n'aime vraiment pas ses menaces.

— Peut-être que vous pourriez éviter les ennuis pour une fois, dit Mack avec exaspération.

— Peut-être, dit Doreen joyeusement. Mais peut-être pas.

Et elle raccrocha.

Chapitre 31

DOREEN RETOURNA A son ordinateur et étudia ces affaires sous tous les angles possibles et imaginables, mais cela ne donna rien. Il fallait que Jude confesse ou fasse quelque chose de stupide, comme l'attaquer, pour qu'ils aient une raison d'aller chez lui, en particulier dans le bureau d'Ed afin de trouver ce nouveau testament.

— Ce qui serait parfait, dit-elle à voix haute.

Ou alors elle devait trouver un moyen d'entrer là-bas sans que personne ne le sache. Elle hésita sur les façons de procéder, mais, peu importait ce qu'elle envisageait, cela la montrerait sous un mauvais jour. Et ça, elle ne le voulait pas.

Elle sortit et s'assit sur les marches du porche et il ne fallut pas longtemps pour que la Porsche revienne. Dès qu'elle arriva dans son allée, elle s'arrêta. Elle regarda Jude en sortir, sans la voir apparemment. Elle s'accroupit sur la première marche pour l'espionner à travers les buissons et la balustrade. Elle envoya un SMS à Mack : **« Il est encore là. »**

Et, en effet, il se faufila à l'arrière de son allée. Dès qu'il fut hors de vue, elle se précipita dans la maison et courut jusqu'à la porte de la cuisine, qui était ouverte pour les animaux présentement étendus dans le jardin, profitant de l'air chaud du soir. Sous ses yeux, il arriva par le côté, se glissa jusqu'à la porte et entra dans la maison. Elle était cachée dans la cuisine près de son imprimante et commença à filmer son entrée dans la maison. Il traversa la cuisine et tout le rez-de-chaussée, puis elle l'entendit monter à l'étage.

Elle se demanda ce qu'il pouvait bien chercher, puis elle eut une illumination. Il cherchait les papiers qu'elle avait pris dans sa poubelle de recyclage. Elle fronça les sourcils et les aperçut sous son ordinateur portable. Oserait-elle les déplacer ? Elle les saisit et les planqua dans son scanner. Alors qu'elle commençait à penser réussir à passer inaperçue, Jude redescendit par les escaliers et se confronta à elle.

Elle cria de feinte surprise.

— Que faites-vous chez moi ?

Ce type ne manquait pas de culot…

— Espèce de bécasse, dit-il, vous ne savez pas à quoi vous avez affaire.

— De quoi parlez-vous ? dit-elle, en avançant sur lui. Comment osez-vous entrer dans ma maison ?

— Je vais où je veux, bon sang, cria-t-il. Vous m'avez volé.

Cela l'arrêta dans son élan.

— De quoi parlez-vous ? Je n'ai rien volé du tout.

Mugs, l'entendant crier, fut soudainement dans l'embrasure de la porte. Et bon sang, Thaddeus était sur… son dos. De Goliath, il n'y avait aucune trace… Et elle se dit qu'il y avait anguille sous roche.

Jude s'interrompit un instant.

— Vous avez volé dans ma poubelle de recyclage.

Elle éclata de rire.

— Sérieusement ?

— J'ai accidentellement jeté quelque chose, dit-il, et vous êtes la seule personne qui ait pu le trouver et le prendre.

— Qu'est-ce que c'était ? demanda-t-elle.

À ce moment-là, son regard la survola pour voir la dernière page sur le scanner. Il arracha les papiers de la machine et les lui montra.

— Ça ! s'écria-t-il. Mon avocat va vous coller un procès aux fesses.

— Possible, rétorqua-t-elle, mais je suis sûre que votre avocat va plutôt couvrir ses propres arrières. En plus, je ne les ai pas volés. Tout ce que vous jetez aux ordures et dans les poubelles en dehors de votre propriété est à la disposition de tout le monde. Ce n'est pas du vol. Vous les avez jetés. J'ai parfaitement le droit de les prendre.

Jude se figea.

Elle fit un signe de tête brusque.

— Vous devriez apprendre la loi avant d'accuser les gens de l'enfreindre. Si vous n'aviez pas engagé ce crétin pour tuer votre père, votre petite amie et votre ancien avocat, vous ne seriez pas accusé de trois meurtres.

Il la fusilla du regard, sa mâchoire se contractant.

— Oh oui, je sais, dit-elle. Je sais aussi qu'il y a un autre testament. Mais je ne vous dirai pas où il se trouve.

Elle sourit d'un air doucereux.

—Je vous suggère donc fortement de trouver une histoire crédible pour vous tirer d'affaire sur ce coup-là.

— Vous vous mêlez de ce qui ne vous regarde pas… sorcière !

Il fit un pas vers elle.

Mais Mugs sauta derrière lui en aboyant férocement, détournant momentanément son attention.

Doreen l'évita et courut dans le jardin. Elle avait toujours sa caméra allumée et enregistrait.

Alors qu'il fonçait vers elle, elle dit :

— J'enregistre. Allez-y, frappez-moi. Nous ajouterons coups et blessures à vos charges.

— Je ne vous ai pas touchée, s'indigna-t-il, s'arrêtant dans son élan.

À la surprise générale, la tête de Richard, le voisin grognon de Doreen, surgit en haut de la clôture.

— Doreen, ça va ?

— Non, répondit-elle, Jude Burns m'a menacée, est entré chez moi sans ma permission et a pris quelque chose qui m'appartient dans ma maison.

Jude la regarda avec étonnement.

— Ces papiers sont à moi.

— Vous les avez jetés, rétorqua-t-elle. Maintenant, vous êtes entré chez moi illégalement et vous me les avez volés.

Elle se tourna vers Richard et dit :

— Appelez Mack.

Aussi vite qu'elle avait surgi, la tête de Richard disparut de la clôture.

— Je croyais que personne ne vous aimait. Pourquoi votre voisin vous aiderait-il ?

— Parce que je l'ai aidé, répondit-elle. Mais vous ne savez pas ce que c'est d'aider les gens, si ? Vous prenez sans rien donner en retour.

Il lui lança un regard noir.

— Je n'irai pas en prison, martela-t-il. Certainement pas.

— Bien sûr que non, dit-elle. Vous ne les avez pas vraiment tués, n'est-ce pas ? Je veux dire, c'était le tueur à gages que vous avez payé qui s'en est chargé. Je me demande où vous avez trouvé les dix mille dollars pour chacun de leurs meurtres. Ça fait beaucoup d'argent. Bien sûr, peut-être que votre petite amie gardait de l'argent chez elle et que vous en avez profité pour fouiller pendant qu'elle agonisait.

Le visage de Jude se crispa et Doreen hocha la tête.

— Oui, vous croyez que je ne sais pas comment ça marche ? dit-elle. Je me demande si vous avez quelque chose à voir avec ce pic à glace, par contre.

— Je n'ai pas la moindre idée de ce dont vous parlez. C'était il y a si longtemps ! Pourquoi vous déterrez tout ça ?

— Je sais que c'était il y a longtemps, dit-elle, mais certaines choses ne changent jamais. Vos sœurs ont une vie terrible.

— Pourquoi mériteraient-elles mieux ? demanda-t-il. Elles ne sont pas différentes de moi. Pourquoi auraient-elles tout l'argent, et moi rien ?

— Pourquoi n'avez-vous pas partagé avec elles ? demanda-t-elle.

— Pourquoi le ferais-je ? Il m'a laissé l'argent, à moi, s'exclama Jude en se tapant la poitrine. Mon père m'a laissé l'argent.

— C'est vrai ? dit-elle avec un sourire narquois. C'est drôle que l'avocat de votre père soit mort à peu près au même moment. La police ouvre une enquête sur votre testament, mentit-elle ; elle espérait que Mack le ferait, mais c'était prématuré à ce stade.

Jude pâlit en entendant ça.

— Vous croyez que je ne suis pas au courant ? J'ai toutes les notes de l'avocat et j'ai tout remis à la police.

Dès qu'elle prononçait ces mots, le comportement de Jude changea. C'était presque comme s'il devenait froid et calculateur.

— Alors je n'ai rien à perdre.

Il s'élança sur elle.

Elle comprit qu'elle était en danger imminent et recula de plusieurs pas.

— Qu'allez-vous faire ?

— Eh bien, d'après vous ? J'ai déjà tué trois personnes, dit-il, alors trois ou quatre, quelle différence cela fait-il ?

Ses mots faisaient écho à ceux que Mack avait prononcés plus tôt.

— La question est de savoir si vous avez tué quelqu'un de plus. Avec un pic à glace.

Il la dévisagea, perplexe.

— De quoi parlez-vous ?

— Il me manque un pic à glace, annonça-t-elle. Je m'attends à découvrir qu'il a été utilisé pour tuer quelqu'un.

— Qui êtes-vous ? interrogea-t-il, perplexe.

— Doreen, répondit-elle avec un geste de la main. Quelqu'un qui a pour hobby de résoudre des affaires classées.

— Ma vie n'a jamais été « une affaire ». Mêlez-vous de ce qui vous regarde !

Il lui lança un regard noir.

— Qu'est-ce que ça peut vous faire de toute façon ?

— C'est mal. Et, si j'ai l'occasion de défendre les opprimés et de redresser certains torts, je le ferai. Si vous avez quelque chose à voir avec la mort de votre père, de votre petite amie ou de l'avocat de votre père, alors vous devez payer pour ça. Et voler cet argent à vos sœurs, c'est juste mesquin.

Il secoua la tête.

— Qu'est-ce que tout ça a à voir avec un pic à glace ?

— Il m'en manque un, répéta-t-elle.

Elle le regarda avec espoir.

— C'était un ensemble que votre père avait exposé.

Il la regarda fixement, puis se gratta l'arrière de la tête.

— Bon Dieu, dit-elle, vous savez ce qui lui est arrivé.

Il gémit.

— Je sais ce qui est arrivé au pic à glace, mais il n'est l'arme d'aucun crime.

— Je suis heureuse de l'entendre, dit-elle, parce que le fabricant aimerait le récupérer.

— J'ai donné l'ensemble au frère du fabricant.

— Fred ? Vous avez donné les pics à glace à Fred ? Pourquoi ça ?

— Il les voulait vraiment, alors je lui ai donné les deux. Il a baragouiné que mon père avait ruiné la réputation de son frère ou quelque chose comme ça. Je ne sais rien de plus à ce sujet.

— Vous n'avez pas l'air du genre à donner sans retour.

Frustré, il craqua :

— Parce qu'il a vu quelque chose et il voulait les pics en échange de son silence.

— Qu'est-ce qu'il a vu ?

Jude fronça les sourcils.

— Ça n'a pas d'importance.

Elle hocha la tête.

— Qu'est-ce que Fred a vu ?

— Ce ne sont pas vos affaires, s'énerva-t-il. Je vais en parler à mon avocat.

Il sortit son téléphone.

— Allez-y, l'encouragea-t-elle. Contactez votre seul avocat, un avocat véreux. Je suis sûre que ça va faire un tabac au tribunal.

Elle s'interrompit puis reprit :

— Ce n'est pas à Frank que vous l'avez donné. C'était à Fred.

— Je le sais. Je viens de dire que j'avais donné l'ensemble au frère du fabricant. Vous m'écoutez ? demanda-t-il, composant à nouveau un numéro de téléphone, puis s'arrêtant, hésitant comme s'il ne savait pas trop quoi faire.

— Vous les avez rendus à Fred parce qu'il a réalisé l'aménagement paysager pour Ed Burns, commença-t-elle. Je suis lente, mais je finis par y arriver. Il vous a vu tuer votre père.

— Je n'ai pas tué mon père.

Il essaya de s'indigner mais échoua lamentablement.

— Fred a vu quelque chose, continua-t-elle, laissant apparaître un sourire en coin. Rien de mieux pour déstabiliser Jude davantage : Quelque chose de moche. Bien que je sois surprise qu'il n'ait rien voulu de plus, car ils ne possèdent pas grand-chose.

— Peut-être, dit Jude. Mais c'est tout ce que je dirai sur le sujet.

— Non, ce n'est pas tout. Vous ne céderiez à ce genre de chantage que si Fred avait vu quelque chose de vraiment compromettant. Ou alors peut-être que Fred était trop effrayé pour en demander plus. Qu'est-ce qu'il a vu ? Il vous a vu tuer votre père ?

Elle partait à la pêche aux informations et prenait le risque d'énerver un autre tueur, mais il fallait le faire parler. Au moins, il semblait avoir oublié qu'elle enregistrait cette conversation.

Un rictus maladif déforma ses traits.

— Ah, ah. J'avais raison. Sale petite fouine avide et paresseuse…

Les mots lui manquèrent alors.

— Pourquoi n'avez-vous pas pu trouver un autre moyen ? Vous n'aviez pas besoin de le tuer.

— Je ne vous dirai plus rien. Si vous voulez des informations, passons un marché.

Son dos se raidit et il leva le nez en l'air.

Comme si c'était le premier snob qu'elle voyait faire ça. Ce n'était même pas la peine d'essayer ça avec elle.

— Je ne peux pas passer de marché avec vous et je doute même que les flics vous le proposent. Pourquoi s'en donneraient-ils la peine ? Vous n'êtes qu'un autre bon à rien de tueur cupide qui n'est pas fichu de trouver un vrai travail. Elle lui adressa un grand sourire : Ce n'est pas grave. Je pense que la prison vous trouvera un bon travail, vous pourrez enfin gagner votre vie.

— Je vous donnerai l'autre tueur ! cria-t-il désespérément. Alors je pourrai être libre.

— Vous venez d'avouer avoir tué tous ces gens. Elle secoua la tête : Pourquoi vous en sortiriez-vous ?

— Je n'ai rien avoué du tout. Je n'ai rien à voir avec tout ça, mais je connais quelqu'un qui est bien pire que moi, fanfaronna-t-il. Pourquoi ne pouviez-vous pas simplement passer votre chemin et me laisser tranquille ?

— Pourquoi ne vous êtes-vous pas occupé de vos sœurs ? répliqua-t-elle, détestant que tout soit une question d'argent.

— C'est de l'argent qu'il s'agit ? demanda-t-il, en se détendant, comme s'il voyait un moyen de s'en sortir. Bien, je vais leur donner de l'argent.

— Vous réalisez qu'elles travaillent toutes les deux comme nounous ? Elles n'ont pas de salaire, on leur offre le gîte et le couvert. Elles ne peuvent même pas avoir leur propre téléphone portable et elles n'ont que cinquante dollars pour l'essence. C'est tout.

Il la regarda, abasourdi.

— Est-ce que c'est légal, ça ? demanda-t-il, amusé. Je

savais que c'étaient des tocardes, mais en arriver là…

Il secoua la tête, énervant encore plus Doreen.

— Tout ce que vous aviez à faire, c'était les traiter comme des êtres humains et elles auraient été heureuses. Vous avez même une maison inhabitée sur la propriété.

— C'est là qu'elles vivaient avant, admit-il.

— Pourquoi les avez-vous mises dehors ?

— J'avais peur qu'elles ne découvrent tout, qu'elles comprennent, lâcha-t-il. Si elles me ressemblent un tant soit peu, elles auraient fourré leurs nez dans mes affaires et découvert ce que je préparais. C'était hors de question. J'ai pris trop de risques pour ça.

— Et vous jetteriez un autre tueur en pâture à la police pour garder tout ça ?

— Absolument. Marché conclu ? demanda-t-il en la regardant avec espoir. Il s'agit de Fred et Frank. Ce sont eux les tueurs.

— Bingo, murmura-t-elle dans un soupir.

Chapitre 32

Mardi soir…

— MAIS *COMME vous l'avez dit,* vous ne pouvez pas passer ce genre d'accord, dit Jude en hochant la tête, tout en jetant un coup d'œil à la pénombre croissante alors que le soleil déclinait à l'horizon, comme si son esprit pesait ses différentes options.

— Peut-être que les flics vous proposeront un marché. Fred et Frank, hein ?

Mais il se ferma comme une huître et haussa les épaules, un air insolent se dessinant sur ses traits. Pas rassurée du tout par le regard calculateur de Jude, Doreen ne pouvait qu'espérer que Richard avait contacté Mack. Tout en étudiant Jude, elle dit :

— Vous étiez obligé de tuer votre petite amie ?

— Elle était en train de rompre avec moi, dit-il distraitement. À l'époque, je ne pensais pas à mon père. Mais puisque ça avait si bien marché avec elle, mon père étant vieux, je savais que ça fonctionnerait bien avec lui aussi.

— Donc vous l'avez tuée elle, puis vous avez réalisé que vous n'auriez pas son argent, alors vous êtes rentré pour vous assurer d'avoir quelque chose. Mais au lieu de vous contenter de la moitié, vous vous êtes senti obligé de changer le testament pour tout récupérer.

— Qu'est-ce que je peux dire ? dit-il. Je suis devenu gourmand.

— Mais vous n'en êtes pas plus heureux, contra-t-elle calmement. En fait, je crois que vous n'êtes pas heureux du tout. Personne ne se soucie de vous, personne ne veut être avec vous. Vous ne semblez pas avoir d'amis.

— C'est un problème, rétorqua-t-il. Quand on n'a pas d'argent, on se fait des amis qui en ont, pour ne pas avoir à tout payer et pour pouvoir obtenir quelque chose. Mais quand on a de l'argent, on sait que les autres sont comme ça, alors on s'éloigne des gens parce que tout ce qu'ils veulent, c'est votre argent.

— Ouah. Quelle horrible façon de voir l'argent, les amis, la vie. Quelle vie vous menez !

Puis Doreen éclata de rire.

— Ça s'appelle le karma. Et il faut faire attention, parce qu'il a un sacré revers.

— Qu'est-ce que ça a à voir avec Frank ou Fred, de toute façon ?

— Oh, j'ai bien ma petite idée, dit-elle, mais il en faudra un peu plus pour tout découvrir.

Il grogna.

— Qu'est-ce que ça peut vous faire ? Quel est votre prix ? Combien pour vous faire disparaître ? Ou au moins pour que vous disparaissiez assez longtemps pour que je vende et que je m'en aille ?

— Vous vous adressez à la mauvaise personne, répondit-elle en regardant Mack arriver sur le côté de sa maison. Parce que quand on tue des gens, on ne peut pas s'en sortir aussi facilement.

— Je n'ai tué personne, protesta-t-il.

— Payer dix mille dollars par tête pour obtenir des médicaments qui provoquent une crise cardiaque, c'est tuer, s'exclama-t-elle. Je suis désolée que vous soyez si dissocié de la réalité de vos actions.

— Vous avez appelé mon contact, alors ?

Il la regarda avec incrédulité.

— Vous êtes une sacrée fouineuse.

Doreen haussa les épaules.

— Nous devions confirmer le prix. Je veux dire, tout le monde a quelqu'un dont il aimerait se débarrasser pour dix mille dollars. C'est juste que la plupart des gens ne le font pas. Ils ont trop de morale pour tuer quelqu'un contre une somme dérisoire.

— C'est tout ce que j'avais et c'est le moins cher que j'ai trouvé, répondit-il. Comme vous l'avez dit, tout le monde a quelqu'un dont il aimerait se débarrasser.

— Et bien sûr, un faux testament n'est pas de refus non plus, n'est-ce pas ?

— C'était l'idée de mon avocat, pour ajouter du beurre dans les épinards. Il ne voyait pas pourquoi je n'aurais que la moitié.

— Mais oui, bien sûr, votre nouvel avocat.

— Oui, il connaît aussi mon tueur à gages. Soit vous acceptez l'argent que je vous propose, soit je paie dix mille dollars de plus, dit-il en faisant un geste de la main. Avec l'argent que j'ai, je peux anéantir cette ville.

— Et vous pensez que personne ne le remarquera ? s'enquit Doreen avec un sourire parce que, bien sûr, Mack écoutait maintenant la conversation, flanqué de deux flics.

— J'en ai rien à fiche, rugit-il. Dix mille dollars pour se débarrasser de quelqu'un qu'on déteste, ce n'est pas cher payé.

— Eh bien, c'est trente si la personne n'a pas de problème cardiaque, répliqua-t-elle, et vous pouvez être sûr que je n'ai pas de problème cardiaque.

— Je paierai trente mille dollars pour me débarrasser de vous n'importe quand, ricana-t-il.

— Dommage, dit-elle, parce que vous ne pouvez pas le faire sur-le-champ.

— Oh, si, je peux.

Il se retourna mais en continuant à la fixer du regard.

— Je ne dormirais pas la nuit si j'étais vous. Je n'ai besoin que d'une nuit pour m'assurer que vous ne vous réveillerez jamais. Vous ne saurez pas *quand*, alors vous passerez votre vie à regarder par-dessus votre épaule.

— Peut-être que *vous* devriez regarder par-dessus votre épaule maintenant ? proposa Mack, les bras croisés sur la poitrine, les deux flics à ses côtés.

Jude fit volte-face pour apercevoir les policiers, puis reporta son regard sur Doreen.

Les trois hommes inspectèrent Jude, et Mack précisa :

— Au fait, vous êtes en état d'arrestation.

Doreen haussa les épaules.

— Vous savez quoi ? Vous avez vraiment la folie des grandeurs. Tout ce que vous aviez à faire, c'était être un type sympa, partager l'argent avec vos sœurs, et vous auriez pu garder votre moitié.

— Vous ! hurla-t-il. Vous allez payer pour ça !

— Peut-être, répondit-elle avec un sourire radieux. Mais ce ne sera pas à cause de vous.

— J'ai droit à un coup de fil, plaida-t-il.

— Oui, c'est vrai, mais je suis sûr que les flics peuvent aussi s'occuper de votre tueur à dix mille dollars par tête.

Il ricana.

— Il faudra d'abord l'attraper.

— C'est déjà fait, dit Mack. Nos collègues l'ont arrêté il y a environ vingt minutes. Quand il a découvert que vous l'aviez dénoncé, il était furieux. Alors vous devriez faire attention à ce que vous boirez quand vous serez en prison parce qu'il a de meilleures relations que vous.

— Vous mentez ! Je ne l'ai pas dénoncé. Vous devez me protéger ! cria Jude. Vous ne savez pas combien de personnes ce type a tuées.

— Non, acquiesça Mack, mais nous nous ferons un grand plaisir d'entendre tout ça.

Jude se retourna pour supplier Doreen du regard.

— Vous vous souvenez ? J'ai dit que je voulais l'immunité.

À ce moment-là, les sourcils de Mack se haussèrent.

— Elle n'a pas autorité pour vous accorder l'immunité.

— C'est ce que je lui ai dit, dit Doreen avec un sourire pour Mack. Mais il a des informations sur Frank et Fred.

Les trois hommes la regardèrent avec étonnement.

— Quoi ? s'enquit Mack.

— Il a donné à Fred les deux pics à glace, dit-elle.

Mack acquiesça, mais il la regardait toujours avec incrédulité.

— Fred s'occupait de l'aménagement paysager quand je fouillais dans le bureau, à la recherche du testament, déclara Jude. Mon père était déjà en train de mourir et je n'ai rien fait pour le secourir. Pourquoi je l'aurais secouru ? ricana-t-il. C'est moi qui lui ai fait avaler les pilules pour qu'il meure. J'ai entendu mes sœurs rentrer à la maison et je me suis caché. Heureusement, leur intervention n'a pas sauvé mon père.

Doreen brandit son téléphone, pour que Mack voie qu'elle enregistrait toujours.

Il hocha la tête.

— Donc vous avez donné les pics à glace à Fred pour le faire taire ?

— Ça et de l'argent, ajouta-t-il pour la première fois.

Doreen tendit l'oreille en entendant cela. Elle se disait bien que Fred n'aurait pas laissé passer une telle opportunité.

— Fred a dit qu'il avait besoin de faire disparaître certaines personnes.

— Intéressant, dit Mack. Une idée de qui c'était ?

— Bien sûr, dit-il. Comme moi, ses parents.

— Faire disparaître où ça ?

Il haussa les épaules.

— Comment je le saurais ? gronda-t-il.

Mack échangea un regard avec Doreen.

Elle haussa les épaules et dit :

— Je pense fortement que nous devons fouiller leur propriété. Vous trouverez un pic à glace enterré quelque part. Alors utilisez un détecteur de métaux, ou au moins les chiens qui trouvent les cadavres. Ils n'ont pas un instant de repos ces derniers temps.

Mack grogna.

— Il nous faut un peu plus que ça. On ne peut pas juste aller creuser dans les jardins des gens.

— Je ne pense pas que Frank ait quelque chose à voir avec ça. C'est lui qui a déclaré la disparition de ses parents. Si vous vérifiez la paperasse, je parie que Fred n'y est pour rien.

— Vous pensez que Fred les a tués ?

Elle hocha la tête.

— Ou qu'il a payé pour les faire tuer. Mais je ne sais pas pourquoi et je ne sais pas non plus où est Henrietta.

— Quoi ? Il y a quelque chose que vous ne sachiez pas ? demanda l'un des flics à côté d'elle en se passant une main dans ses cheveux. Incroyable. Peut-être que si on vous laisse encore dix minutes ou peut-être une heure, vous allez trouver une réponse ?

Elle le fusilla du regard.

— Vous ne saviez même pas que Jude avait fait tuer trois personnes, répliqua-t-elle, ni que Fred avait peut-être tué ses parents. Alors certes, je ne sais pas ce qui est arrivé à Henrietta, et ça me préoccupe, mais je suis sûre que si vous interrogez les deux frères maintenant, vous le découvrirez.

Là-dessus, Jude essaya de s'échapper vers le ruisseau.

Doreen gémit.

— Sérieusement ?

Les deux flics se lancèrent à sa poursuite, mais *ce* ne furent pas eux qui l'arrêtèrent. Mugs l'attendait déjà. Dès que le fuyard s'approcha, Mugs lui sauta dessus. Jude essaya d'éviter le chien, mais ce dernier l'attrapa par la cheville et secoua violemment la gueule.

Doreen devait admettre que Mugs n'avait peut-être pas l'apparence d'un chien d'attaque, mais il était solide et costaud. Jude tomba et Goliath sauta sur l'arrière de sa tête griffes en avant. Jude cria, essaya de se mettre sur ses mains et ses genoux, mais Thaddeus grimpa le long de ses bras jusqu'à ses épaules, enfonçant ses serres à chaque pas.

— Thaddeus est là. Thaddeus est là.

Finalement, Jude rugit :

— J'abandonne. J'abandonne.

Doreen regarda Mack et haussa les épaules.

— Vous devriez être content, commença-t-elle avec un sourire. Ce suspect ne m'a pas attaqué cette fois-ci.

Il leva les yeux au ciel.

— Certes, concéda-t-il, mais c'est quand même une fichue pagaille.

— Mais une fichue pagaille à la Burns avec deux tueurs sous les verrous, précisa-t-elle. Et deux ou trois autres meurtres sur lesquels enquêter auprès de la famille Darbunkle.

— J'ai compris, dit-il d'une voix douce. Et maintenant je comprends de quoi il s'agit. Des sœurs. De toutes les trois.

— Il faut bien que quelqu'un veille sur les femmes parce que, trop souvent, on profite d'elles.

Il lui lança un sourire attendri.

— Et comme on a profité de vous, vous essayez d'aider celles qui ne peuvent pas s'aider elles-mêmes ?

— Dans une certaine mesure. Je pense que dans le cas d'Henrietta, il est déjà bien trop tard.

Il fit un signe de tête sérieux.

— Je crains que vous n'ayez raison.

Chapitre 33

Mercredi matin...

MERCREDI MATIN, DOREEN se réveilla de bonne heure et de bonne humeur. Elle se leva pour répondre à l'appel de Nan.

— Oh là là, ils sont venus chercher Fred ! s'exclama cette dernière. Mack, Darren, Richie, tout le monde était sur lui.

— Et ?

— Eh bien, répondit-elle, il s'est enfui. Ils sont toujours à sa recherche.

— Super, grogna Doreen. Avec la chance que j'ai, il va venir ici.

— Pourquoi ça ? s'enquit Nan.

— Parce que j'ai lancé Mack à ses trousses.

Nan eut un hoquet de stupeur.

— Écoute. Je vais me lever, m'habiller et prendre un café, dit Doreen. Quand la caféine m'aura réveillée, je te rappellerai.

Elle raccrocha, s'habilla rapidement et descendit. Pendant qu'elle attachait ses cheveux avec une pince, elle regarda dehors. Le soleil du matin brillait et c'était le début d'une journée magnifique. Sauf que quelque chose clochait. Elle n'aurait su dire quoi. Elle ouvrit la porte arrière après avoir enlevé l'alarme, puis se fit du café. Quand elle se retourna pour faire face à la porte et regarder dehors, Fred était là.

Elle soupira.

— Désolée, Fred, dit-elle, mais ce genre d'actes, ça vous retombe forcément dessus.

Il secoua la tête.

— Je ne voulais rien faire de tel.

— Peut-être pas, dit-elle doucement.

Elle attrapa son téléphone, activant le mode vidéo de sa caméra, et le posa sur le comptoir pour qu'il ne croie pas qu'elle le regardait encore.

— Je sais que vous ne vouliez pas les tuer, dit-elle, mais, quand des choses horribles arrivent, même si vous pensez pouvoir tout camoufler, ça finit par sortir un jour.

— C'était de l'autodéfense, se justifia-t-il tristement. J'ai frappé mon père.

Elle leva les sourcils en entendant ça.

— Dans ce cas, vous auriez dû aller voir la police.

— J'ai pensé qu'ils ne me croiraient pas, murmura-t-il, parce que ça impliquait Henrietta.

— Quoi, Henrietta ?

— Mon père la battait, répondit-il, et il l'a tuée. C'était involontaire, mais ils étaient en haut des escaliers et il l'a frappée très fort, alors elle est tombée et elle est morte. Et il ne pouvait pas se dénoncer parce que le coup porté à la tête d'Henrietta se serait vu. Papa a commis un homicide. Nous étions tous choqués et ne savions pas quoi faire.

— Qu'avez-vous fait du corps d'Henrietta ?

— Elle est enterrée dans la propriété, répondit-il en mettant ses mains dans ses poches. Frank aussi est au courant.

— Et vos parents ?

— C'était assez triste. Ma mère était inconsolable et elle voulait mourir aussi. Elle s'asseyait dehors dans le jardin, en pleurant sur la tombe Henrietta. Finalement, Maman a supplié mon père de la tuer pour qu'elle puisse être avec Henrietta. Maman disait qu'Henrietta ne devait pas être seule, que quelqu'un devait lui tenir compagnie. Finalement, elle a pris l'arme de mon père et s'est tiré une balle.

— Oh, mon Dieu, dit Doreen, et vous avez perdu deux membres de votre famille.

— Honnêtement, j'étais tellement en colère contre mon père que nous nous sommes battus. J'ai fini par le frapper fort au nez et, pendant un instant, il est resté là, puis il est tombé raide mort.

Il s'interrompit, la tristesse inondant ses yeux.

— Je pense que ce coup a cassé un os directement dans son cerveau.

— Oh, non, murmura-t-elle, en levant une main pour se frotter la tempe. Je suis vraiment désolée. Je suis sûre que c'est à ce moment-là qu'il aurait fallu appeler la police.

— Nous avons toujours gardé ça pour nous, dit Fred. Rien n'a changé. Je sais que je vais devoir faire face à des accusations, mais je ne veux pas que mon frère soit impliqué. Nous avons lancé les rumeurs selon lesquelles ils étaient partis pour couvrir leur disparition, mais nous devions garder la maison d'une manière ou d'une autre, c'est tout ce que nous avions. Alors, bien après sept ans, nous avons demandé qu'ils soient déclarés morts.

Il haussa les épaules.

— Il ne semblait pas y avoir grand-chose d'autre à faire.

— Alors, qu'est-ce que les pics à glace ont à y voir ?

Il grogna.

— La seule raison pour laquelle Ed Burns les avait achetés, c'était pour les accrocher au mur et montrer à tout le monde à quel point cette ville était minable et ses artisans mauvais. Il ne les a pas achetés parce qu'il était fier de Frank et de son travail. Ed les a achetés parce qu'il voulait se moquer de Frank. Ed a fait de lui la risée de la ville. Mon frère ne s'en est jamais remis. Il a perdu son magasin parce qu'il ne pouvait plus rien faire ; il avait le cœur brisé. Et chaque fois qu'il parlait à Ed, Frank demandait à récupérer l'ensemble et c'était toujours la même rengaine. Ed répondait : « Pas question. » Il le gardait pour se rappeler à quel point le travail de Frank était minable. Alors quand j'ai vu cette petite fouine dans le bureau, avec son père mourant à côté de lui, il m'a rendu l'ensemble de pics à glace et offert cinquante mille dollars, pour qu'on puisse s'en sortir. Je les ai pris. Je n'aurais pas dû, mais je les ai acceptés. Je voulais récupérer ces pics pour mon frère.

— Et pourtant, votre frère ne les a pas gardés ?

Il secoua la tête.

— Non. Il les a jetés.

— Mais l'un d'eux est couvert de sang humain, précisa Doreen avec un léger sourire. Donc quelqu'un l'a trouvé.

— Possible, répondit-il. Je n'en sais rien.

— Si, vous le savez, dit-elle en croisant les bras. Qui avez-vous tué avec ce pic à glace ?

Il la fusilla du regard.

Elle haussa les épaules.

— Je n'ai pas encore fini, précisa-t-elle. À qui est le sang sur ce pic à glace ?

Il gémit.

— Vous n'arrêtez jamais de fouiner, hein ?

— Non, jamais. À qui est ce sang ?

— C'est le mien, céda-t-il. C'est pour ça que je boite.

Mon frère et moi nous sommes disputés, quand il a découvert que j'avais fait chanter Jude pour récupérer les pics à glace. Je pensais qu'il voudrait les récupérer. Je pensais qu'il penserait à son prix. Mais, à l'époque, avoir gardé les secrets de famille pendant cinq ans avait fait des ravages. L'humiliation de Frank par Ed avait fait des ravages. En revoyant les outils, Frank s'est rappelé tous ces mauvais souvenirs qu'il désirait oublier, mais qu'il ne pouvait pas se sortir de la tête. Enfin, c'est mon cas, en tout cas. Quoi qu'il en soit, Frank a réagi immédiatement et m'a frappé avec l'un des pics à glace. Le sang est donc le mien, raconta-t-il tristement.

— Après que j'ai été blessé, continua t il, il a pris les pics pour aller pêcher sur la glace et les a jetés. Il aurait dû s'en débarrasser dans le lac. Au lieu de ça, il les a lancés dans le lierre de l'autre côté du sentier. Il n'y a même plus pensé après ça, du moins pas pendant un moment. Il est rentré à la maison. J'ai fait soigner ma jambe et on est passé à autre chose. Il est allé les chercher plus tard mais n'en a trouvé qu'un seul. Mais on ne se remet pas aussi vite d'un tel drame. On ne se remet pas aussi vite d'un événement aussi dévastateur. Nous n'avons plus été les mêmes depuis.

— Frank a-t-il quelque chose à voir avec la mort de votre sœur ou de votre père ?

Il secoua la tête en signe de dénégation.

— Non, mais il m'a aidé à tout nettoyer parce que nous ne savions pas quoi faire d'autre. Frank a toujours été doué de ses mains. Peu importe ce que M. Burns pensait de lui, Frank fabriquait de beaux outils. Mais, comme vous, il voulait que j'aille à la police. Et je ne voulais pas. J'ai pensé que l'argent de Jude était une bonne solution quand il m'en a donné assez pour construire une grande serre au-dessus des tombes de Maman, Papa et Henrietta, afin qu'ils soient encore plus cachés, mais Jude allait forcément se faire prendre aussi. J'ai toujours redouté le mal qu'il pourrait nous faire à mon frère et à moi à cause de ce chantage, en nous rendant complices du meurtre de son père. Je me suis dit que je pourrais lui attirer plus d'ennuis, à l'époque, mais son argent lui a permis de s'en tirer à bon compte.

Il enfonça ses poings encore plus profondément dans ses poches.

— Je comprends, et, à ce stade, commença Doreen, la meilleure chose que vous puissiez faire est de vous rendre.

— Je sais, dit-il. J'ai entendu les rumeurs selon lesquelles vous avez mis la main sur cette vermine de Jude Burns. Est-ce exact ? J'espère bien que oui. J'espère que vous l'enverrez en prison et que vous jetterez la clé.

— Il faudra du temps pour tout prouver, mais il semblerait bien qu'il ait fait tuer trois personnes, dont son père, et qu'il ait falsifié un testament afin de tout voler à ses sœurs.

— Les gens sont juste avides, approuva Fred. Et mon père… Eh bien, il avait un caractère de cochon.

— Je suis vraiment navrée.

Il hocha la tête et repartit par la porte de derrière.

— Je vais au commissariat tout de suite.

Elle l'accompagna jusqu'à la porte.

— Faites-le, oui, l'implora-t-elle. Je ne sais pas comment vous rendre la tâche plus facile.

— Ça n'a pas d'importance, avoua-t-il. Je suis prêt à faire face à tout ce qu'ils veulent me faire subir.

Il l'affronta du regard et continua :

— Je savais qu'une fois que vous seriez sur l'affaire, vous ne laisseriez jamais tomber. Donc autant tout avouer et rendre les choses plus faciles pour moi.

Sur ce, il contourna la maison et se dirigea vers l'allée. Doreen se précipita vers la porte d'entrée pour le voir monter dans sa voiture et s'en aller. Elle téléphona immédiatement à Mack et lui dit ce qui venait de se produire.

— Bien, se félicita-t-il, ça devrait boucler une autre affaire.

— Peut-être, répondit-elle. Où êtes-vous ?

— Je suis chez Jude avec un mandat. On cherche le testament qui était censé se trouver dans ce bureau. J'ai parlé à la femme de ménage, elle dit qu'il est là, mais je n'arrive pas à ouvrir les tiroirs.

— Est-ce que je peux venir ? couina Doreen. S'il vous plaît, s'il vous plaît, s'il vous plaît.

— D'accord, céda Mack, mais vous examinez juste le bureau pour trouver les tiroirs secrets et c'est tout.

— Je suis en chemin.

Doreen chargea sa ménagerie dans la voiture et se dirigea vers la belle maison sur Abbott Street. Les grilles étaient ouvertes et les flics étaient partout. Elle avança jusqu'au perron et le policier de garde la dévisagea, gémit et dit :

— Vraiment ? Vos animaux aussi ?

Elle haussa les épaules.

— Ils font partie de mon groupe de réflexion.

Et elle entra dans le bureau, regarda le secrétaire et sourit.

— Vous savez quoi ? Je pense pouvoir ouvrir celui-là.

— Comment vous savez ça ? questionna Mack.

— C'est juste le résultat d'une de mes nombreuses discussions avec Scott, répondit-elle, mais il faut que j'examine ça de plus près, d'abord.

Elle s'assit devant le bureau, l'étudia pendant un long moment et tâta le côté où elle pensait trouver le tiroir secret.

Mais au lieu de cela, elle sentit un petit renfoncement au fond. Elle appuya dessus et un tiroir apparut.

Mack se précipita pour le récupérer et en sortit le testament. Il le déroula pendant que tout le monde se pressait autour de lui.

— C'est daté de deux jours avant sa mort, tout est signé et parfaitement légal.

Il le lut et rit.

— Il l'a modifié et a tout laissé à ses filles.

Doreen leva les yeux vers Mack et lui rendit son sourire.

— Justice est faite.

Épilogue

Vendredi matin...

CELA FAISAIT DEUX jours que Doreen s'était rendue chez Ed Burns. Elle s'était faite discrète et ne s'était pas montrée depuis lors. C'était vendredi matin et elle était de retour chez Millicent. Cette dernière n'avait pas cessé de parler depuis que la jeune femme était arrivée pour désherber, mais ce n'était pas grave. Doreen était plus qu'heureuse d'écouter Millicent parler du drame familial de Jude et Ed Burns, puis de Frank et Fred Darbunkle.

— Qui aurait cru que Fred serait allé parler à la police comme ça ? Je sais qu'ils l'ont laissé rentrer chez lui pour dire au revoir à son frère, dit Millicent. Et j'en suis bien heureuse. Mais je me demande de quoi il va être inculpé.

— Je ne sais pas, avoua Doreen. Je suis sûre qu'ils vont exhumer les trois corps pour corroborer ses aveux. Après ça, je ne sais pas.

— Ma chère, vous êtes merveilleuse, dit Millicent.

— Pas du tout, dit Doreen. Qui aurait deviné que je découvrirais tout ça juste en trouvant un pic à glace dans le lierre ?

Millicent gloussa.

— Vous ai-je déjà parlé des bijoux que j'ai trouvés ?

Doreen s'assit sur ses fesses.

— Des bijoux ? Où ?

— Ils étaient dans le genévrier, répondit Millicent. C'était il y a des années et des années. Je n'ai jamais su à qui ils appartenaient.

— Vous avez demandé à Mack de le découvrir ?

— Mack n'était même pas policier à l'époque. Je ne suis pas sûre de lui en avoir parlé depuis qu'il a rejoint les forces de l'ordre, maintenant que j'y pense.

Elle fronça les sourcils.

— Vous savez quoi ? Je vais voir si je les retrouve.

— Surtout si vous voulez trouver à qui ils appartiennent, dit Doreen. Ça risque de prendre du temps d'identifier les propriétaires.

Millicent regarda Doreen et sourit.

— Pas avec vous, ma chère. Vous êtes si efficace ! Je vais aller jeter un coup d'œil parce que je veux que vous ayez ces bijoux, et je veux que vous découvriez à qui ils appartiennent.

— Oh, mais… commença Doreen.

Mais il était trop tard. Millicent était déjà partie.

Doreen éclata de rire. Apparemment, elle avait une nouvelle affaire non résolue.

C'est la fin du tome 9 de *Jolis Jardins Maudits, Pic à glace dans le lierre.*

Découvrez *Des bijoux dans la genièvre : Jolis Jardins Maudits, tome 10*

Jolis Jardins Maudits :
Des bijoux dans la genièvre,
tome 10

Un nouveau polar « cozy mystery », par Dale Mayer, auteure de best-sellers au classement du USA Today. Suivez les aventures de Doreen Montgomery, jardinière et détective en herbe, et de ses adorables assistants (un chat, un chien et un perroquet) dans leurs enquêtes criminelles dans la jolie ville de Kelowna au Canada.

Du luxe à la misère… Le chaos continue… Les souvenirs s'estompent… mais pas pour tout le monde !

Le problème, avec la notoriété, ce sont les attentes démesurées. Quand la mère de Mack, Millicent Moreau, fait appel à Doreen pour un petit problème qu'elle cache depuis des décennies, elle se sent obligée de l'aider. Après tout, ça ne peut pas faire de mal ! Dans le pire des cas ? Ça agacera un peu Mack, mais elle commence à en avoir l'habitude.

Or quand il s'avère que le « petit problème » de Millicent implique un mariage raté, un sac de bijoux provenant d'une bijouterie rasée par un mystérieux incendie des décennies plus tôt, une éventuelle fraude à l'assurance et peut-être même un meurtre… Doreen est forcée de reconnaître qu'elle s'est encore fourrée dans un beau pétrin.

Avec son fidèle trio à fourrure et à plumes, elle déterre cette vieille affaire pour découvrir qu'elle est en réalité bien plus actuelle qu'il n'y paraît.

Le tome 10 est disponible !
Pour en savoir plus, visitez le site web de Dale Mayer.
https://geni.us/DMFRJewelUni

Note de l'auteure

Merci d'avoir lu *Pic à glace dans le lierre : Jolis Jardins Maudits, tome 9* ! Si vous avez apprécié le livre, merci de prendre un moment pour laisser votre avis.

Chers lecteurs,

J'aime avoir de vos nouvelles, alors n'hésitez pas à me contacter sur mon site web : www.dalemayer.com ou sur ma page d'auteure Facebook. Pour être informés des nouvelles parutions et des offres spéciales, inscrivez-vous à ma newsletter ou suivez-moi sur BookBub. Si vous souhaitez rejoindre mon groupe de lecteurs, voici la page d'inscription sur Facebook.

À bientôt,
Dale Mayer

À propos de l'auteure

Dale Mayer est une auteure de best-sellers au classement de *USA Today*, connue pour ses romances militaires sur les forces spéciales, sa série *Psychic Visions* et sa série *Jolis Jardins Maudits*, dans le genre cozy mystery. Ses romances contemporaines sont vibrantes d'émotion et de passion (série *Broken But… Mending, Hathaway House*). Ses thrillers vous laisseront à bout de souffle (séries *By Death* et *Kate Morgan*) et ses comédies romantiques vous feront rire aux éclats (*It's a Dog's Life*, une novella hors-série, et la série *Broken Protocols* avec Charming Marvin, le chat).

Elle laisse libre cours aux séries qui lui viennent… dont certaines sont carrément folles, enfreignant toutes les règles et croisant différents genres !

En plus de ses romans de fiction, elle écrit également des textes documentaires dans de nombreux domaines, dont la rédaction de CV, le jardinage de loisir et le système de crédit immobilier américain. Elle a récemment publié la série professionnelle *Career Essentials*. Tous ses livres sont disponibles aux formats papier et ebook.

Contactez Dale Mayer en ligne

Site web de Dale – www.dalemayer.com
Twitter – @DaleMayer
Facebook Page – geni.us/DaleMayerFBFanPage
Facebook Group – geni.us/DaleMayerFBGroup
BookBub – geni.us/DaleMayerBookbub
Instagram – geni.us/DaleMayerInstagram
Goodreads – geni.us/DaleMayerGoodreads
Newsletter – geni.us/DaleNews